# 灵犬 雪莉

## Belle et Sébastien

[法]尼古拉斯·瓦尼耶
**Nicolas Vanier** —— 著

王猛 —— 译

C\S 湖南文艺出版社
HUNAN LITERATURE AND ART PUBLISHING HOUSE

博集天卷
CS-BOOKY

天空飘过一个阴影，转瞬即逝，
一只直立放哨的老土拨鼠发出一声长长的嘶鸣，
警告危险即将到来。

老人那张经年累月已经变成棕褐色的脸因为担心而皱巴着，

但是他的目光依然镇静，

黑色的眼睛闪着亮光慈祥地看着孩子。

# 第一部分

*Part One*　　　　　　*Belle et Sébastien*

# 1.

在这个碧空如洗的夏日清晨，耀眼的阳光像熔化的火山熔岩一样倾泻而下，洒在陡峭的山坡和长满鲜花的高山牧场之上，晒得岩石发出耀眼的光芒，几乎让人睁不开眼。在这阳光的遮掩之下，危险在天空盘旋。

天空飘过一个阴影，转瞬即逝，一只直立放哨的老土拨鼠发出一声长长的嘶鸣，警告危险即将到来。正忙着吃东西的土拨鼠们立即钻进低矮的草丛，往地道逃去，但是老鹰已经像块石头一样从天空骤然降下。它在最后一刻改变了方向，展开双翅贴着地面飞行，身形庞大而又威武。它略过太过机敏的成年土拨鼠，挑了一只四处乱窜的幼鼠。它一下就把幼鼠钳在了爪里，呼扇了几下翅膀便往天空飞去。在山顶上，两只饥肠辘辘的小鹰正嗷嗷待哺。

"你看见了吗？"

老人转头看向孙子，那孩子正站在那里，目瞪口呆地看着眼前的景象。一向爱笑的他，小脸好像因为难过而皱巴起来。

"你觉得它会遭罪吗？"

"不会。它肯定已经死了。这就是大自然的法则。"

"它是坏老鹰吗？"

"一点也不。但是它很难对付。它是一个厉害的主宰。你觉得我们为什么要打猎呢？"

他指了指他的枪，然后用下巴指了指孩子的枪，孩子手里骄傲地攥着两个月前过八岁生日时收到的一把木头刻的小手枪。凯撒之前因为担心塞巴斯蒂安太敏感，不愿意跟他讲太多事，现在看来这种担心是多余的了。这孩子就算有相信童话故事的时期，现在也早就过了那个年纪！他固执地摇着头说：

"可是用子弹的话，一枪就可以致命！不会造成痛苦！"

"你不要忘了，死亡就是死亡，它不需要任何借口！"

他接着赶路，不一会儿就感觉到孩子小跑着跟在自己身后。他们默默地爬着山，沉浸在群山庄严的静默之中。他们从松林出来之后沿着大山的北坡已经走了快有一个小时了，小路越走越陡。长满野草的山坡上散布着蓝色和淡紫色的龙胆草、蓟草和高山钟花，浮尘飘在半空中，在阳光的照耀下，好像银河一般。再往上，草丛稀疏，岩石裸露，这儿那儿开着稀疏黄花的蒿草取代了淡紫色的肥皂草。

一群黑琴鸡从一片野生的醋栗丛中钻出来，胡乱地飞向空中。老人没有摆出要举枪射击的架势，由它们去了，他只乐于去数鸡群中最老的那只雄鸡有几根尾羽。

这美滋滋的闲逛原本让他忘记了烦恼，但是当他看到路中间的那个脚印时，他心里又恼怒了起来。他立即停住，示意孩子靠过来。

"你看，像这种脚印，脚趾分得开开的，不是狼的脚印。"

孩子疑惑地看向爷爷。

"这肯定是那头野兽的。"

那个星状的脚印像是刻在土里一样，仿佛是一种警告。其他的脚印应该已经被阳光晒干化为尘土了，但是这个脚印被一块大石头的阴影保护得好好的，像一只张开的手掌那么大。

老人蹲下身来检查四周的情况，在长草的斜坡上发现了另外一个半遮半掩的脚印。他忧心地自言自语道：

"它沿着山脊线跑了。我们跟上去，要是运气好的话……"

"爷爷，你要杀了它吗？"

"它已经杀了我三头羊了，一个星期之内三头！要是再让它这么继续杀下去，我们都会饿死的。我当然要杀了它！"

他忍着痛不动声色地站起身来，从兜里翻出一颗子弹，然后迅速地把它塞进了自己那把老毛瑟枪的枪管里。

"现在这么热，它肯定在上面哪个地方躲着呢。现在，我需要你安静得像只老鼠一样。"

孩子一声不吭地点了点头，身体因为害怕而颤抖，颤抖之中还掺杂着一种强烈的兴奋感。爷爷不是乱发脾气的人，那野兽袭击了羊群，它该死。

他们又走了一小时才走到通往山脊线的山口。日晒很强烈，但是这是他们把那畜生从窝里赶出来的最佳机会，它这会儿应该正躲在某个岩石的凹陷处或是一个凉爽的洞穴里睡觉呢。他们目光所及之处，只有白雪皑皑的山顶、令人晕眩的深渊、挑战地心引力的山石峰尖和被侵蚀作用打磨得光秃陡峭的灰色山体。空气中连一丝风都没有。猛禽也抛弃了这大中午的天空。

老人和孩子在一个花岗岩垒成的石头堆的背阴处停了下来。老人让塞巴斯蒂安喝了口水，因为天还长着呢，另外也是因为他们在高山上是找不到任何水源的。他自己则喝了一杯蒿酒，活活血。他们歇息了一会儿，然后重新开始赶路。小路上有许多危险的路段，但是凯撒对大山已经是了如指掌，闭着眼睛都不会走错。至于那孩子，他自打能走路起，就在高山牧场的道路上蹦跶，灵活得像只羱羊羊羔。最近凯撒已经开始放他单独行动，前提是他必须严格遵守几条准则：不可以在山脊上逗留，还有必须在天黑之前回家。

塞巴斯蒂安又口渴了，渴得难受。在山口喝的水不仅没有让他止渴，反而让他更加想喝水。他的舌头已经肿了起来，咽口水也越来越困难。他看着在凯撒背包一侧悬挂着的水壶，越发口渴得难受，可是他不敢叫凯撒停下来，害怕打断凯撒的节奏。老人迈着平静的脚步往前走着，一刻也没有放慢脚步。为了赶上他的步伐，男孩攥紧拳头，绷紧酸疼的肌肉，加快速度小跑着，他一边跑一边想着那头野兽，不知道自己是想要抓住它，还是希望它能逃掉。

突然，一声枪响在空气中炸裂开来，那枪声响得让孩子觉得自己好像都感受到了它的冲击波。一只胸口淌血的岩羚羊从距他不到五十米远处的岩石中冒了出来。它在山坡上摇摇晃晃地走了几步，然后掉下了悬崖。它的身体往下坠去，撞到一块凸起的岩石，弹了起来，然后沿着悬崖峭壁继续往深渊下方坠去。无声无息又没有尽头的坠落，比尖叫声更加可怕。

塞巴斯蒂安努力控制着自己不要喊出来。老人却是一点也没有受到影响的样子，他一边往下看，想要看看猎人是谁，一边气愤地骂道：

"这群浑蛋！居然大夏天的杀母羊！"

剩下的岩羚羊已经沿着陡峭的山道逃走了，就在一秒钟前，它们还在那里的阴凉地里吃草呢。母羊们催促着受惊的小羊羔逃跑，一眨眼的工夫，它们已经消失在乱石堆之中。所有的羊都跑了，但是有一只除外，一个微弱的身影在峭壁上剧烈地抖动着，隔着老远都能看到它的身体在动。

"爷爷，小羊！快看！"

那只失去母亲的小岩羚羊年龄应该不超过两个月。它站在妈妈消失的那块岩石之上，孤零零地不知道该怎么下来。它的叫声越来越大，声音凄厉，令人心碎。

凯撒往上走去，塞巴斯蒂安已经忘了饥渴和疲惫，跟在后头。当老牧羊人走到悬崖上头，到了那只还在咩咩叫的小羊的正上方时，他目测了一下他们之间的距离，足足有二十多米远，而且坡度太大，爬下去风险太高。但是如果放着不管的话，那只小羊肯定活不了。他一抖肩，取下背包，一下把包倒了过来。午餐掉在尘土之上摊开来，同样摊在地上的还有他的刀、一支冰镐和一根他只要进山就会带在身上的绳子。他解下水壶，然后指着绳子示意塞巴斯蒂安过来。

"好孩子，现在你要认真听我说。我们不能让这个小东西死在这儿。我们没有别的选择，而且还得尽快。所以我要把你系在绳子这头，把你放到那个岩石上。你把我的背包反过来背，放在你肚子上，就像这样，等你到了下面之后，你把小羊放进包里，好把它带上来。然后我会把你拉回来。你觉得你能做到吗？"

老人那张经年累月已经变成棕褐色的脸因为担心而皱巴着，但是他的目光依然镇静，黑色的眼睛闪着亮光慈祥地看着孩子。塞巴斯蒂安喉咙发紧，点了点头，他耷拉着双手，由着老人把自己绑上。

凯撒调整好他胸前的背包，把背包肩带尽可能地收紧，然后用绳子从他的胳肢窝下面穿过系好，并特意留出空间好让孩子能够活动自如。他又估计了一下距离，然后走到一个土堆后面立定，万一自己力气不足，这样可以有一个最大限度的支撑。他把绳子系在腰上，把剩下的部分缠在前臂上。一切已经准备就绪。他朝两手掌心吐了口唾沫，用力地搓了搓手，然后攥紧绳子，两脚稳稳地扎在土里。最后，他深呼了一口气，示意孩子行动。

塞巴斯蒂安走到悬崖边，害怕得喘不过气来。为了给自己鼓劲，他尽量不去看脚下的万丈深渊，努力把注意力集中在那个正在声嘶力竭地喊叫着的小羊羔身上。他感到一阵晕眩，好像整个世界都天旋地转起来！小羊站在狭小的岩石上，看上去很渺小。它身体抖动得厉害，不知道是因为喊得太大声，还是因为恐惧，不过它随时都有可能掉下去。这让塞巴斯蒂安坚定了决心。他不再多想，抓起粗糙的绳索，用尽全身力气抓紧它，两脚蹬着斜坡，往下滑去。几块石头滚落下来，掉在小羊身边又反弹起来，它们奇迹般地无一砸中小羊。紧接着，斜坡毫无预警地消失了，绳子突然绷紧，塞巴斯蒂安被这突如其来的冲击勒得喘不过气来。他感觉自己要翻过身去，但是他还没来得及害怕，就已经像一个提线木偶一样在空中恢复了平衡。爷爷的声音从上方传了过来：

"等你到底了，把小羊放进背包之后，你用力地扯一下绳子，我就把你拉上来。别担心，我抓得稳着呢。"

塞巴斯蒂安没有回话，因为他不想让那只小羊更加害怕。小羊已经仰起了头，但是恐惧蒙蔽了它的双眼，它好像什么都没看见。它的叫声已经变成了一种刺耳的呻吟声，塞巴斯蒂安心想它是不是在呼唤它的妈妈。

绳子一阵一阵地往下放，但是突然有什么东西，也许是一个太剧烈的动作，又或是一个障碍物，让他突然在空中打起转来。凯撒锁住力气等他稳住，然后又放下一段绳子，让孩子继续往下滑。现在就只剩下一米接一米地慢慢往下滑了。

塞巴斯蒂安来到了离他足足有两米远的峭壁的水平位置上。他往前一冲，使他的双腿然后是整个身子发生一种钟摆效应。他的脚终于够到了岩石。他立刻往前探出手臂，抓到了一截干枯的山茱萸树枝，落在了岩石上。小羊吓得跳了起来，差点把他推到空中去。塞巴斯蒂安抓稳了手里的支撑点，往前靠过去一点，成功地把空出来的一只手塞到小羊温热而又出奇地柔软的肚子下面。

"过来，小羊，我不会伤害你的……"

小羊的心脏在他的手掌上剧烈地跳动着，汗水打湿了它的皮毛。塞巴斯蒂安抓起小羊，毫不费力地把它举起来，然后摸索着打开背包。小羊已经停止了喊叫，它的身体好像一下就变重了，似乎是已经明白了逃生的唯一希望就取决于自己的顺从。塞巴斯蒂安顺利地把它放进了背包里，然后把背包的束带收紧，让小羊没有任何逃跑的可能。做完这些工作之后，他晃了晃绳子，小声地说道：

"你看着吧，我们马上就要飞起来了，然后你就得救了。别担心，凯撒壮得跟个巨人一样。"

他感到自己被慢慢地往上拉，意识到要把自己拉上去并不是件简单的事，但接着他便驱散了心中的所有恐惧，因为他对自己的爷爷有一种盲目的信任。小羊身上散发着一种混杂着麝香、皮毛和干草的味道。塞巴斯蒂安把脸埋在小羊短短的皮毛之中，上升的过程好像都变短了。

# 2.

孩子抚摸着小羊的头，凯撒掏出酒瓶，喝了两大口蒿酒。酒精像波浪一样在他的血管里扩散开，止住了他的颤抖。他这次是真的害怕了，不是为了自己和自己那颗老朽的心脏，而是为了那个孩子。他正要把那瓶酒一饮而尽，突然感到一道目光正谴责地看着自己。他嘴里嘟嘟囔囔地把酒瓶放回了口袋，夸大自己不开心的样子，想要转移孙子的注意力。

"我们出来是为了抓那头吃了我们的羊的野兽，结果却带头小羊羔子回去，你说这算什么啊！"

他知道塞巴斯蒂安不喜欢看到他喝酒。一般情况下，他都是等到晚上守夜的时候再喝，而且他会忍着不在山上喝，尤其是当他俩在一起的时候。

"那我们现在回去吗？"

"我们去羊舍。不过我们得先吃点东西。"

"那它呢？得给它起个名字。"

"你可以叫它'狗屎运'！"

"这太难听了！它都是个孤儿了，得给它起个真正的名字……"

老人的脸色一下子阴沉了下来。塞巴斯蒂安忙着想名字，没注意到他脸色的变化。

"吉祥，如意，奇迹……我叫你闪电怎么样？霹雳呢？你喜欢这个名字吗，霹雳？"

走到羊舍只需要一小时的路程。他们回到山口，然后从一条陡峭的近道往高山牧场方向走去。老人感到自己的双腿累得像灌了铅一样，他比往常更用力地拄了拄手里的拐杖。他的捕猎计划被打断了，这让他很不高兴，但是一想到自己要追到那头野兽至少得耗费一天的时间，心里又得了一些安慰。他开始感到烦躁，骨头里传来的疲倦让他心生忧虑。他应该还能再撑上几年，撑到这孩子长大成人。安热利娜自然是事事周全，但是他不可能让她牺牲自己的人生，这一点他无论如何都不愿意。她刚来的时候也是个孩子，现在已经到了参加人生第一个舞会、少女思春的年纪，偏偏这个时候战争爆发了。不，眼下的日子已经够艰难了，绝不能让一个跟她没有血缘关系的孩子成为她的负担，就算她把这孩子当作自己的亲弟弟也不行。

塞巴斯蒂安对爷爷担忧的事情一无所知，他一边蹦蹦跳跳地走在路上，一边注意看着小羊是不是老老实实地窝在爷爷的背包里。老牧羊人暗暗下定决心，不久之后就把事情跟这孩子说清楚。以后，等这场该死的战争结束的时候……

　　最后一千米路要穿过一片阴暗凉爽的松树林。他们终于走出树林，来到一片开阔的长满牧草的山谷上方。铺着板石屋顶的羊舍坐落在一个山岗上。羊舍灰暗低矮，有两个逼仄的入口，给人以一种孤寂又稳固的印象。羊舍四周是平缓的山坡和茂密的草丛，俨然一个理想的高山牧场，这个牧场足够开阔，适宜牲畜度过夏天。羊群分散在西边的老地方，看上去一切都很正常。凯撒看了一眼羊群的状况，放心地喘了口气。

　　凯撒走到一群带着羊羔的母羊旁边，把小羊轻轻地从背包里抱出来。他摸着它的脖子，小声地给它打气道：

　　"你看着吧，我会给你找一个新妈妈的。"

　　他没有犹豫，朝一只形单影只的母羊走去，在离它几步远的地方蹲了下来，然后把小羊朝它推过去。塞巴斯蒂安小声问道：

　　"为什么要选这只呢？它看着病病歪歪的。"

　　"它刚生了一个死胎。我们很快就知道它会不会接受别的小羊了。失去孩子的母亲什么事情都做得出来。你的'狗屎运'还需要再多一点运气。"

　　"它不叫'狗屎运'！"

　　"安静，快看。"

　　小羊被一股淡淡的奶味吸引着，迈着犹豫的步伐往母羊走去。母羊的奶头又胀又疼。当小羊贴近它的身体想要吃奶的时候，它作势要踢小羊，然后又似乎改了主意，开始无甚顾忌地嗅起小羊的气味来。小羊浑身发抖，任由母羊推搡自己，它发出了一声喉音，那声音介于咩咩叫和叫苦之间。它的叫声让经历丧子之痛的母羊心生怜悯了吗？不管怎么说，母羊已经开始大力地舔舐小羊了。凯撒满意地吐了口气。

"母羊舔它的话，说明是个好兆头。它得救了……至少目前可以这么说！"

饿极了的孤儿胆子大起来，它用鼻子嗅着母羊的两侧，还在寻找着奶头。最后，它终于找到了，立即贴上去贪婪地吸吮起来。母羊已经停止舔它，平静地由着它吃自己的奶。塞巴斯蒂安坐在地上，惊奇地看着这一切。凯撒看着他，心情沉重。如果他能掌握快乐的秘诀，他会每天都取出一部分，让这孩子开心。虽然他脸上没有露出任何迹象，但是塞巴斯蒂安的突然难过，让他感到惊恐。他站起身来，长长地伸了个懒腰。

"好了，已经浪费够多时间了。我去把羊赶回圈里。有那头野兽在山上头游荡，我不放心。告诉安热利娜我晚点回去。"

男孩看了最后一眼小羊和母羊，一跃站起身来，朝通向村子的小路跑去。看着他那麻利的样子，凯撒忍不住又大喊着嘱咐道：

"从格兰蒂耶尔路直接回家，不许绕道，听到没？"

孩子抬起手表示听到了，连头都没回一下。那孩子不管有没有耐力，早晚都会累的。凯撒看到孩子的身影消失不见之后，才迈着沉重的脚步往羊群走去，找到了那头领头的母羊。那头羊已经习惯了听从简单的命令。他叫唤它，看到羊群老实地跟在它身后动起来，松了口气。他再次在心里说得寻一条狗来养。没有任何人帮忙，一个人赶羊、看羊对他来说已经变得太困难了。他怀念起那条去年冬天死去的老伙计来，那是一条比利牛斯牧羊犬的串儿，陪了他有十多年。

# 3.

把羊群全都赶进挨着羊舍的围栏里之后，凯撒走进羊舍的厅里。那是一个低矮、凉爽的房间，从外面的光亮中走进来，屋里显得更加阴暗。他有几秒钟一动不动，好让眼睛适应一下光线的变化，看上去又像是在犹豫着什么。那扇隐藏在厅堂尽头的木门，对他有着难以抗拒的吸引力。他当然可以打个盹，恢复一下体力，然后给羊挤奶，早点回家。安热利娜肯定会很高兴。他们三人可以像以前一样一起吃晚饭，他会给塞巴斯蒂安讲几个过去的传说，又或者跟安热利娜聊一聊家长里短。他有多久没过过这样的日子了？小羊的事情让他心绪不宁。他耸耸肩膀，气自己没能抵抗住诱惑。都是这场该死的战争的错，还有那些阴魂不散埋在他身上的苦痛……另外，他睡不着觉。至少是睡不踏实。

在逼仄的杂物间，那股味道扑面而来，让他忘掉了顾虑。虽然房间一片昏暗，他还是分辨得出蒸馏器的轮廓。就算闭上眼，他也能认出它的每一条曲线，这套东西他太熟悉了。他抓起一个空瓶子，把它放在一个大容器的铜嘴下面，容器上次被他填了一半的酒。他听着蒿酒缓缓流淌的声音，闻着酒精呛人的味道。这里流淌着的是让他忘记一切烦恼的佳酿！瓶子满了，凯撒把它凑到嘴边，喝了一大口，缓解口渴，然后他打了个响舌，满意地说道："好酒。"他正准备把瓶子放回去，突然听到外面传来一阵声响，先是跑步的声音，接着是有人大力敲门的声音。有人在叫他，凯撒觉得好像听到了村长的声音。他突然紧张起来，立即把瓶子放到蒸馏器旁边的地上，他动作太快，以至于那珍贵的液体从瓶中溢了出来，洒在了被压实的地上。他心里骂着脏话，原路返回，心扑通扑通地跳着，好像被人抓住了什么错误一样。他小心翼翼地关上门，希望任何人都不要闻到蒿酒飘散出来的味道。要是被发现了，他就假称自己刚刚喝了一杯。毕竟他是在自己家里，当然可以想做什么就做什么，想喝酒的时候就来上一杯，但是如果蒸馏器被发现了，他就完了！因为那些该死的德国人，以前交个罚金就能过去的事现在可能会给你招来大麻烦。就连村长，也会因为形势所迫（还有他天生的愚蠢），觉得自己必须加重惩罚力度，追捕所有违法乱纪的人。只要不提反抗军……

他为了让自己的声音听起来更自然，故意装出没好气的样子，提高音量说道：

"别敲了，来了！搞这么大动静，打扰老实人睡觉可是不允许的！"

开门之后，孔巴吓破胆的样子让他差点笑出来，但是看到跟在他后面的那几个人后，他很快就没了兴致。他的邻居，牧羊人安德烈，被两个伙伴架着，脸色惨白，嘴里不停地小声哼哼。血浸湿了他的裤子，凯撒有一瞬间在心里琢磨他是不是中了流弹。然而，他可以确定的是，自己今天早晨只听到了一声枪响。他的眉头又皱了起来。

"他怎么了？"

"是那头野兽。它攻击了他！"

"那头野兽？！"

安德烈被别人抢了话，感觉伤了自尊，他停止哼哼，傲慢地说道：

"直接冲过来的，我一点准备都没有。我还没来得及举起枪，它就已经扑到我身上了。我身上东西多，什么也做不了。另外，我没料到它会袭击我。保罗举起了枪，把它给吓跑了。"

那个保罗点点头，接过话茬说，他的枪还没上膛，那畜生一看他把枪举起来了，就立刻跑了，明显是知道枪的厉害。

"你不知道它有多大！就是一头怪兽，大得吓人，两只眼睛绿油油的，好像地狱之火一样！还长着一张血盆大口！"

安德烈虽然身体虚弱，还是惊恐地转着两只大眼珠子哼哼唧唧地表示赞同。大家觉得，他在叫疼的同时还隐约透露出一种荒诞的自豪感，那是一种为自己能从几个星期以来让整个地区胆战心惊的魔鬼嘴下死里逃生而产生的自豪。一向讲究实际的村长开口了，让手下不要把话题扯远了。

"牛皮以后再吹，眼下要紧的是给你的伤口消毒……"

凯撒示意他们进屋，指了指屋里的橡木桌子。安德烈已经看到了自己要被截肢的命运，猎人们不顾他的反对，把他放到了粗木板上，凯撒点亮油灯好看清伤口。他动作干脆地把那裤子撕开，分开带血的布。伤口很深，位于小腿肚子的上半部分，看样子很严重，说明伤者是被结结实实地咬了一口。他惊地"咝"了一声，去找那个自己装绷带、伤药、针线和一把旧镊子的马口铁盒子。得先止血，然后再给伤口消毒。他把手伸进口袋，心里祈祷着，希望他的酒瓶里最好还剩一点蒿酒，不然的话，他就不得不当着其他人的面去杂物间拿。感谢上帝，他没把瓶里的酒全喝完。安德烈的脸色已经变得跟葬礼上的大蜡烛一样，凯撒不顾他的反对，招呼其他人帮忙按住他，然后把酒精倒在了伤口上，安德烈立刻疼得号起来。凯撒被他的叫声惹烦了，厉声骂道：

"该死的，你可真能号！别叫了，安德烈，你把我们的耳朵都要震聋了。还当自己是英雄呢！"

"如果不是那畜生偷袭我的话，我早就一枪把它拿下了！"

"要说打死一只无力反抗的岩羚羊的话，那你肯定是把好手……"

"你什么意思，凯撒？"

村长好像是生气了，不过那闪避的眼神证实了老牧羊人的怀疑。

"不到三个小时之前，不是你们杀死那只母羊的吗？"

"你怎么知道那是只母羊的？"安德烈哼哼着说道，"那只羊摔进了沟里……"

"因为我跟塞巴斯蒂安救了它的羊崽子，我就是这么知道的！我还知道，当我要朝一只猎物开枪的时候，我不用数它的奶头也能知道它是公的还是母的！所以你少来跟我炫耀你在那头野兽跟前有多厉害了，不然的话，我就告诉别人你连男女都分不清楚！等到了夏牧节，你要是想请姑娘跳舞的话，可一定要留心点了！"

他笑起来，村长赶紧出面让大家都冷静点。孔巴发现老牧羊人比平时暴躁，不想让事态失控。凯撒虽然脾气臭，但是说到跟踪猎物，没人比得过他，跟他置气可不是聪明之举，更何况眼下时间紧迫……

"凯撒……"

"叫什么凯撒？你当时也在场，你什么都没做！你们都算什么猎人！"

"现在不是时候……"

"什么时候都不是时候！"

尽管如此，他还是平静了下来，知道自己再说就过火了。为了重拾风度，他把注意力集中到伤口之上，血已经止住了。最紧要的步骤已经做完了。伤口边缘很干净，透着鲜红的血色，不过还得缝上几针，因为伤口已经深到肉里了。他无视安德烈的龇牙咧嘴，用一块干净的纱布把他的小腿包上，然后绑得稍稍有点紧，让这个蠢货吃点苦头也没什么坏处。他已经把急需做的事情做完了，应该能让他撑着回到村里了。缝合的事情，纪尧姆会做。他开口问道：

"你们去了吉尔容山顶？"

他这么问与其说是出于好奇，不如说是为了打破尴尬的沉默气氛。

"没有，那头野兽胆子越来越大了，你别不相信。我们是在格兰蒂耶尔路上遇到它的，当时我们正要回家……它不知道从哪里窜出来的，朝我们扑了过来。"

"老天爷啊！"

老人的脸色立刻变得跟伤员的脸色一样惨白。一想到那孩子正走在那条路上，朝着那头发疯的野兽走去，他一下子瘫得动也动不了，连话也说不出来。他的内心充满了惊骇。是他让孩子走那条路的，而这一切只是为了让自己能够平静地喝口酒！焦虑之下，他晕头转向，身子也摇晃起来，他伸手想要扶住点什么。村长眼看着他脸上变了颜色，赶紧上前，及时地扶住了他。

"哎！你怎么了，凯撒？你不舒服？"

"塞巴斯蒂安……他在……在格兰蒂耶尔路上。不到一刻钟前刚走……"

"圣母玛利亚啊！"

猎人们惊讶地面面相觑。所有人都见识过那头野兽的厉害，绵羊被开膛破肚，喉咙被撕得稀巴烂，内脏被扔在草地上，还冒着热气。要是那孩子不幸遇上了它，肯定就完了。

# 4.

塞巴斯蒂安救了小羊，兴奋地一口气冲下了山。他对脚下的路烂熟于心，他知道它上面的每一块石头，每一条裂缝，因为夏天里，他几乎每天都要走这条路到羊舍附近帮他爷爷放羊。他喜欢跟着老牧羊人转悠，也几乎同样喜欢独处的机会，因为在那些时刻，他感觉自己可以自由自在地探索这个世界。有时，他幻想自己是一只雄鹰，可以飞跃山口，飞过群山，跨越国界，一直飞到美洲去。

他绕过土拨鼠湖，穿过一片百岁松林，松林沙沙作响，发出神秘的折断声响，他跨过一条小溪，那溪水灌溉着山下四千米处的圣马丹山谷，不过他没有走溪水上面的小桥，而是选择了跳过去。水面已经降低，让人可以蹚着过河。当然了，他差点从河中间一块还长着青苔的岩石上摔下去，他的笑声吓飞了一群山鹬。他决定到他最喜欢的那块岩石上去晒干身上的衣服。就算他迫不及待地想把今天的经历都告诉安热利娜，他也没什么可着急的。他已经可以想象得到，当听说自己和爷爷一起救了一只小羊后，她一定会又惊又喜地张圆了嘴巴。今天是个好日子，是个适合许愿的日子。要是她能回来就好了……就算是为了圣诞节回来也好，那将是一个好极了的礼物。最后，他一跃而起，像离弦的箭一样继续赶路。

在走近沿着溪水延伸的格兰蒂耶尔路时，他的脚步慢了下来，因为这条斜坡路很难走。一个动静让他警惕起来，他停下脚步，只见一个毛茸茸的东西像支箭一样从路中间窜出来。那兔子拼命地跑着，塞巴斯蒂安心想，什么东西能让它这个样子逃窜，简直是火烧屁股一般。他突然紧张起来，屏住呼吸，警惕地看着四周。有什么东西在靠近，他感觉到了。他觉得自己好像听见了嘶哑的喘气声，他抬头看向坡道拐弯处的那个石头狭道。

在那儿，就在路的正中间，那头野兽半缩着身体，拦住了他的去路。在它的脚下躺着一只已经被咬破喉咙的野兔。那动物感到有人在看自己，把身体缩得更紧，翻起嘴唇，发出一声低吼，它嘴巴上还沾着血迹。孩子虽然被眼前的场景吓了一跳，他还是注意到这动物既不是狼也不是什么从地狱里逃出来的怪物，它看上去更像是一条毛发蓬乱、颜色暗沉的大狗。它的低吼声越来越大，像是马上就要发起攻击。塞巴斯蒂安一步也没动，眼睛死死地盯着它的黑色瞳孔。他几乎没有在喘气，他是如此着迷，连害怕都忘了。那是他见过的最令人印象深刻的动物，也是他所接近过的最具野性的一只动物！那条狗只要跳一下，就可以把他扑倒在地，把他像那只野兔一样吃掉。然而，塞巴斯蒂安并没有颤抖，而是眼睛一眨不眨地看着它，眼里既惊又敬。他们对视的时间越来越长，那低吼声逐渐变低，变成了某种低沉的颤音，最后这颤音也停止了，只留下一声回音，好像一种悬而未发的威胁。那头野兽打破了这奇特的时刻，它往前迈了一步，一边还护着野兔的尸体。它打量着小人儿。他们之间只有不到三米的距离。空气中好像有电，孩子哆嗦了一下。他得采取点行动。他突然有了一个主意，轻声地对它说道：

"我不会抢你的野兔的……"

他见那动物没有反应，便轻轻地往后退了一步，表示自己不是来抢食的。狗往前走，然后停下来，好像是在等他行动。它的耳朵竖起，冲着天。塞巴斯蒂安又小声对它说道：

"凯撒，他叫你野兽。好像你真是一头怪兽似的。但实际上，你只是一条狗！我这么说不是为了惹你生气。你长得这么大，什么动物都能杀死……"

他咽了咽口水，又一口气说道：

"凯撒，他是我爷爷，他是这山里头最好的牧羊人。"

回答他的是一声低吼，就在这时，那头动物动了起来。这下，他感到自己的肌肉都因为害怕而紧绷起来，他垂下眼睛，等待袭击的到来。动物叼起野兔，直接往孩子扑来。塞巴斯蒂安白费力气地下意识抬起胳膊护住自己的脸，等待袭击的到来。那袭击没有来。那头野兽，不再关心小人儿，消失在斜坡后面。

塞巴斯蒂安惊呆了，花了好一阵工夫去搞明白是什么原因让那动物逃跑了。一阵激动的声音渐渐传到他耳朵里。他转头向山坡看去，只见一群人正挥舞着猎枪出现在那里。一个激动的声音喊道：

"喂，你的小野人在这儿呢！他还活着！"

凯撒推了说话的人一把。那人是村长，认出他来，塞巴斯蒂安吃了一惊，因为孔巴通常都在村里待着，很少会像现在这样赶山路。他爷爷厉声骂道：

"你在那边傻站着看什么呢？你早就该到家了！你跑哪儿玩去了？"

"我听到你们来了。我在等你们。就是这样。"

"你什么都没看见？"

村长一脸狐疑地看着他，这可不是什么好事情。塞巴斯蒂安毫不露怯地冲他露出一个无辜的笑容，谎话已经到了嗓子眼。

"看见什么？"

"野兽。它就在这片地方游荡，而且就在今天上午，它还袭击了我们。"

孩子这才注意到最后一个猎人是跛着脚来的，他的裤子上还带着黑色的血迹。他摇了摇头没有说话，然后眼睛看向别处，生怕别人看出自己的秘密。凯撒伸过手来，疼爱地摸了摸他的头发。

"你跟他们一起回家吧，这样更安全。你直接到面包店去。我晚点到。我得回去给羊群挤奶，行吗？"

孩子没有回话，突然走开了。凯撒叹了口气。他安然无恙，这是最重要的。为了掩饰重新平安地找回塞巴斯蒂安的激动心情，他又略带严厉地说道：

"好了，走吧，现在就走。你已经磨蹭够久的了！"

他冲其他人一一点头，打了招呼，转身往高山牧场走去。他知道那孩子生气了，因为自己不相信他的能力，反而把他交给了一群陌生人。别人说他是野孩子不是没有原因的……除了他还有安热利娜，塞巴斯蒂安不接受任何人的管教。凯撒有时候觉得他们这家人一直以来都注定了要过离群索居的日子，就像那个坐落在圣马丹出口、远离其他住宅的小木屋一样。他们注定跟其他人都不一样。

猎人们上路了。塞巴斯蒂安闷闷不乐地走在后面。快到村口的时候，安德烈开始哼哼，想要引起其他人的注意。其他人眼看着快到家了，也放松下来，他们忘了孩子的存在，开了几个粗鄙的玩笑。捕猎失败让他们头脑发热，失望的情绪让他们想要找人吵架。最后，心怀怨恨的伤员大声说出了其他人的心里话：

"这个凯撒啊，这次好像没有喝太多。"

"你过三个小时再去看看，我觉得他肯定没刚才那么猛了！"

村长说完这话，还挤了一下眼。老牧羊人刚才教训了他，还当着他手下的面，他可咽不下这口气。就算安德烈打死了一只母岩羚羊，说到底，跟他有什么关系。他也什么都没看到。再说被那头野兽袭击的画面他还历历在目。他站在一群嬉笑的人中间哈哈大笑，突然看到塞巴斯蒂安扭曲着小脸，握紧双拳，站在路中间盯着他们。

"他没你们喝得多！"

那些人不仅没有闭嘴，反而笑得更大声。这孩子气呼呼的样子太好笑了，不知道的还以为坏脾气也跟感冒病毒似的能传染呢！保罗笑得上气不接下气，喘着粗气重复他的话：

"你听到他说什么了吗，孔巴？不比我们喝得多！他居然还护着那个老酒鬼！很快他就要有能耐骂我们了！"

为了让他闭嘴，塞巴斯蒂安用尽他所能表达出来的所有鄙夷，把话像利箭一样射了出去：

"他至少知道怎么打猎，而且他不会杀死小岩羚羊的妈妈！"

众人震惊得说不出话来，笑声戛然而止。安德烈伪善地问道：

"那你呢，你以为你是谁，吉卜赛人吗？"

说完他走上前去，举起手，想要给这个不知好歹的孩子一巴掌，好好教训他一下，但是塞巴斯蒂安老远就看到他走过来，一个闪身便躲过了，跑到离他几步远，在他胳膊够不着的地方站定，更加大声地喊道：

"我知道那头野兽为什么要咬你，因为你跟山羊一样臭！"

尽管身上有伤，安德烈还是想要去追他，但是回过神来的村长一把把他牢牢拉住。

"随他去吧，这就是个小蠢货。我们已经浪费不少时间了。现在回去吧。"

为了给自己的话增加点分量，他从兜里拿出一块怀表来，自从他从一个过世的叔叔那里收到这个宝贝之后，他就养成了这个习惯。由于他太过依赖这块表，他已经不会在没表的情况下判断时间了，不过他一点也不在乎。这块明晃晃的怀表证明他是位"老爷"，而不是某个粗鄙的农民。那是块金表，连着一条粗粗的铜质表链，下半部分的表盘涂成了灰色，上面有一根针指着一个雕刻精美的太阳，可以像指南针一样指方向。

就连那孩子也靠过来欣赏那块怀表。他忘记了安德烈、保罗的存在，也忘掉了他们的辱骂。村长的怀表走到哪里都能成为人们的谈资。

# 5.

他们来到马路上，下面就是村子的第一排房屋，突然一阵不祥的发动机轰鸣声传来。一辆崭新的拖拉机从通往山谷的道路拐弯处快速冲出来，往村子开去……看来又要有麻烦了。村长低声骂了一句。

"该死，真不是时候！这些德国鬼子！"

"你确定他们是德国鬼子吗？"

"确定以及肯定。他们替换了这里的所有意大利人，这对我们来说可不是什么好事。"

塞巴斯蒂安没跟他们打招呼就溜了，其他人也没有要阻止他的意思。得去通知安热利娜。猎人们推着、拽着安德烈，想让他走得再快点，而塞巴斯蒂安则从一条近道溜走，穿过一片错综复杂的巷道，穿过一片花园，跳过教堂后面的石头阶梯的最后几个台阶，匆忙朝大广场上的面包店跑去。当他推开门的时候，门铃声被震耳欲聋的警报声盖了过去。安热利娜正惊讶地张大嘴巴，站在柜台后面，她抬手捂住耳朵，一脸厌恶的样子。

"德国鬼子！他们来了！"

"我听到了。不要用德国鬼子这个词……他们拉响了警报，这可不是好兆头。"

年轻的女子看了一眼塞巴斯蒂安，似乎有些犹豫不决。

"听着，我不想让你帮这个忙，但是得有人去通知纪尧姆。"

"去他的诊所？但是他应该听见警报声了啊！他又不聋！"

安热利娜忍不住笑出来，但很快就恢复了严肃的表情。

"不，他不在诊所。你到埃克兰路上肯定能找到他。你能跑着去吗？"

"当然可以！没有比我跑得更快的人了！"

"小心点，塞巴斯蒂安……德国人现在可不好惹。"

"为什么？"

"因为……他们现在的日子开始不好过了。三年……"

"他们要抓他吗？"

"当然不是！你都乱想些什么呢？！你只需要提醒他一下……他只需要被提醒一下。"

"好的！"

他转身正要离开，她突然抓住了他的手，好像是要留住他。他顺着她的目光看去，刚好看见门扇一下子开了，一个身穿灰色制服的男人走了进来。在孩子的眼中，他就是个巨人，他长着一张令人捉摸不透的脸，表情像花岗岩一样生硬，只有那双冰蓝色的眼睛好像闪烁着一种令人担忧的力量。在他身后，两个人影弓着腰，叉着腿，摆出一副威胁的姿态。军官脸上有些犹豫不决，他的眼神滑到塞巴斯蒂安身上，然后他又扭过头去，用德语下了一道命令。士兵立刻走开了，然后就听见他们一边猛烈地砸着马拉尔家的门，一边大声喊道：

"所有人出来。集合！"

军官走进店里。在看到安热利娜之后，他的眼神变了，只是塞巴斯蒂安不知道怎么形容那种变化。那双眼睛的颜色变得更加明亮，还多了一丝波动，这给他增加了点人味。那似乎是一种犹豫。孩子感觉自己怒火上来了。安热利娜长得美，周围的人都这么说，但更重要的是她是他的大姐。有些时候，当他日子过得特别不顺心的时候，她甚至相当于他的第二个妈妈。怎么能让一个不知羞耻的德国鬼子这么打量她呢！他正要喊叫，突然感到有人从背后推了一下自己。他赌气地反抗着，拒绝在压力下屈服。

"赶紧走，你在这儿碍事！"

他转过身去想要抗议，但是面对那双黑色的眼睛发出的无声的请求，他顺从了，从半开的大门溜了出去。那个德国人没拦他，让他走了。他一直盯着年轻的女子看，脸上挂着半戏谑半欣赏的微笑：

"您好啊，安热利娜小姐。"

他知道她的名字。年轻的女子虽然吃了一惊，还是努力保持镇静。她的大脑飞速地运转着，想象着一个比一个骇人的情景。她努力让自己平静下来。这些该死的德国人看来是对所有人的情况都了如指掌，她绝不能露怯。她用一种冷冰冰的语气和尽可能不偏不倚的客套回答道：

"先生您是……"

"皮特·布劳内中尉。我来是为了订一炉面包。"

"面包？！"

"您是面包师，不是吗？从这星期开始，每星期一，您都需要提供三十公斤的大面包，这是司令部的命令。我们跟山谷里的面包店在供给上出了点问题……"

"三十公斤，这不可能。"

尽管安热利娜从本能上知道自己说话应该客气一点，她还是感到自己被气红了脸。这个人疯了。她想到热尔曼，那个睡在厨房里的年轻学徒工，他不仅要被和面的工作累得半死，还得天天想着上哪儿弄面粉去。现在，居然还发生了这种事情！怎么不要一吨面包呢？！她攥紧拳头，没有意识到自己的愤怒造成了什么影响。她咬着嘴唇，想要说话，又放弃了，等对方开口。军官看着她愤怒的样子，脸上的笑容不知不觉地笑得更开了。他的语气勉强地带上了一丝嘲讽式的威胁：

"哦，我觉得正好相反。还有，我建议您不要像莫里耶讷的面包师一样缺斤少两。他现在每天要交五十公斤。"

这太过分了！安热利娜正对着他站着，浑身发抖，再也顾不上谨慎小心了。既然他什么都知道，那就得让他搞清楚状况！

"对我们这么一个小面包店来说，三十公斤太多了！我们每天连二十公斤都做不到。还有，我们只有两个炉子。另外面粉呢，您会给我们提供吗？我们的面包师还没回来，现在是一个学徒工在干所有的活！"

"小姐，我提醒您一下，我们现在是在打仗。命令就是命令。"

"先生，那我得告诉您，真正的士兵应该是上阵杀敌，而不是打劫老实的生意人！"

她说完这话就后悔了，害怕自己越了界。愤怒让她把纪尧姆，还有那件在暗地里进行的、她自己知之不多的事情忘到了脑后。她简直蠢透了！她咒骂自己管不住自己的嘴巴。军官的脸色变得煞白，表情从讥讽变成了一种掺杂着责难的暴怒。她忍不住垂下了眼睛，想要找到一个听起来不像是借口的理由来解释。她什么也没想到。她憎恨这场战争，憎恨这种被占领之后的屈辱，还有这种戏弄和这些愚蠢的命令……这些才是她想解释的，她知道说这些都没用，因为他是敌人。关于他们的暴行，有很多可怕的传言……她服软了，最后小声说道：

"我尽力吧。"

"很好。那我就告辞了。星期一见。"

他离开了面包店，不过他没有把门关上。他去跟士兵们会合，士兵们正在把马拉尔一家从家里推出来，看样子是在进行一次常规搜查。马拉尔夫妇垂着手站在那儿，但是当马拉尔看到其中一个士兵转身回屋时，他开始抗议起来。安热利娜心想他们怎么没来搜她的店呢。她走到玻璃窗前，犹豫着自己该做什么。她当然同情这些可怜的人，但是只要这些德国人还在这边忙着，纪尧姆那边就没事，这也许能给那孩子多一点时间去通知他。

她听到一阵盘子打碎的声音，身体抖了一下。一个声音喊道：

"出来，快！"

马拉尔想冲过去，但是另一个士兵把枪对准他，拦住了他。

第一个士兵拉着奥尔唐斯的胳膊出现在了门口。万幸的是，他虽然脸上坚决，但下手还是有分寸的，手上用了力但是算不上粗暴。马拉尔母亲的年纪让人不敢下手过重。另一个士兵，为了扭转局面，开始发表一段显然是已经烂熟于心的讲话：

"我们要搜查房屋，所有人都到布劳内中尉面前立正站好。"

母亲的出现让马拉尔不再沉默，他弱弱地抗议道：

"为什么要逼她呢，您看得很清楚，她走不动路！"

那士兵见自己的长官没有吭声，以为是得到了默许，便又扯着破锣般的嗓子继续说道：

"因为我们知道你们窝藏了犹太人。你们把他们藏起来，然后帮他们穿过边境！我们在大狭道上发现他们的踪迹了！"

"没人窝藏任何人！"马拉尔嘀咕道，"你们愿意搜的话，随你们怎么搜，但是请不要打扰我母亲……"

有人小声地附和他。人们已经开始往大广场聚集，一个从邻近的镇子过来的人正小声地警告着还没经历这一切的圣马丹居民，他家已经被翻了个底朝天。德国鬼子什么都翻，就连草料都翻。在山下圣让村的铁匠家，他们甚至连粪坑都搅了搅！

就在这时，村长出现了，他穿过畏缩在一起的人群，后面还跟着三个人。安热利娜感觉自己的血液都要凝固了。为什么没人阻止他们呢？！安德烈被保罗搀着，手脚并用地说着什么野兽的事情，看样子是没有注意到德国人的存在。村长冲他喊了一句"闭嘴！"，大家重新恢复安静，整个场面就好像牛奶凝成了块，每个人连大气都不敢喘。孔巴公然地无视那两个怎么看都是新兵蛋子的士兵，不慌不忙地冲军官打了个招呼，说了一句"您好，中尉"，然后两手交叉放在肚子上，站到了他面前。他要么是知道怎么看军衔，要么就是那个人已经跟他介绍过自己。安热利娜忍不住咯咯笑出声来。马塞尔·孔巴虽然贪图虚荣，但还是显示出了一定的胆量，而且他接下来的话也不乏勇气。

　　"我能问一下是怎么回事吗，中尉？为什么要在我们的小村子进行这么一场搜捕呢？"

　　布劳内没有回答他的问题，而是指着安德烈的伤口，嘲笑着问道：

　　"怎么，大狭道那条路这么危险吗？"

　　"老天啊，这我可不知道。我们刚才是在格兰蒂耶尔路。"

　　"哦，是吗？您这是想要嘲笑我吗，我看是这样……"

　　他的语气变了，从彬彬有礼变得冰冷，像冰块一样。安热利娜忍不住颤抖起来。

　　"我们被那头野兽袭击了。"

　　"野兽？您是说一匹狼？"

　　"不如说是一条野狗。最近这几个星期，它已经杀死了我们好些羊。"

　　"原来您跟我一样。您也在追捕害虫……"

　　他越笑越大声，笑得又响又亮，村长看上去好像突然明白了自己的小把戏一点也没有讨到他的欢心。德国鬼子的反应让他慌了，孔巴还没有蠢到不知道跟占领者硬碰硬的后果的地步。问题是，他在大山上的村子里过惯了安稳日子，已经有点忘了当前的政治形势。这个家伙看起来不像意大利人一样好相处。他大权在握，只要他高兴，或者突发奇想，他就可以随心所欲地凌驾于法律之上，搜查或者逮捕一个人，因为他可以这么做。如果他想的话，就连村长也能抓起来！有人讲过最近来到山谷的一些德国鬼子的一些罪大恶极的暴行。

　　他看了一眼四周，看到他的同胞们浑身发抖，像遭到训斥的学生一样低着头。这景象让军官心情舒畅，因为他再次开口说话时，语气欢快，但是那话中的威胁可是再清晰不过了。

"不要跟我说您不知道山谷里发生了什么。"

"您是说那头野兽吗?"

"我希望您不要把我当成一个……那个词怎么说来着?笨蛋,对吗?"

村长佯装在思考的时候,保罗打了个嗝。这个家伙想干什么?想要他指控他的邻居和乡亲们吗?他们的儿子自从收到参加强制劳动的通知后就失踪了。还是要他指控那些想往边境那边跑的人?!他清了清嗓子,但找不到什么话说。

"如果不是你们收走了我们的武器,我们早就杀了那畜生了!"

"您把协助偷渡者的人员名单交给我,我就把一些武器还给您。这用你们的话怎么说来着……一物换一物?"

该说的话都说完了。一次正面交锋就足以让皮特·布劳内建立他的权威。

安热利娜想,如果没有意外发生的话,而且假设德国人每家每户都要搜的话,他们用不了一个小时就能搜到纪尧姆的小屋。她祈求老天让塞巴斯蒂安找到他并尽快把他带回来。


# 6.


塞巴斯蒂安以最快的速度往前跑着。跑到半路时,在通往埃克兰路的山坡下面,他觉得自己永远也到不了那里。他的胸口很疼,喘不过气来,肌肉因为抽筋而开始变硬，然而他继续跑着，直觉地感到有什么可怕的事情马上就要发生。

穿过村庄时，他看到人们站在自家门前，被一种无形的重量压迫着。他们的眼中透露着畏惧。这一次，情况比往常更加严重，也许是因为那个穿着黑色制服、盯着安热利娜看的军官。凯撒说他们在圣马丹日子过得还挺平静的，只是最近，一切都变了。在向来人迹罕至的山村里，现在可以看到各色人等经过，有外国人，有背着军用步枪从城里来的年轻人，他们都消失在大山里。人们口中流传着各种故事，都是些禁忌的话题，然而孩子们还是偷听到了。塞巴斯蒂安虽然是孤零零的一个人，没有朋友可以说话，但是他也听说了一些事情。大部分时间他都得自己去猜测大人们不告诉他的事情，并因此培养出一种异于常人的直觉。比方说，他很早就明白了被人占领是件恶心事，你可能什么都没干就被送进监狱去。有他在的时候，凯撒只会说"这些德国人什么都不尊重"，但是他有时会忘了孩子的存在，这时塞巴斯蒂安就会听到他说敌人可以为所欲为，惩罚所有不听话的人。所以面对他们时，最好客客气气的。比如说，"德国鬼子"这个词就不能说，虽然有些人总在背后这么说。塞巴斯蒂安因为年纪还小，不能这么说。但是这并不能阻止他心里这么想。他在自己心里说着"德国鬼子"或者"弗里泽"①，凯撒和纪尧姆都这么说，村子里的孩子们在玩打仗游戏时也这么说。他不参与，并不意味着他没长耳朵。他知道意大利人现在过得很不好，很快就要轮到德国鬼子们了，

---

① 苏联人对德国士兵的蔑称。十九世纪末，"弗里茨"（Fritz）德国是一个常用名，"弗里泽"（Frisé）是"弗里茨"的一个变体。

这样大家就又可以畅所欲言了。

他决定在拐弯处休息一下。刚才跑得太用力，他现在有点恶心。他两腿机械地走着，小腿肚子的肌肉硬得像铁块。当他走到山坡上头时，他看到一个模糊的身影在动。他累得抬不起头来，弯着腰张大嘴，大口地吸着空气。他的舌头干得像一块粗麻布。一只手落到他的肩膀上，轻轻地摇晃他。

"喂，小伙子，你想把自己累死吗？"

"纪尧姆！"

他如释重负，一下子有了力气直起腰来。

"村子里……到处都是……德国鬼子。他们在搜查房子……安热利娜……"

纪尧姆脸上的笑容立刻消失了，眼睛里闪过一丝慌张，然后又立刻恢复了镇静。

"我知道了。你先喘口气。"

他把自己的水壶递给孩子。趁着塞巴斯蒂安喝水的工夫，他取下身上的背包，有条不紊地翻起来。这是一个正当壮年的男子，他外表严肃，甚至有点阴沉，但是他的善良和细心让周围的人都很信任他。看到他打扮成山民的样子，人们很难想象他给病人看病的样子，然而他是一位善于倾听的称职的医生。塞巴斯蒂安非常喜欢他。他把纪尧姆当朋友，可以说纪尧姆是唯一一个让他觉得理解自己，并且不把自己当成野人或者小孩的人。他大口喘气，想要引起纪尧姆的注意，但是纪尧姆还陷在沉思当中，他不得不拉拉纪尧姆的袖子，让他给个回应。

"我们现在怎么办？"

他完完全全地感受到了他的不安，于是皱起眉头挺直了腰，让他知道自己已经准备好了。

"我想让你帮我到路上望风，看有没有人过来。"

这是一个荒唐的请求，因为眼前路上一个人影都没有，可以一直看到谷底，但是孩子还是依照他的吩咐去做了。他用眼角的余光观察纪尧姆的动作。医生从背包里掏出一样东西，将它迅速地塞进一块石头后面的岩石缝里。然后他又开始打扫地上的灰，清除自己的脚印。塞巴斯蒂安突然感到有些失望，纪尧姆有事情瞒着他，为什么？好像他会去告密似的！他知道他瞒着自己的是什么。一件武器，或者再具体点说的话，是一把手枪。他之前在村长家就见到过。不过他装作什么都没看见，继续盯着山坡路，直到纪尧姆示意他出发。

"现在我们得抓紧了。要是我们在路上遇到了什么人，就说我们是从小溪那边回来的，知道了吗？"

"知道了。"

多奇怪的想法啊，从小溪那边回来能说明什么问题呢，但是塞巴斯蒂安已经学会了把自己的想法闷在肚子里。有时他会想为什么所有人都要说谎或者修改事实呢。要是他的话，他宁愿不说话，就算被人当成野孩子也无所谓。当然了，在"被占领的国家"，真相是会变的。经常。

他们快速地下山，不到半个小时就到了圣马丹。大街上空无一人，房屋的门窗紧锁，村民们显然都躲在屋里。为了避开德国人，他们绕过大广场，穿过圣马丹尽头的教士住宅。医生的房子是一个两层的石头小楼，两侧连着一个谷仓和一个改作他用的马厩。医生的诊所在一楼，二楼是他住的地方。其他部分全成了堆放旧物的杂物间。

门半开着，好像在让他们快点走。塞巴斯蒂安想到他们骗过了德国人，内心发出一声胜利的叫喊。他们跑得太快了！

他们气喘吁吁地跑进了走廊。

一个背光的剪影出现在眼前，静静地立在那里，身上穿着一件长大衣。

孩子觉得天都要塌了。是出现在面包店里的那个人！就在这时，老塞莱圻蒂娜抱怨的声音从诊室里传了出来。

"我都跟你们说了，这里没什么可搜的！你们是在一个医生的家中，所以请把你们的爪子从他的办公桌上收回去。等他回来再说！你们不能不经他允许就动他的东西！"

一个圆得像个苹果一样的小个子妇女出现在门口，震惊得瞠目结舌，脸颊上还泛着气愤的红晕。几根灰色的头发从平常盘得紧紧的发髻中脱落。在她身后，塞巴斯蒂安看到了两个听命于那个瘦高个的德国鬼子。纪尧姆举起手来想要打招呼或是安抚一下她，但是他还没来得及说出什么话来，中尉已经冲他点头开口了。

"我猜您就是如假包换的纪尧姆医生本人了，对吧？"

"没错。我是纪尧姆·法夫尔医生。"

"我一直想要认识您。我是皮特·布劳内中尉。说真的，我没有失望……只是有点惊讶。"

"惊讶？"

"我以为法国的医生严格来说，都是穿白大褂或者西装革履的，不是您这身山里人的打扮。"

他的礼貌背后露着威胁的味道，所有人，就连孩子都听出了这一层意思。然而真正让孩子担心害怕的是纪尧姆什么反应都没有。灰制服那人的话好像把他变成了石头。那个人开始绕着他转圈，检查着他的装扮，掂了掂他背包的重量，好像根本没意识到这个法国人的不自在，而纪尧姆连一次抗议都没有。他为什么不喊出来，让那个德国鬼子滚蛋呢？他是医生，他救过许多人，就算是一个士兵也应该对他有所尊重！然而他没有这么做，他只是面露不悦地看着那个家伙。

"我的人今天早晨在大狭道上发现了一些脚印。我们有理由怀疑昨夜有人经过那里。"

"谁经过那里？"

"当然是一群岩羚羊喽！"

中尉谅纪尧姆也不敢生气，孩子想起了公羊打架，想起了它们在发动进攻前互相挑衅的情景。布劳内中尉缓慢地摸着自己的脸颊，光滑的皮肤与医生乱糟糟的络腮胡形成鲜明对比。

"您是给熊治病去了吗？"

"我不明白您的意思。"

"哦，我觉得您明白。但是我很乐意换一种方式问您。医生，您早晨从来都不刮胡子的吗？除非是您今天早晨没有时间刮，我没说错吧？您应该是在山里过的夜……"

"我爬了格拉鲁尔的背斜谷，的确是在山里过的夜。如果您知道那个地方，您就会明白我没有别的选择。"

"这么说，您还打猎？"

"只是想要一个人独处一下。您没有过这种时刻吗？"

"我太忙了，但是请相信我，我很遗憾自己没办法这么做。您住在一个很棒的地方。荒无人烟，而且离边境也不太远。意大利，瑞士。也是一个美丽的地方。您能允许我的手下检查一下吗？"

士兵们毫不客气地抓过了他的背包，然后把里面的东西全倒到了地上。

原来这就是纪尧姆把枪藏在石头下面的原因，他知道自己会被搜查。塞巴斯蒂安心想他拿那把手枪究竟要做什么呢。猎人们有猎枪，或者卡宾枪，而除了拥有一大堆没有用的东西（比如说那块表）的村长，这里的人不会用到手枪。

一根绳索、一把刀、一块面包还有一张地图滚到了地砖上，滚到那双被蜡打得锃亮的黑靴子前。中尉弯下腰来不急不忙地检查每一样东西，塞巴斯蒂安祈祷着，希望不要有任何人听到他惊恐的心跳声。最后，那个德国鬼子抓起地图站了起来，一边还叹了一小口气。

"我们到您的诊室里去看看这个吧，这样更自在一些。"

塞莱斯蒂娜推开士兵，走在前头带路，让他们知道这里是她的地盘，她是为医生服务的。在诊室里，家具已经被搜了一遍，抽屉全被打开了，笔杆被打翻在地上，一本书躺在书柜脚下。老女佣一边小声抱怨着，一边把它们放回原处，然后一脸严肃地把双手叉在胸前站在屋子中间。布劳内好像没有看到她这些不高兴的迹象，把地图放在办公桌上摊开，在医生常坐的地方坐下，开始查看地图。他好像用肉眼就从里面看出了一些隐藏的东西，因为他惊呼了好几次，自说自话小声评论着。最后他抬起头来，装出困惑的样子：

"那个您刚才说的格拉鲁尔，那里美吗？"

"非常美。"

"我看也是。依我看，那里离大狭道还挺远的。除非您会飞。但是您不会飞，医生，我说的对吗？"

纪尧姆耸耸肩，算是回答。沉默持续到塞巴斯蒂安数到十的时候。塞巴斯蒂安肚子疼，心脏疼，全身都疼。他猜出了那话里藏着掖着的话，就好像大家在玩一个游戏，所有人都不能说出某一个被禁止的词，紧张的气氛让他想要哭出来。德国人再次低头看向那张地图，手指滑到了山脊路上。

"他们是从这里过去的。您知道我早晚会抓到他们的，等到了那一天，您最好不要被我发现碰巧也在这里，比如说正在看土拨鼠什么的，您明白我的意思了吧？"

见纪尧姆不说话，他继续厉声说道：

"您听清楚了？"

这次，警告的意味已经明白无疑。

"非常清楚，布劳内中尉。"

"好极了！我就喜欢听话的人，不过我得跟您承认，比起听话的蠢货，我更喜欢听话的聪明人……而医生您不是一个蠢货，显然不是！"

他好像要再说点什么，但是又放弃了。他转过身去对塞莱斯蒂娜夸张地行了一个礼，说道：

"医生，您有一个厉害的帮手。塞莱斯蒂娜女士，为了我的健康还有您的健康，我希望我们不会很快再见面……"

"彼此彼此，长官。我现在还有事情要忙。"

老实的女人抓着跟这些大人毫无关联的孩子，骄傲地昂着头走出了房间。塞巴斯蒂安感激地任她拖着自己，为自己能从那个德国鬼子手下逃脱而松口气。那个可怕的布劳内中尉认出他来了吗？为了防止这种命运的发生，他闭上眼睛，对自己说不可能。他只是一个孩子，敌人还有别的事情要忙，不可能会去注意小孩子。

厨房里，塞莱斯蒂娜让他坐下，给他端了碗汤，又给他拿了一大块面包和一块奶酪。为了对她表示感谢，他由着她拨弄着自己的头发。老太太眼睛茫然地看着前方，嘴里嘟囔着：

"你这头发怎么能乱成这个样子……你爷爷他太夸张了，让你比小野人还能到处乱跑。如果你发生什么意外怎么办？外面有这些士兵找我们的麻烦……你看到这些毛头小伙子了，他们以为可以无法无天。但是他们可吓不倒我，这一点你可以信我……"

# 7.

安热利娜把沉重的汤锅放到桌上。她之前去了一个供货商那里，希望能够解决供货的问题，结果回来晚了。还好汤从早晨就炖上了，汤里有蔬菜、打碎的豌豆，还加了几块猪油。然而她不仅没有感到松了口气，反而一直有一种焦虑和隐约不安的感觉在心里挥之不去。

她没看到纪尧姆伸出手来想要帮忙，自己把沉重的汤锅放在了桌子中间，然后去拿面包，她把圆形的大面包塞在了一块布里，好让它保持松软。当他把塞巴斯蒂安送回来时，她邀请他留下来吃晚饭，医生忙不迭地就答应了。

她受够了战争，也受够了要为面粉、为食物或者这孩子的情绪头疼的日子。她也是个孤儿。凯撒收留他俩的时间间隔了十五年，安热利娜知道未来的日子会有多难熬。她跟塞巴斯蒂安不一样，她很轻松地就适应了这里，没人把她当过外人……除了德国人，收养她的爷爷现在也开始让她担心了！那个顽固的老家伙从羊舍回来时，走路摇摇晃晃的。安热利娜知道他内心在苦恼什么，但是他的优柔寡断让她要疯掉。时间已经过去够久的了，他必须说出真相，不然的话，祸事早晚躲不过去。

纪尧姆的存在什么也改变不了。她喜欢他关注的眼神、他不经意间的触碰，以及偶尔让两人一阵窘迫的那些时刻。但是今天晚上，他的陪伴并没有驱散她内心的焦虑。她故作热情地说话，但是那声音听起来是如此虚假，以至于她表情都差点变得有些不自然。

"开饭喽！把你们的盘子都递给我！"

汤锅里升起的热气围绕着她，这让她看上去像一个天使，只是这是一个长着大大的黑眼圈的疲惫的天使。塞巴斯蒂安明白大家是因为自己才不说话的，他们既不能谈那个德国人，也不能说打仗的事。一直以来都是这样，他们觉得他太小太弱……大人们死气沉沉的样子让他再也没法忍受了，他想要转移一下他们的注意力。

"安热利娜，你知道吗，那只小羊，如果我们没有去救它的话，它肯定死了。它可能会从岩石上掉下来，而且就算没有，没有妈妈的奶吃，它也活不了，对吧，爷爷？"

凯撒从昏昏沉沉中醒过来，当年轻的女子冲他投过去一个愤怒的眼神时，他的脸变成了砖红色。塞巴斯蒂安心想自己这次又干什么蠢事了，他继续问，想要确认自己没有说错：

"我们救了它，不是吗？而且如果它没有妈妈的话，它就会死掉，对吧？"

"当然对啦，塞巴斯蒂安，现在它有了新妈妈，一切都会好起来的，尤其是如果有你照顾它的话。"安热利娜肯定地说道。

说完她便扭头看着她的爷爷，好像是在挑衅他，看他敢不敢说出相反的话来。凯撒只嘟囔了一个"对"字，然后举起杯中酒一饮而尽。喝完之后，他示意纪尧姆再来上一轮。纪尧姆拿眼睛询问了一下安热利娜，然后不无尴尬地说道：

"谢了，凯撒，不过我不想喝醉了。"

"嗯，我呢，反而是越喝越清醒。满上！"

"你瞧瞧你！"

安热利娜的讥讽没起到什么效果，每个人都盯着自己的盘子，只有凯撒皱着眉头盯着酒瓶子看，犹豫着要不要自己给自己满上。塞巴斯蒂安讨厌看到爷爷这副一败涂地的样子。他想到了另一个话题，他早该想到的，因为那个念头他之前在大山里看风景时就冒出来过，他脱口而出，问出了那个禁忌的问题。

"你觉得圣诞节的时候，她会回来吗？"

"孩子，你在说谁？"

"我妈妈。你说过她会回来的。从美洲回来需要多长时间？"

凯撒的脸上顿时什么表情都没有了。他没有回答，转头看向其他人，好像是在寻求他们的帮助。塞巴斯蒂安感到一阵挫败、气愤，并尤其感到难过，他压住了想要抗议的冲动。每次都是这样，他觉得爷爷讨厌谈到她。好像她不存在一样！他放下汤勺，决定只要爷爷不回答他的问题，他就不动弹。凯撒肯定是感觉到了他的决心，终于结结巴巴地说道：

"你知道的……这很难说，我也不了解美洲，我从来没去过那里，所以要告诉你多长时间……"

安热利娜受不了了。她顾不上礼数，打断了他。她看上去非常生气，也许是蒿酒的缘故，因为她不喜欢凯撒喝酒。

"你要是瞎说，还不如不说！孩子已经累了，我送他上床睡觉去。"

凯撒没有回嘴，纪尧姆专心致志地盯着墙看。塞巴斯蒂安想要再问点别的问题，但是没敢问。通常情况下，要是他盘子里有剩饭，安热利娜会大发脾气，而这次她确实着急忙慌地想把他送到床上去，连他饭吃没吃干净都没检查。反正他也已经不饿了。这不公平！他们在摆脱掉自己之后，肯定要聊打仗的事！

当他从凳子上滑下来时，纪尧姆冲他眨了眨眼。他冲他微微笑了一下。姐姐在楼梯口等着他，脸上的表情捉摸不定。她生气了，但是他不知道她是不是在生自己的气，不知道她是因为自己，还是因为爷爷而生气。凯撒对他说了声晚安，他装作没听见，跟在姐姐后面上了楼梯。蜡烛在她手里跳动着，好像一只蝴蝶在扇着翅膀。

　　他的房间是二楼的最后一间，在屋顶架下面，以前当阁楼用。浴盆里像往常一样放好了凉水。他装出洗脸的样子，想要快点完成任务。反正安热利娜正把额头靠在天窗的玻璃上胡思乱想呢。他按照她喜欢的样子，脱下衣服，穿上睡衣，把衣服叠好放在床脚，然后钻进厚厚的棉被里，叫她过来给自己掖被子。夜幕降临后，空气又凉爽起来，他舒服地蜷缩在被窝里。他已经累得眼皮要打架了，他不得不眨眨眼才不至于太快睡着。他想要知道答案。

　　"利娜，你觉得她会回来吗？"

　　她一句话也没有说，把被单拉到他的下巴处，笑了一下，俯下身来亲了亲他的额头、鼻子和脸颊两侧，这是当他难过或者生病时，他们之间的固定仪式。她身上带着菜汤和热面包的气味，让他想起了那只小羊，想起了他把它救上来的时刻，他露出了开心的笑容，接着大笑起来，因为她已经举起一根手指，要他好好听自己说话。

　　"小野人，你给我听好了。我不希望你再一个人跑到格兰蒂耶尔路那边去冒险了，尤其是现在还有那头野兽在那边游荡。你今天就差点碰上它，要是你受伤了，我会非常难过的，难过得没有人能安慰得了我。你能向我保证吗？"

　　他点了点头，哪怕这只是玩笑话。安热利娜在涉及他的人身安全问题上，总是大惊小怪。

　　"你说，那头野兽……有人见过它吃羊吗？"

　　"凯撒没带你看它造成的破坏吗？那些被咬破喉咙的羊？"

"看了，从远处看的，为了让我学习。但是我问你的是，有没有人看到那头野兽攻击它们！"

"没有，当然没有，否则我就可以告诉爷爷绝不可以让它跑掉了！"

"好吧。那就是说没有人真的看见过。"

"别再想这些了。你会做噩梦的。"

安热利娜抓起蜡烛，举在空中。她的皮肤立刻亮了起来，像流动的蜂蜜一样，塞巴斯蒂安想要对她说她很漂亮，还有她应该小心那个德国人，但是他已经疲惫到了极点，他闭上眼睛，任由睡意涌上来。疲倦正拉着他往一个旋涡坠去，在那里，一切都纠缠在了一起：拯救了小岩羚羊之后的喜悦，他和那头野兽相遇的情景，对战争的恐惧，妈妈到底会不会回来的谜团。他感觉到有一只手轻轻抚过他的脸颊，那是最后的抚摸。他听到轻轻的脚步声渐渐远去，然后在门还没有关上之时，睡着了。

"我还以为你一直在等待机会告诉他真相呢？刚才那个，不是机会吗，啊？"

安热利娜的身上已经没有了一丝温柔。她双手叉着腰，怒气冲冲地站在凯撒面前。她遭受了太多的惊吓，先是纪尧姆还在路上的时候，德国人来搜查，接着又出了恶狗的那档子事，她想要大喊大叫，砸东西，摇醒装死的、已经开始醉醺醺的老人。纪尧姆抓住她的手，想要让她平静下来，但是她把他推开了，几乎没有注意到这举动中的亲密含义。现在塞巴斯蒂安已经睡着了，她再也不用有所顾忌了，没什么能阻止得了她，更不要说是老人的沉默了。

"显然不是。今天不是，明天也不是，因为总有别的事情发生，山里发生了什么意外啦，哪里生了一只羊羔啦，或者你酒喝多了，又或者喝少了……因为要是我理解得没错的话，你必须在头脑清醒的时候才能说，不是吗？"

见他不回答，她希望得到纪尧姆的赞同。医生点了点头，走到壁炉旁，凯撒正赌着气躲在那里。在他椅子旁边的地上，自打开饭时就开始喝的蒿酒瓶子已经空了一半。

"凯撒，你孙女说的有道理。塞巴斯蒂安一天天大了，有些事，你不能再把他当三岁小孩瞒着了。刚才在埃克兰路，他就吓了我一跳。哪怕他没意识到发生了什么，他还是展现出了别人难以企及的勇气。他不是在玩，你知道的，当他到我家时，他看到那个家伙……布劳内时，他很害怕。我觉得他猜到的事情比我们想象的要多。"

他的表态，比他的话本身更有效果，这让安热利娜的怒气消解了不少。这几个月以来，她一直催凯撒跟那孩子谈谈，结果每次都是毫无进展，每次他都是充耳不闻，然后就去找他那个该死的蒸馏器去借酒消愁！但是，纪尧姆的话在凯撒的心中还是有点分量的。尽管两人年纪上有差距，老牧羊人还是敬重医生的经验和勇气……她趁着这个机会，口气和缓下来，继续说道：

"你觉得他不该知道真相吗？"

"问题不在这里，"凯撒小声嘟囔着，"这不是该不该的问题。"

"那是什么问题？"

"问题是我做不到！反正现在是不行！但是我会跟他说的！我在等最恰当的时机！"

"恰当的时机！为了让他继续等待真相，你就跟他胡说八道！他一直没去上学，算是你运气好；不然的话，老师早就告诉他真相了，他会被人当成傻子看。你希望这种事情发生在他身上吗？你觉得他被别人疏远吃的苦头还不够吗？"

"你觉得我愿意让他这样啊？那能是我的错吗，他被人当成……"

"我没这么说。"在他把那个字眼说出口之前，安热利娜犀利地打断了他。

老牧羊人在情绪激动之下，摸索着想要找酒喝，但是安热利娜动作更快，在他碰到之前就把酒瓶抢走了。她冲他微微一笑，知道自己这么做触到了他的痛处。

"算我求求你了。这解决不了什么问题。"

他不说话，也不看她，突然凝视着炉火，结束了这次对话。纪尧姆起身穿上外套，安热利娜跟着他，两人一起出去了，留下凯撒一个人站在壁炉前。

夜晚凉爽的空气袭来，安热利娜打了一个寒战，大口地吸气，好像是要摆脱心中的怒火。无垠的天空一片墨蓝，巨大的月亮挂在空中，惨白的月光照耀着群山和丛林，还有远处路上标志着圣马丹入口的老石刻十字路碑。安热利娜感到她的焦虑一下就不见了，最后的一点怒火也消失不见了。在宽广无垠的世界面前，一切都显得那么微不足道。她想要看清楚离他们最近的亮着灯光的几栋房屋，它们在山下五百米的远处，但是她只看到了几个黑乎乎的影子。人们已经睡下了。一番折腾之后，结果什么严重的事情也没有发生。她转头看向纪尧姆，叹了口气，半嘲讽半尴尬地问道：

"你觉得我刚才是不是对他太过分了？"

"你爷爷脸皮厚着呢。"

"在山里他也许是这样，但是在塞巴斯蒂安的事情上……"

"是这样……"

"什么？"

"你们都当他是个什么都不知道的孩子，我指的不仅是在他的身世还有他妈妈是谁的问题上……"

"我们这么做有什么不对呢？！他就是个孩子！"

"我知道。但是我不这么看他。"

"当然，因为你又不跟他住在一起！"

她见自己跟凯撒被归到了一类，心里有点接受不了，说话的时候语气不免过激了些，说完她又立刻后悔了。纪尧姆看着她，被她的突然爆发吓了一跳。她拉起他的手，轻轻地握了握。

"对不起，我不是有意这么说的。我知道我们都想保护他，但是眼下发生的这些事，你得理解我们的心情。不要生我的气。都怪今天发生的这些事，那个德国人要我给他供应面包，这孩子的事，你差点被抓到！还有……"

她还没明白怎么回事，就被抵在石头墙，陷进了纪尧姆的怀抱。她压抑着自己，没有叫出声来，差点就放弃了抵抗，他吻着她的脖颈，朝她的嘴唇吻去，她感到自己被拉进一个令人头晕目眩的旋涡之中，浑身被一种想要亲他的冲动覆盖。然而，她突然一下把他推开。一切都进行得太快了！他看着她，神情沮丧。为了缓和一下他的情绪，她踮起脚尖，颤抖着在他的嘴唇上印上了一个纯纯的吻。

不行，她拒绝让事情这么草率地发生，纪尧姆的吻只是为了安慰自己的情绪。她要的不是安慰。没错，战争在她正梦想着参加舞会的时候爆发了。舞会没了，取而代之的是恐惧和幻灭，人和人之间不再有信任，大家也不再无忧无虑地做梦。她想要把这些都解释给纪尧姆听，告诉他，她不想把一切都混在一起，但是她什么也没说，找不到能够表达自己情感的词语。

他放开她，后退了几步，呼吸有些急促，好像是在克制着自己。她能猜出他的困扰，知道他在克制着自己不去碰她。她想要安慰他，但这正是他最不希望她做的。

"我走了，"他小声说道，"谢谢你的晚餐，还有派人通知我……"

"纪尧姆，我很害怕。你知道的，我们都指望着你……"

他想说他根本不在乎别人指不指望他，今天晚上他只希望她跟他在一起时，能忘了外间的一切。

当他沿着山坡路往家中走去时，他努力想要搞明白她刚才为什么要推开自己。是的，谈恋爱有可能会让情况变得更糟，但是只要她下定决心的话，那就没有什么困难是不能克服的。他爱她，战争也不能改变这一点。但是她呢，她为什么要如此理智呢？是因为他吗？还是因为别人？

孩子在森林那边绕过路之后，

径直往格兰蒂耶尔路跑去，

他一直跑到那头野兽出现过的沙洲上。

恐惧和激动的心情在他心中交织。

# 第二部分

*Part Two*　　　　　　　*Belle et Sébastien*

# 1.

阳光照耀着大山，给它染上淡紫色的光芒。太阳从山脊线探出头来，慢慢地沿着陡峭的山尖往上爬升，踌躇着终于升到湛蓝的天空中。

孩子迈着坚定的步伐，用最快的速度在山坡上走着。他本来应该在羊舍帮忙挤奶的，但是今天早晨，他故意装睡，于是老牧羊人没等他就自己走了。

格兰蒂耶尔山口终于出现在了眼前，他加快了步伐。他知道怎么把脚放平稳，不至于滑倒，也知道如何避开可能会坍塌的松动的石块。很快，他就会像猎人一样灵活，比他们只差一把枪。想到这儿，他脸上露出了笑容。人们都说那头野兽很狡猾，说它害怕猎枪，说它只有在确定没有遭到埋伏的情况下才会发起进攻。他没有武器，连他的玩具木枪也没带。他不想要那把枪了，就连拿来装装样子都不想。

安德烈遇袭的事情已经过去了一个月，大家都明确地警告过他，禁止他去那边晃悠，但是塞巴斯蒂安一点也不后悔自己撒谎了。他不知道该怎么解释自己的动机，也不知道该如何表达时不时会涌上心头的孤独和伤感。他只是想再见到那头野兽。

经过一番孩子气的推理之后，他决定从他们相遇的那个地方开始找起。当他走到狭窄的石头通道后，他弯下腰像凯撒教他的那样仔细观察地面。在早上有露水的时候，发现脚印的概率会最大，等太阳升起来或者起风之后，它们的痕迹就会被抹去。那头野兽当时就站在那里，野兔躺在它的腿中间。有人来回走过，打乱了所有他们对峙时留下的痕迹，但是他认识这个狭道上的每一块石头。他知道如何辨认它走过时留下的痕迹。

他循着线索走，看有没有新的脚印或者深色的毛发留下，如果有的话，那就说明它回来过这里。前天，他在它之前逃跑的那条路的斜坡上放了一块猪油。那块猪油当然已经没了，不过他不知道是什么动物吃了自己的礼物。也许是一只被猪油吸引来的狐狸，也有可能是任何一种啮齿类动物。他仔细地看着草皮，面对无限的可能性，突然泄了气。在如此广阔的大山里要如何找到那只动物呢？他把手卷成话筒状，挑衅式地大声喊道：

"喂！野兽，你在哪儿呢？不要怕，我不会伤害你的，我把我的枪扔掉了。喂！你藏起来了吗？"

回答他的只有一片寂静，一声鹰啼打破了这寂静。他支起耳朵，全神贯注地继续听着。风带来草丛起伏的声音、昆虫窸窸窣窣的细语，还有远处牲畜的铃铛响声。他的声音肯定传播了很远，就差一个牧羊人向他爷爷告状了！

他尽可能地经常回到这里，寻找那头野兽的痕迹，给它留点礼物，希望可以哄到它。他甚至丢了一块旧手绢，想让它熟悉自己的气味。他知道这是动物的一种辨认方式。时间一长，它就会明白他跟它是一伙的。

凯撒说狗可以闻出一个人是在害怕还是在生气，那它为什么不能闻出友情来呢？

他若有所思地沿着溪水往上走。他不想离开，哪怕是去帮他爷爷。他决定去小溪正上方他最喜欢的那块岩石上待一会儿，推迟一下去羊舍的时间。

石头在阳光下闪着光，被太阳晒得滚烫，当他爬上石头想好好看看下面的水流时，他被石头烫着了手。在小溪的一个水湾中间的沙地上，一个痕迹引起了他的注意。他的心剧烈地跳动起来，他坐着从一块石头滑到另一块石头上，因为这样速度更快些。他来到了那片小沙滩上。当他走近时，他看清楚了那些脚印，漂亮极了！两个清晰可见的脚印，脚掌上的肉垫和爪子都在沙滩上留下了凹印！昨天，这里还什么都没有呢，他敢对天发誓！这就意味着那头野兽应该跟他走了相同的路线，因为塞巴斯蒂安忍不住地希望他俩之间已经建立起了某种联系。另外，它还吃掉了猪油，还来这里喝水，就在他最喜欢的岩石下面！它肯定是嗅到了他的气味！

别人很有可能也会发现这些脚印，所以他虽然不情愿，但还是仔细地刮平沙地，把它来过的痕迹全部抹掉。只要有他在，任何猎人都别想看到这些痕迹，任何人都不能抓走他的朋友。

现在，他得跑步回去了，不然凯撒就会担心地找过来。到了树林之后，他没有选择从最近的那条路走出去，而是拐弯绕了一大圈。这样，他就不会从自己常走的那条路上冒出来，而是出现在更往东的地方，这样凯撒永远也不会猜到他是从格兰蒂耶尔路方向过来的。

小羊已经长大了不少，行为举止现在已经表现得跟其他绵羊一样，一样地温驯听话。

这激起了孩子的好奇心。动物换了妈妈，天性也会跟着改变吗？这种现象也会发生在人类身上吗？如果他真正的妈妈回来了，他，塞巴斯蒂安，也会改变吗？如果她不认识他了怎么办？时间已经过去了那么久。都快八年了……他伸出手去，小羊舔他的手掌。它的舌头是热的，很粗糙。

有时候，当他想她想得厉害的时候，他就会编造各种回忆。他想象着她是一个非常漂亮的女人，留着一头长发，那头发像夜色一般乌黑，油亮柔顺。她俯身冲着自己，微笑着，什么话也不说。他试图回想起她的香水味，想起她皮肤的味道。他知道就算自己什么都不记得了，他还是会认出她来的。她向他走来，亲吻他，然而她的脸却一片模糊，因为每次出现的都是安热利娜的脸。他爱利娜，但她不是他妈妈。他的妈妈去了山的那一边，去了美洲。等她的旅行结束了，她就会回来的。凯撒跟他保证过。

"塞巴斯蒂安，过来！"

爷爷的叫声把他从思绪之中拉了回来。他抖抖身子，摸了小羊最后一把，然后往高山牧场的尽头跑去。凯撒蹲在地上，孩子直到走到离他几步远的时候才看清楚他在藏什么。

一个圈套。张开的机关锃亮的钢圈上闪着油光，看着十分吓人。

"为什么要下圈套，爷爷？"

他知道答案是什么，然而在听到那些话落下时，他还是不得不咬住舌头才没叫出声来。

"这是给那头野兽准备的一个圈套。你看着吧，有了这家伙，它就逃不掉了。它能把你的腿夹成两半。我还要在牧场周围布上三个，这样，只要它靠近的话，咔嚓！"

"我们的羊又没有受到袭击！"

"这里没有。但是在隔壁山谷，就在昨天，有牧羊人发现了一只被啃了一半的羊。"

"那如果不是它杀的呢？"

"哦，是吗？那会是谁呢？德国鬼子吗？！就是它，你听我的吧。我还知道它是打哪儿来的。维尔佩耶山谷有一个牧羊人养了一条牧羊犬帮他放羊赶狼。那边有两三群狼来回转悠。不过那个家伙是个坏家伙，他不会养狗。"

"他对它做了什么？"

"具体情况我不清楚，不过我听说他用棍子打它。有一天，他的牧羊犬逃跑了。之后听说它变成了野狗，野性十足，还得了狂犬病。所以它才会杀羊。"

"谁告诉你这些的？"

"安德烈。他认识那个牧羊人，维尔佩耶的那个。"

"安德烈被狗咬是自找的，他也不是个好人！"

"好了，塞巴斯蒂安，不能因为他不会打猎，就说他的话都是假的。"

他的孙子看样子是要走，这让他感到很惊讶。

"你不想帮我把其他三个圈套下好吗？我教你，就像这样。"

塞巴斯蒂安看上去好像有些犹豫，然后他又郑重地点了点头。凯撒只顾着教他，什么也没有注意到。他像往常一样，用些浅显的单词跟他解释触发机关的原理、遮掩圈套的方法和怎样选择最佳的下套地点。他们走了一大圈，把钢制的圈套布好，以求覆盖尽可能大的范围。老牧羊人每布下一个圈套，都要解释一下为什么要选择那个地点。

"你看，我这样至少照顾到了三种可能的方向。你肯定会说，要是那头野兽够狡猾又运气好的话，它可以从中间过，但是任谁也不能一直交好运，要是它再来偷羊的话，那它这次不死也得脱层皮。"

"下圈套太残忍了，这是你跟我说的！"

"没错，而且我依然这么认为。这些圈套通常都是给狼准备的。但是你知道吗，小伙子，我们有时候为了保护自己，必须做一些平时不做的事情。"

"就像在战场上一样？"

"你为什么这么说？"

"不为什么。但是你把那头野兽当成了敌人，而它其实只是一条狗。"

"它是一条吃羊的狗。"

他们默默地往羊舍走去，当塞巴斯蒂安提出要回村时，凯撒没有感到很意外。最近一段时间以来，他的孙子在疏远他，他觉得自己再也不能像以前一样用一些故事就能哄到他了。

"你今天晚上不是该帮我挤羊奶吗？"

"没错，但是安热利娜需要我帮她送面包。她说热尔曼的工作太多了。"

"你确定你不是想跑出去玩？"

"不，爷爷，我可以对天发誓……"

"行了，不用发誓。快走吧！"

他若有所思地看着他消失不见，然后耸了耸肩膀。是他多虑了，塞巴斯蒂安毕竟才八岁。

孩子在森林那边绕过路之后，径直往格兰蒂耶尔路跑去，他一直跑到那头野兽出现过的沙洲上。恐惧和激动的心情在他心中交织。现在凯撒连圈套都布置好了，他更加不在乎自己有没有守规矩了。他必须想办法提醒它。他希望它已经回到了那块岩石附近，但是看到那里是空荡荡的之后，他的希望又落空了。

他爬上那块凸起的石头，冲着大山喊道：

"我知道你在这里。你为什么要藏起来呢？我不是坏人！过来吧！我求求你了……"

他觉得自己像个傻瓜，而且特别无力。午后的空气是静止的，四下一片寂静。他深吸一口气，更加大声地喊道：

"凯撒他在羊舍周围布置了陷阱。你一定不要去那里！有的狼为了摆脱那些卑鄙的机关，把自己的腿都咬掉了，我不希望你受伤！"

回答他的是一片绝对的安静。阳光烤得他的脖子疼，他一点也不在乎。他坐在石头上，双手放在膝盖上，决定等下去。为了坚定自己的决心，他继续说道：

"反正我会等到你出现为止，我不想你死掉。"

他闭上眼睛，慢慢地数到二十，后面他就不会了。将来他也会去其他孩子学习的地方上学，他也会数到一百，甚至是一千！他又从头开始数起，如此不停反复。有时，他会停下来，朝大山的方向喊一句"快过来吧！"，但是那动物对他的呼唤充耳不闻。

他这样持续了很久，直到他头疼得再也数不了数，也无法再思考。最后，他认输了，往河床走去，想要喝点水。

水很凉，他喝了很久。他从口袋里掏出一块渗着水的奶酪。那是他在布置圈套之前，从午饭中省下来藏起来的。他把这个礼物扔在沙地上，正好扔在那条狗曾经站立的地方。

在离他有三十米的高处，灰色的大狗藏在一簇绿桤木后面，透过树枝观察着孩子的一举一动。奶酪的气味传到它鼻子里，让它的嘴巴开始流口水。它一动不动，只是藏在那里，一直等到那个擅入者消失不见。

当太阳开始缓慢地下行时，大狗一直跑到溪水边，跳到沙洲上，一口就把塞巴斯蒂安留下的那块奶酪吞进了肚子。

## 2.

这已经是他来这儿的第五个星期一了。每次都是这个时间，恰好在关店之后她一个人的时候。这样，他们就有了充分的时间。

这是军官和年轻的法国女人之间的一场无声的对峙。他们不需要相互解释就清楚这一点。从安热利娜挑衅的眼神，有时甚至是突然的情绪激动中就能猜出来他们在斗争。她感觉自己被彻底逼到了墙角，虽然她谨言慎行，但她决不屈服。

三十公斤面包，这是一个庞大的数量。热尔曼得多干两倍的活。好在他在几个月的时间里已经掌握了一名真正的面包师该有的技巧。安热利娜也不是自己选择要在这里工作的，是战争替她决定的。一九四〇年，圣马丹的面包师没能从阿登的战场上回来，他的妻子接到他的死讯之后便离开了这里，回了娘家。村里急需一位学徒来做面包，另外还需要一个人来负责销售和供货。由于没有别的人选，安热利娜于是自告奋勇。至于那个学徒，他撑不到一年就干不下去了。还有一个学徒逃到了城里去，然后才是热尔曼。

布劳内第二次到访时，她激动地抱怨说只找到了一种掺杂着假麦粒的面粉，中尉多给了她几张面粉票。她差点说了声谢谢，在最后一刻把话吞了回去。谢什么？谢谢他们的占领吗？她知道他在考验她。她也知道别的面包店主绝不会受到这种宽大对待，更不要说面粉票了。这是他们两人之间的秘密，有点像是合法的黑市交易。另一方面，她要是拒绝，并且背着村里人给德军提供食物的话，那她就太傻了！

于是每个星期一早晨，安热利娜都会做好准备。随着时针慢慢往那个小小的"3"字走去，一种难以名状的激动便会涌上她的心头。

门铃响起时，她继续看着她的那个大大的记事本，本子上记录着销售和订单情况。他什么也不说，安静地站在店中央，一分钟过去了，两人连口气都没有喘。她几乎可以感受到他散发出来的热量。她在心里暗骂自己胡思乱想，然后抬了头，如此轻易地就把胜利拱手送上，这让她很懊恼。这次，他赢了第一局。她瞪大眼睛，装出刚发现他的样子，他冲她微微行了一个礼，开口说道：

"小姐……"

"中尉，您好。您的面包已经好了。三十公斤。"

"这星期没遇到什么问题吧？"

"什么问题都没有。"

"没有什么要跟我抱怨的吗？"

"没什么要特别抱怨的。"

"那有寻常一点的抱怨吗？"

"寻常一点的，有，我想抱怨战争。但是我猜就算是我求您，您单凭自己也是无法阻止战争的。"

"确实如此。我恐怕没有那么大的权力。但是我希望能让您开心。"

听到他的恭维，安热利娜脸红了，暗骂自己太天真。他要以为自己在讨好他了。

"面包在那里。您可以把您的手下叫来了。快点！我们好早点结束。"

这次是他吃了一惊，这让她感到了一种不成比例的快乐。他脚一跺地，冲她敬了个礼，然后打开门，让他的两个最忠实的手下——汉斯和埃里希——进来。

他在外面撞到了一个孩子，那孩子坐在面包店门前的第一个台阶上，他失神地摸了摸他的头。这个法国女人每次都会让他心动多一点。打动他的不仅仅是她的美貌，还有她看他的方式，以及她所散发的光芒。他心想，要是这张纯净如斯的脸露出一个真心的笑容，那会是什么样子，他发誓下次一定要让她脸上露出笑容来。

他没留意孩子的表情。他没认出他来。

塞巴斯蒂安是来等安热利娜的。他等了有一会儿了，一边等着一边偷看广场上玩球的孩子们。那群孩子中有让－让、皮埃罗和加斯帕尔，还有蒂索家的那对孪生兄弟。他应该跟隐形人没什么两样，因为别的孩子都当他不存在。他一脚把他的褡裢包踢开，那包滚到了台阶下面。别的孩子对自己熟视无睹，他不知道这让自己生气还是绝望。

他在那里坐下之前，已经绕着广场慢慢地走了两圈，希望有人能叫上他一起玩。这简直蠢透了，因为从来没人愿意跟他说话，但是塞巴斯蒂安希望有一天，奇迹般地，会有一个足够好奇或者友善的孩子来跟他打招呼。他会愿意送出他的所有玩具来获得一个朋友，一个他可以信赖，可以跟他说起妈妈、那头野兽，可以交换秘密和战场消息的朋友。他不明白为什么其他人只是因为他不一样，就不想跟他一起玩。他心想，如果被送去学校上学，会遇到什么事情呢？也许情况会变得更加糟糕。

皮球往他的方向滚来，正好停在他脚下。塞巴斯蒂安抓起球，看到让－让走了过来。只要请他带自己玩就可以了。再简单不过了。他冲他笑了笑。

但是那孩子的眼神很不友善，不怀好意。

塞巴斯蒂安耸耸肩，松开手，球滚开了。那孩子低声骂了一句，跑过去用力拍了一下球，把皮球送到了广场的另一头。然后，他转过头来冲他骂道：

"吉卜赛人，脏鬼！"

学校的铃声响了，孩子们立刻乱哄哄地跑开。他们跑到一棵大树下取回堆在那里的书包，一边四散跑开，一边喊着：

"吉卜赛人，脏鬼！吉卜赛人，脏鬼！"

塞巴斯蒂安不动了，也不再呼吸。在他的脑海中，他正站在溪流边，站在那头野兽前。他强烈地想要再见到它，他觉得自己的心都要碎了。它和他是一样的，都被别人讨厌。他紧紧闭上双眼，想要阻止眼泪流下来。

安热利娜发现了他，他坐在那里等着她，那老实的样子让她忍不住脸上露出了笑容。今天，她不敢责骂他，怪他星期一来。

不能让村里的任何人知道那个德国人给了她几张面粉票。


第二天，他正待在平时常待的那个地方，那块岩石上头，突然看到了那头野兽。

那是十月的第一个早晨。

自从村广场那件事之后，塞巴斯蒂安一直很不好受。他愿意付出更多努力来被大家接受，但是他不知道怎样摆脱他的孤僻个性。他跟安热利娜什么也没说，不论是别人的排斥，还是那种让他窒息的孤独感，因为他知道她除难过之外，什么也做不了。她自己也是被收养的！这种事对女孩来说也许更容易一些……每次塞巴斯蒂安去面包店的时候，人们嘲笑的眼神总让他感觉自己被关进一个冰冷的隔绝之地，那种感觉比他一个人走在山间小路上还难受。在这种时候，他会揪心得厉害，就好像胸腔里有一块石头一样。为了忍住不哭，他发誓一定要为自己报仇。事情总会有转机的，这是必然的！他不太确定这转机会不会跟他妈妈或者那头野兽有关，但是他确定它马上就会来。

这天早晨，他等到凯撒离开之后才去找安热利娜，她正在厨房里干活。他的那碗燕麦糊在桌子上，那味道让他忍不住露出了厌恶的表情。羊奶和没有味道的糊糊混在一起让他有点恶心。他得把饭吃干净，一滴也不能剩，因为现在是战争时期，很多人连饭都吃不上……安热利娜终于喝完了她的咖啡，她什么话也没说，样子心不在焉。塞巴斯蒂安正要问她怎么了，她已经开始穿靴子了。他连忙把粥喝掉，好跟她一起出门。

他在路上开始后悔自己没有带外套。利娜心不在焉得都忘了检查他的穿衣打扮。天色还早，可以看到阳光穿过清晨的薄雾，层层的薄雾从山谷深处升起，仿佛是有一个巨人正在吞云吐雾。在山峦之上，墨蓝色的天空逐渐亮堂起来，几朵稀少的高空云飘在天空中。今天会是个好天气。孩子还不能像凯撒那样熟练地预测天气的变化，他有时候会搞错，但是他能认出那些最明显的征兆：云的形状，有雾与否，风向和风力大小，昆虫的飞行状态（如果它们飞得太低，那就意味着会有暴风雨），以及与湿度相伴而生的放大镜效应。

他越往上爬，越觉得自己像是在飘，头晕目眩，不知道是因为缺氧还是因为不耐烦。不久之后，陡峭的山峰也在阳光的照射下闪耀起来。风穿行在松枝之间，发出熟悉的声响，送来远处羊群铃铛的回声。秋天来了，大山铺上了一层金色和紫色的地毯，它变得更加温柔，甚至是伤感，只有怪石嶙峋的山顶还光秃秃的，白雪还没有把它们覆盖上。塞巴斯蒂安压抑住自己喜悦的呼喊，整个大自然都好像在给他加油鼓劲，给予他圣马丹的孩子们拒绝给他的善意。他被各种自相矛盾的感觉压得喘不过气来，一厢情愿地相信大地是爱他的，相信他很快就会再见到他的妈妈。

他不紧不慢地往小溪那边走，在遇到的每一簇沙棘旁边停下，采摘像珍珠一样闪着光泽的橙色浆果。安热利娜让他一有机会就采点浆果回去，因为村子周边的浆果都已经被摘完了。眼下时日艰难，就连最微不足道的果实都变得弥足珍贵，村子里的所有人，就连单身汉都开始做罐头！因为缺少真正的糖，果酱做出来都是酸的，于是人们就往里面加糖精、苹果，好让果酱味道变甜，让果核里的籽和仁固化。

他的包很快就满了，足以让利娜开心了。她会把做好的果酱留一小部分自用，但是大部分还是要送到面包店去。随着食物配给时间的拉长，人们的需求也随之上涨，越来越多的外乡人到农场来采购奶酪和肉类。很显然，在平原地带和大城市里，食物短缺的情况更加严重。就算是半液体状的果冻罐头，用不了几天就能卖光。

那块凸起的石头终于出现在眼前，虽然寒风刺骨，但是走了那么老远的路的，他出了一身的汗。他在那条狗出现过的地方停下来，寻找到它的踪迹，然后他又一次失望地叹了口气。什么都没有。他知道这种例行动作已经没什么成功的可能了，不过这可以让他晚一点再去那个有他的礼物的沙滩。他每天都在那里放点东西，要么是他从自己的饭菜中省下的一点吃食，要么是一块美丽的鹅卵石，一块带有他气味的手绢，一截浮木，因为他知道狗都喜欢把它们衔回来。有时候，他发现他留下的东西原封不动地躺在那里，只有吃的总会消失不见。自从一个月前他见到那头野兽的脚印之后，再出现的脚印都不是它的。当他待在沙滩上时，失望的情绪让他的胃如翻江倒海般难受。那条狗可能已经死了，或者逃到世界的另一头去了。他所做的一切都是无用功，他的礼物不值一提，只不过是些小孩子的玩意儿！

他的气馁从来不会持续很久。到了夜里，他又会重拾信心，这信心在他醒来之后又会完好如初，这种信心是如此强烈，以至于他会迫不及待地跳下床，再次出发去检查它的踪迹。他会从楼梯上头悄悄地溜下去，等着凯撒离开。今天，一切都会不一样，他会见到那头野兽的！

只需一眼就已经足够了：那个地方有动物来过，不过那脚印太小了，不可能是一条大狗的，顶多是只狐狸的，或是一匹狼的。他气恼地叹了口气。怎么才能吸引它过来，让它明白自己不是它的敌人呢？送礼物行不通。他甚至试过在晚上睡觉时向上帝祈祷。有时候他会想，那条狗是不是跟教堂里的上帝一样，对人们的祈祷充耳不闻。也许祈祷的人太多了，盖住了他的声音。又或者是那条狗以前被人打得太狠了，它不再相信人的话了。那上帝呢？他是因为这个才任由战争爆发的吗？因为他觉得自己被人类背叛了？

他没有往羊舍方向走，他喜欢沿着小溪走。他想要重新找回眺望大山时内心的那种冲动、喜悦和平静。在走了一百多米之后，水面开始变得开阔，在巨大的岩石之间形成宽阔蜿蜒的曲流。他走到一片沙砾滩上，拣一些扁平圆滑的鹅卵石。扔石头是唯一能够稍稍安慰他失望的心情的一种方法。他站在溪水边，瞄准一片静静流淌不受阻拦的水面。他喜欢这种时刻：停止思考，看着鹅卵石飞行的轨迹，享受身心的平静。他抬起胳膊，用力挥起来，瞄准好目标之后，突然把石头扔了出去。石头飞到空中，打在水上，一次，两次，三次，如果扔得好的话，他最多可以打出四次水漂。

一声响动差点引起他的注意，但是他扔得太专注了，没有把那声响太当回事。他不慌不忙地调整着投射的角度。鹅卵石在水面上跳了两次，然后偏离了轨道消失在一个涡流之中。生气之下，他转头往沙沙作响的草丛方向看去。除了那失败的一掷，他脑子里什么都没有想。

那头野兽从灌木丛中走出来，它半缩着身体，眼睛盯着他看，嘴唇微微上翻，不停地抖动着。他们之间只隔了几米远。它跳个三四下就能跨过那距离。它没有低吼，但是从它四肢绷紧的样子可以看出它的极度不信任。它的皮毛好像更加浓密纠结，比上次看上去颜色更深，除非是这种近距离的接触改变了他的记忆。

塞巴斯蒂安有一瞬间觉得自己好像是看到了某种幻象。他悄悄地咽了一下口水，用鼻子呼吸。他悄悄地松开手，手里的石头从指间滑落。他必须让它看到自己没带任何武器，他是善意的。石头落在沙地上，发出一声微乎其微的声响，但在他听来却像是一声巨响。他的心脏像打鼓一样剧烈跳动起来。那头野兽始终没有动一下。

各种思绪在几秒钟里像旋风一样飞快地从男孩的脑海中闪过，模糊了他的视线。涌上他心头的不是害怕的情绪，而是一种巨大的喜悦，这喜悦是如此强烈，让他害怕自己会做出错误的举动。他眼睛低垂，肩膀微微前弯，摆出服从的姿态。

那头野兽决定动了。它十分缓慢地向前走着，一步一停，一直走到小溪旁边，塞巴斯蒂安就在那里呆呆地偷看着它。当它走到溪边时，它观察了一下那孩子的姿势，放下心来，开始喝水。四下一片寂静，只有潺潺的溪水声和响亮的舌头汲水声。它抬起头来，嗅了嗅空气中的味道，看四下有没有威胁存在，好像是在评估眼前的形势。

塞巴斯蒂安祈祷着希望不要有任何人靠近。上次那些猎人把一切都搞砸了。他不敢动，大气也不敢喘。那狗应该知道他一点也不危险，因为它朝着他的方向走了一步，然后停下来，一脸困惑的样子。两人之间的距离现在只剩下几步远。最多五步，孩子估摸着，或者对一条狗来说，跳一下就到了。他想要说话，但是有什么东西拦住了他。眼下的这一刻太脆弱了，一个愚蠢的举动，又或者一句多余的话就能让它逃走。他集中精神，像渔夫抛竿一样，把自己的想法朝它投掷而去：**好狗狗，我是你的朋友，我想保护你，我是好人，你知道的**。这些话憋在他嗓子里，但他不敢说出口，生怕破坏了这个时刻。就在这时，那双像天鹅绒一样丝滑的深色眼眸收缩了一下，好像是在判断他的意图。塞巴斯蒂安忍不住抬起手，手掌打开冲向那个闪着亮光的鼻子，他的动作慢得好像是没有在动一样。然而，就在他觉得自己已经成功的时候，那狗却毛发直立，后退了。它的喉咙里发出一声沉闷的怒吼。那个让他们面对面站着的魔法被打破了。

塞巴斯蒂安刚刚来得及控制住自己没有抗议地叫出声来，那狗已经转身消失在杜鹃花丛中。

"回来！我不会碰你的！我向你保证！回来！"

失望之下，他连声音都哽咽了。他跺着脚，握紧拳头，克制着自己不要扇自己一巴掌！可是他为什么要动呢？而且他还忘了他的奶酪。来到这里之后，他没有先把它放在沙滩上，而是愚蠢地打起了水漂！他真是个蠢蛋！现在那狗不相信他了，它早晚会掉进凯撒的陷阱里，又或者被其他猎人打死！

他转头看向大山，不知道该怎么办。他看着明亮的天空，知道自己该去羊舍了。就算他会辨认脚印，可以跟踪那条狗，那也会花费太长时间。凯撒见他不回去，肯定会来找他，这对那头野兽只会更加不利！他必须想别的办法！他重新想起那些等待的日子，他的那些没用的礼物，还有那些因为一个被误解的举动而全部泡汤的努力，他想象了一下凯撒正在等他回去的画面，如果爷爷审问他的话，他连撒谎都做不到！他缩起身体，眼泪就要夺眶而出，因为一切对他来说突然都好像太沉重了。一个想法突然从他脑海中闪过。虽然他无法找到那条狗，但是他可以去打听关于它的事情啊。不过，谁知道那头野兽的故事呢……

他一秒都没有耽搁，不想再无谓地烦恼，他把装满浆果的包挂到一根野生动物够不到的云杉树枝上。他打算穿过土拨鼠山谷，走到那条通往附近牧场的森林小道上去。走路来回两个小时的话，他应该可以在午饭之后赶到羊舍。凯撒肯定会骂他，但是这样也比像一个小孩子一样哭哭啼啼的好。再说他也许一喝多了就把吵架的事情忘了。反正，就算要被人拿石头砸，他也决定这么做了！

他在上路之前掏出利娜给他准备的午饭，把一大块抹着香蒜和油脂的面包放在了石头上。

高处，大狗藏在一簇绿桤木后面，看着开始跑起来的小人儿。本能给它发出了两条自相矛盾的指令。当他的身影消失不见时，它发出了一声哀怨的叫声。一阵微风吹来，带来了上游一只动物的气味，它饥肠辘辘地站起身来。它像往常一样灵巧地爬着坡，已经把那个孩子忘在了脑后。

安德烈吃力地走着，老远就能听到他的动静。他弓着腰用力拉着车，一边走一边注意脚下，免得侧滑。问题是，他的伤口才刚刚愈合，浑身使不上劲来。更不要说，他的推车需要好好维修一下，右边的垫板已经开裂了，再来一次严重的碰撞的话，就会断掉。

他嘴里咒骂着，决定休息一下喘口气。车上没有装满货，只装了六根仔细捆好的原木，但这已经是他的极限了。这样做很危险，但是如果他想在冬天之前把这批木头交货的话，那他就别无选择。大地不久之后就会变得潮湿、上冻，这活他一个人就没办法再干了。雇人来帮忙根本不可能，因为他自己就指着这个工作吃饭呢！松林里，运货的小道蜿蜒曲折，很不好走，高低不平的路面让下山很是不易。

他抓紧刹车，半是滑坡半是走路地往下走。原木的重量压在他的背上，如果他脚下一个不小心，他就会被碾死。想到这个恐怖的画面，他发出了愤怒的低吼声。他咒骂着，侧滑了半米出去，在最后一刻才看到眼前的障碍物，不得不腰上使劲用力站直了身子。男孩站在路中间，挡在他面前，好像从地狱深处钻出来的一只妖怪！

"老天，你这个死孩子，你差点害我从山坡上滚下去！"

那孩子没有被他吓到，直视着他的眼睛，笑了一下，有礼貌地开口问道：

"您的伤好些了吗？"

"好些了吗？你还真会说话！如果我能像你一样什么都不干，我肯定好多了！"

"可是，就算我想做你的工作，我也会被压扁的。"

他的脸上挂着既认真又仰慕的神情，起到了安抚安德烈的效果。这个小家伙应该是长记性了。他不介意趁机喘口气，于是把推车横在坡道上停稳，用袖子擦了擦汗。

"你来这里干吗？要我说啊，你最好去学学读书认字，把你身上的野性甩掉……"

孩子脸红了，安德烈见他低头，自尊心又一次得到了满足。眼前正好有一个人需要他的指点。不过他还是咕哝了几句，不想太快让步。

"好吧，我快点喝一杯，然后一口气把这些木头送下山！"

"您要去哪儿？"

"卡布莱特路。离这里还有足足五百米。到那里之后我用骡子来拉。"

"你太厉害了……"

这马屁拍得很粗糙，但是安德烈愿意接受任何马屁。他咧开了嘴，露出黢黑的牙齿。

"这种活从来吓不倒我！不像有些人……"

塞巴斯蒂安生怕自己表现得太急迫，但是他快要词穷了，于是就胡乱问道：

"这是什么木头？"

"山毛榉。"

"您为什么不砍山下面的松树呢？那里不需要走这么远到路上。"

"傻孩子，那是因为松树不如这个好烧。山毛榉木更坚硬，烧的时间更长，然后卖的钱也多。你只要动动脑子……"

塞巴斯蒂安忍住想笑的冲动。安德烈太乐于显摆自己，已经放松了警惕。现在是时候问些正经的问题了。

"你真的认识那个牧羊人吗？就是打那头野兽的那个？它是真的因为这个才逃跑的吗？"

"你这又是唱的哪一出？"

"那头野兽……就是咬你的那个……凯撒说它是一条逃跑的狗。"

"这是有可能的。"

想起他的伤，安德烈脸红了。他想起了自己遭受的羞辱，那种感觉几乎与他的伤口一样火辣辣地疼！他翻了翻口袋，掏出酒瓶，拔掉瓶塞喝了两大口。酒精让他精神振奋，他咂了咂舌头，恢复了平静。塞巴斯蒂安出于谨慎，装作在研究地上的一个土块，怕他猜出自己的真实意图。这个坏家伙说他爷爷喝酒喝得多，那他自己瓶子里装的难道是溪水吗？！好在他的好奇心占了上风。

"这件事跟你有什么关系？"

"我就是想知道。你觉得他打那条狗，是因为它很坏吗？"

"人不是生来就坏的，都是变坏的。狗也是一样。"

孩子心里一阵感激。说到底，安德烈也没有那么讨厌。他只是蠢。

"那是为什么呢？"

安德烈耸了耸肩膀，想到还得继续干活，他的心情就糟起来。更何况这个孩子还在耽误他的时间！他估摸着自己得耗上一天的时间才能回到家里。

"我怎么会知道？！那你呢，你能告诉我人类为什么要打仗吗？"

见那孩子愣愣地看着自己，他便开始胡乱地解释起来，不过说着说着，他的条理也逐渐变得清晰起来。

"所以说嘛！没有什么为什么。那个家伙，他把小狗拴在一条两米不到的链子上打它。还有一次，他连续饿了它好几天，不知道是因为他没时间，是忘了，还是他就高兴这么做。不过他在生活中还挺正常的，我跟他有生意往来，他活干得不错。他有老婆，有四个孩子，酒喝得不比别人多。但是他喜欢打狗。所以那条狗就彻底疯了。这种狗治不好的。你想要问我为什么？其实你稍微想一想的话，那些德国鬼子也是一样的！听说在他们那个伟大的元首上台之前，他们的日子过得挺苦的！所以现在他们都疯了。要想让他们忘掉血的味道……"

他话说到这里就停了，他精神焕发，用力吐了一口唾沫，然后没等孩子说话，腰上一使劲，抬起推车，重新开始下坡。塞巴斯蒂安退后给他让出道来。安德烈两脚分开，扎在地上，往前走着，几乎没有感到吃力。他的一番演讲让自己重新振作了起来，那孩子在一旁待着对他也有好处。万一他摔了，这孩子总可以跑去找人来救他。

几分钟之后，他终于来到了山坡下面，他喘着粗气，放下车把手，感到一阵晕眩。圣母玛利亚啊，他做到了！当他站起身来，想要接受那孩子的仰慕时，路旁的斜坡上空无一人，那孩子已经无影无踪了。

"这孩子，果然不是一般人……"

他轻蔑地笑了笑，扫去心中的失望。都是些不知感恩的小鬼！他从来不觉得没有孩子是个遗憾就是因为这个。单身也就这一个好处了！尤其是年龄越长越是这样。

为了接着赶路，他喝了一大口蒿酒，然后就上路了。

羊奶都已经挤好了，羊被关进了羊圈。凯撒关好栅栏，吹了声口哨提醒那孩子。如果他们想在天黑之前到家的话，现在就得走了。

塞巴斯蒂安之前提出来要去检查陷阱，为自己的迟到道歉。凯撒叹了口气。那头野兽很小心。自从袭击事件发生以后，还有圈套设好以后，它就再也没在周围出现过。迷信的人可能会觉得这里面有巫术作祟，而他则认为这是因为那头野兽狡猾多疑，习惯了人类的把戏。

陷阱的威力很惊人，但是从来没有抓到过比狐狸个头还大的动物。他抓到过一只黄鼠狼和一只貂，它们的头都被钢牙轧得血肉模糊。它们的皮可以塞在那些塞巴斯蒂安穿着太大的旧靴子里做里子。现如今，鞋都已经成了稀罕物，更不要说皮鞋了，就算有些没有被征用，那也买不到！有了这些皮毛，他就不用再下山到山谷里去找鞋匠了，而且他也不认为能找到比他们的鞋匠原料更充足的鞋匠，再说关于黑市交易有很多传闻，谁都不敢相信谁！据他所知，山下的情况比山上更糟糕。每个星期都要徒步一次的小学老师只找到了一双橡胶底的步行鞋！这都是什么事啊！

尽管收获了这些皮毛，凯撒还是更加憎恨那头野兽。陷阱只是权宜之计。他喜欢在把猎物围住之后，对猎物进行堂而皇之的捕杀。只要他还没杀掉那条疯狗，他就不放心那孩子的安全。问题是，他不能把他像只羊一样关起来。塞巴斯蒂安变得越来越独立，他可以继续训这孩子，但是到头来他只会板着脸不理你！

不过在老人心里，他喜欢这样。

他徒劳地对自己说那头野兽跑到别的山谷去了，再没有牲口被杀这一点就是证据，但是他有预感，只要自己一松懈，哪怕是只放松了一点警惕，它就会觉察到，然后就会发起攻击。有时，他甚至会想，那狗自从上次跟他擦肩而过之后，已经对他怀恨在心。

塞巴斯蒂安的笑声把他拉回了现实。

"爷爷，你刚才表情好搞笑！"

他们开始上路，往小木屋赶，急于回到温暖的家中。空气潮湿而又寒冷，天色已经变成了深灰色，这预示着暴风雨的来临。乌云已经爬上山坡，侵袭着起伏的群山，笼罩着大地。面对这样的景象，只有拥有一颗足够强大的心脏才能不至于浑身发抖。凯撒喜欢这种狂暴的天象，因为它会告诉人们他们有多么渺小。在大山里，谎言和大话毫无用处，懦夫藏无可藏。

当他们走到长着云杉和落叶松的森林里时，他们感觉自己好像走进了一个山洞里，每一个声响，不管是他们踩在松针上的声音，还是树枝断裂的声音，又或是一只啮齿类动物跑过去的动静，都带有一种沉闷的回声。灰色的光线从松树林中穿过，像泪水一样婆娑而下。他们有些气闷，加快脚步走出树林，山口出现在他们眼前。按照这个速度，他们天黑之前可以到家。正当他们往格兰蒂耶尔狭道赶去的时候，凯撒突然停了下来，抬起手提醒孩子注意。

"你听！"

一声嘶哑高亢的鹿鸣从谷底传来，在黄昏的夜幕中，那声音就好像是有人吹起了雾号。

"爷爷，是鹿在叫吗？"

"是的，它在宣告秋天的来临。你听见它是怎样呼唤母鹿了吗？如果它的叫声悠长而又凄凉，那就是在求偶，就好像是一个恋爱的人给他的女朋友演奏小提琴一样！那头公鹿对母鹿说：'我是最帅气、最强壮的公鹿，但是因为你不答应我的求爱，我也是最不幸的！'"

"母鹿会回应它吗？"

"你觉得呢，它宁愿吃草！不过那叫声会唤起它的欲望，让它产生生孩子的冲动。你知道它怎么打扮自己吗？"

"不知道……"

"它会在淤泥和尿液里打滚，加强自己的气味，因为母鹿喜欢这样的味道。"

"真恶心！"塞巴斯蒂安咯咯地笑出声来，想象着如果他沾了一身泥巴回到家，说是为了吸引女孩，他姐姐该会如何反应！

"对你来说，当然恶心，但是对它们来说，这是求偶的一部分。来，你再听！"

那叫声又起，这次更短更低沉。

　　"它叫不光是为了吸引母鹿，还要吓跑其他的公鹿。这种时候它的叫声听起来就像是狮吼。它的威胁很明确，年轻的公鹿都不太敢惹它。"

　　"那它们不是也会打架吗？"

　　"最强壮的公鹿之间会打，每个发情期都会打。"

　　"为什么呢？"

　　"因为就算头鹿警告了其他公鹿躲远一点，有时候也并不管用。"

　　"那会怎么样呢？"

　　"它们会打架。"

　　"危险吗？"

　　"就算它们打得很激烈，结果也不一定会很危险。首先，它们会互相恐吓对方，如果谁也不愿意让步，那它们就要打。它们可能会打很长时间，尤其是如果两头鹿势均力敌的话。在山上打架的后果会更严重，因为它们可能会坠崖。有些鹿的角可能会断，有的身上会拉出个大口子，甚至开膛破肚。我父亲曾经跟我讲过他见到过两头巨鹿的尸体，它们的尸体缠斗在一起。它们死于精疲力竭，因为它们的鹿角长了太多顶枝，交缠在一起分不开。"

　　他们走近小溪，孩子不动声响地加快了脚步，担心那里还有一些没有擦干净的脚印留下。他爷爷继续说着话，似乎什么都没发现。

　　"你知道吗，我在差不多你这个年纪，第一次看到公鹿打架。我和我父亲一起出门打猎，遇到了两头年纪大的头鹿，那是两头巨大的公鹿，鹿角跟我一样高！那简直就是巨兽之间的战斗！那天看着它俩，我感受到了那种超越一切的力量。"

"那是什么？"

"本能。"

"那谁赢了呢？"

"最能打的那头。不过这都是我父亲跟说我的，因为我当时太震惊了，什么都不懂。"

"爷爷，我想去看看。你能带我去吗？但是不要杀它们行吗？"

"我当然不会杀它们！除了那些乡巴佬，没有一个敢自称是猎人的人会朝一头发情期的鹿开枪。我会带你去看的……不过得等到抓到那头畜生之后。"

"你是说……那头野兽吗？"

"当然是那条野狗，除了它还能有谁？"

惊恐之下，塞巴斯蒂安转头看向山谷，寻找灵感。那头发情的鹿又叫起来，那叫声变得更加短促，时断时续。

"它那叫声跟感冒了似的，你听到了吗？"

凯撒支起耳朵，点了点头。

"你说的没错，我觉得它找到对手了。要我说，这两个家伙可不是感冒了！"

"那它们是要打架喽？"

"当然啊！"

"那要是其中一头死了，那它就是为爱而死喽？"

老人发出了一声闷笑，然后又恢复了严肃的表情。他从这个看似天真的问题背后，察觉到了一种与鹿完全无关的期待。他抬起木棍，把一块石头扫到山坡下，这在他身上可不是一个常见的举动。

"那不是爱情，而是一种本能。年纪大的公鹿只在秋天发情期的时候对母鹿感兴趣。它们在其他时候都是自己待着。如果你想要看夫妻情深的画面，那还不如去狼群看看……"

"为什么是这样的呢？"

"哪样？"

"既然它们不是为了爱情，那为什么还要自相残杀呢？它们只是为了生小鹿吗？"

"是的，你说的没错。因为生殖的冲动超越一切，甚至超越对死亡的恐惧。"

"所以生殖的冲动就是打架？"

"这是野性的本能。雄性的本能让它们想要获得支配的权力，雌性的本能让它们想要养育后代。在一些地势相对平缓的地方，有些公鹿可以拥有几十只母鹿！我敢跟你打包票，这些公鹿到冬天都得累坏了！"

想到这里，他心里一乐，放声大笑起来。

"它们不愿意分享吗？"

"噢！当然不愿意！就算它们拥有一群母鹿也不愿意！"

"那这也不是因为爱情吗？"

孩子的追问让凯撒犹豫了。塞巴斯蒂安想知道别的事情，眼下事情变得棘手了。他想象得到安热利娜肯定会不高兴。虽然他总想把事情解释得巨细靡遗，但是他也可能在自己没有意识到的情况下突然把话头打断。

"你要是这么看的话，那也有一点吧。快听……你听到了吗？没声音了。其中一头认输了。"

　　他们来到村子上方。就在要下坡的时候，老牧羊人抓住了孩子的手。那只手是那样柔软、细小，他不禁一阵揪心。他想要告诉他未来一切都会很美好，告诉他虽然幸福像山顶的风一样飘忽不定，但是总有一天它会吹过你的脸。然而，他选择了沉默，免得再说出蠢话来。他的心里充满了懊悔。因为他一再推迟说出真相，他的谎话正在固定下来，就好像水凝成冰一样。塞巴斯蒂安年纪还这么小！他再等一等吧。等到春天，也许……

　　孩子惊讶地冲他仰起了小脸蛋，凯撒突然感到一阵尴尬，松开了他的手。他指着离他们一百多米远的那个屋顶说道：

　　"快去吧！你先跑在前头，告诉安热利娜我们饿了！"

# 3.

　　没有任何痕迹！沙滩上，石头通道里，高低起伏的山坡上，荒草丛生的山脊上，都没有！

　　塞巴斯蒂安什么踪迹都没有找到，而他已经保证过自己要早点到羊舍去帮忙做奶酪了。那头野兽没有再回来过，他从自己嘴里省下来的面包肯定是被乌鸦叼走了！扔面包这事简直蠢透了，他饿了一整天，结果只是为了让一只鸟偷走自己的礼物！只是他控制不住自己，他不会背叛那头野兽的，他必须让它明白！

　　他很想尽情大哭，但是时间紧迫。只要一想起凯撒生气的样子，他就感到脸颊发烫……昨天，凯撒训了安热利娜一顿，怪她总使唤她弟弟去送面包、买东西，结果让那孩子几乎没怎么在羊舍帮忙。他姐姐当然是一头雾水。一番激烈的争吵之后，塞巴斯蒂安不得不承认他最近没少在山里转悠，但是他发誓他从来没有去过格兰蒂耶尔路那边！说谎时，他在背后用手指做了个交叉的动作。安热利娜罚他不许吃甜点，这说明她是真生气了。他一点也不在乎。再说，他也没有很喜欢她做的那种里面全凝成一块块的水果蛋糕。

好吧，他不要像一个小孩子一样开始哭泣。他没有时间。没有时间流泪，也没有时间打水漂。那头野兽明天会来的。一定会的。

他加快脚步，眼睛寻找着参照物，这样可以产生自己走得很快的感觉。最后一段陡坡，然后是那个树桩，就在岔路口的下面。等到了那里之后，只要再穿过树林，他就基本算是到了。他记起一段歌词，重复了三遍，然后走进了树林。一阵湿气像一条浸湿的床单一样把他包了起来。昨天夜里下过雨，大地传来腐殖土的味道和树脂的香甜气味。他从眼角的余光里看到了一圈蘑菇，那蘑菇长在他平时天热的时候常来玩的空地上。他差点停下来摘几个牛肝菌，好用作迟到的借口，但是一想到爷爷生气的样子，他又加快了脚步。算了，等回家的时候再指给他看吧。不管怎么说，这个借口就算两手空空也能成立。他就说……他想找几个长蘑菇的地方，好给利娜一个惊喜，因为她生自己的气了，然后他找着找着就忘记了时间！

做完这个决定之后，他松了口气，开始沿着松林之间的羊肠小道跑，他快步爬上一个斜坡，又冲向一个土堆。他的身子在惯性的推动下，重重地落在一片铺满松针的地面上，然后过了好几秒他才意识到自己不再是一个人。空气变得稀薄，又像松脂一样黏稠。他咽了一下口水，不敢相信奇迹发生了。那条狗就站在他面前，挡住了他的去路，看上去巨大无比。当它看到塞巴斯蒂安直起身来时，它发出了一声简短的、带有警告意味的低吼，就好像是出于一种狗类的礼貌，告诉他"你要小心点"。它的耳朵是竖起来的，那是戒备状态的信号。

　　这次，不能再犹豫了。塞巴斯蒂安心中还充满着在无尽的等待之后累积的挫败感，他不假思索地开口说道：

　　"你不想要人碰你，那我就不会碰你。我保证。你知道吗，我也不是很喜欢这样。大人们总喜欢这样。那是因为我的头发，当他们把手放在我头上拨我头发时，我都要烦死了！我不是玩具，你也不是。不过你有毛……狗狗都喜欢被人抚摸，不是吗？不过你不知道那是什么意思。"

　　孩子一边说这话，一边把头发往后梳，示意给它看。那头野兽不再吼叫，它安静下来，半张着嘴，耷拉着舌头，塞巴斯蒂安大胆地向前迈出去一步。

　　"过来，我给你看样东西。一个好东西。"

　　他继续斜着身子往前走，好给狗让出道来，同时装作若无其事的样子观察它的反应。那动物还是一声不吭。他又走远一些，嘴里继续哄道：

　　"过来，我保证不碰你！过来啊，倔驴！不然的话，我们永远也成不了朋友。你不能再独自这样待下去了！你是条狗，不是野兽！"

　　这次，它动了，但又立刻停下，一条腿抬在空中，好像还在寻找被说服的理由。塞巴斯蒂安偷笑，他理解这种不信任的感觉，因为他自己也有过。他必须慢慢来。他想起凯撒的手在处理伤口、钓鱼还有拨开草丛寻找动物踪迹时的样子，想起那沉浸在每一个动作之中的镇定自若，他知道该怎么做了。

只要那条狗没有放下心来，它就不会让人靠近它。他用一种平静甚至是有点欢快的语气跟它说着话，一边往前走了几步。话的内容一点也不重要，重要的是语气。那狗跟着他。五米，十米。每次孩子停下，那狗也停下，似乎是想要跟他保持一个安全距离。他们就这样蹦蹦跳跳地穿过了森林，始终保持着距离。塞巴斯蒂安觉得有一条脆弱的线把他跟狗连在一起，稍微一用力线就会断。他想起曾经见过的那个走绳索的杂技演员。那是在去年山谷里一年一度的集市上。凯撒、利娜和他总是一起去赶集。听说在战争之前，集市更加热闹，有各种惊人的演出、叫卖的人、舞会和比赛。塞巴斯蒂安从来没见过那样的表演。那人走在一根绳子上，那绳子绑在两根立柱之间，那人每走一步，绳子就晃一下。他双臂打开，保持着平衡，发明了一种与已知一切走法都不一样的行走在天地之间的悬空走法。那狗跟他就是在走绳索。一切都可能在顷刻之间倾覆，但是他们彼此相连，保持平衡踩在一根绳上往前走着。现在，每当那狗犹豫时，他能精确地知道自己该什么时候说话。

"很好。你跟着我，好不好？……我要给你看样东西，这很重要……你知道吗，我找了你很久？……从夏天结束以来……你还记得吗？我不害怕，你也别怕，好不好？"

他已经忘了凯撒。一切都变得遥远：战争，甚至他妈妈都已经往后退去。只有他跟这只动物的相遇，这种他们之间正在形成的联系才是最重要的。他感动地流下了眼泪。

他们绕过他常走的那条路，来到树林边，高山牧场的正上方。每年这个时候，羊群都喜欢到有阳光的山坡上吃草，不过总有几只叛逆的羊喜欢去找一些牧草茂密的角落吃草。羊舍藏在往南一点的一个山坡后面。孩子看了看太阳的位置，估摸了一下时间。正常情况下，除非有羊生病，凯撒都在忙着挤奶。牧场上从来不缺活干：把奶酪翻过来，搅动搅乳器里的牛奶。完事之后，爷爷总喜欢喝上一杯，打个盹。不管怎么说，他被抓到的风险都很低，因为他藏在树林里，打老远就能看见人过来。

不出所料，有十五六只羊跑到了树林边一个积水的地方。塞巴斯蒂安在确定它们都很安静之后朝它们走去。他的心怦怦地跳着。通常，当感觉到有捕食者靠近时，羊群就会躁动不安。但是这次，当他身后带着条狗靠近时，它们依然很平静。他在最后一刻，就在要走到头羊跟前时，犹豫了，不过他的脚步并没有停。要是他搞错了怎么办？要是这狗狂性大发扑上去咬它们怎么办？

他好像梦游一般地往前走，感觉自己好像走进了一条溪流。

利娜跟他讲过摩西分开大海的故事。她还给他看过一本书里的版画。画里是一个男人的背影，他身上穿着一件跟山里的牧羊人一样的大斗篷。他双臂朝天，右手挥舞着一根棍子。在他身后的不是羊群，而是一群扛着包裹紧紧挨着的男人和女人。画里还有红海（那海其实是蓝色的，跟世上所有的海都一样），海水正翻腾着打开一条通道。海水立在道路两侧好像剧院里的帷幕。现在他也是一样，狗跟在他身后，他觉得自己跟摩西一样。羊群默默地分开，毛茸茸的身体滑过他的胳膊。一只羊闻了闻他的味道，另一只把鼻子贴在了他手上一会儿，想要找点好吃的。空气中，只有铃铛的响声。塞巴斯蒂安微微扭过头去观察那条狗，结果发现它样子十分平静。它表现得就像一只牧羊犬一样，这肯定是因为它以前就在羊群里待过……

他心里一阵狂喜。他不得不努力控制自己才把眼泪逼回去，因为这种终于如释重负的感觉实在是太强烈了，近乎疼痛，让他窒息。这狗从来没有杀过羊！首先，如果它是疯狗，羊群早就能感觉到！只要看看有狼靠近时，它们乱动的样子就知道了。他激动得两腿一弯，摔到了地上。

"我就知道，你不是坏狗！"

那狗只是用它那双亮晶晶的眼睛看着他，好像是它也明白了眼下这一刻的重要性。它等那孩子站起来，继续跟他走。它没有看见孩子脸上那个大大的笑容，那是他在品味自己的双重胜利：一是驯服了这条狗，二是带它见了羊群。

他们回到松树林里，沿着树林边缘走了十几分钟，以免被人发现。凯撒布置的三个圈套其中之一就藏在不远处。塞巴斯蒂安闭上眼睛也能找到那个地方，因为他只要有可能就会过来看看那头野兽是不是被困在里头了。现在他已经有证据了，他再也不担心爷爷的怒火了。等这狗安全之后，他再考虑爷爷的问题。现在他还有更重要的事情要做！

他放慢脚步，抬手发出提醒。从这里可以看到羊舍的板石屋顶。一缕轻烟从短短的烟囱中升起。为了不吓着狗，他极其缓慢地弯下腰，捡起一块石头，然后他摊开手掌，把那石头给它看。

"这是一块石头。但是我不会用它来砸你。我要用它给你展示个东西。"

说完他转过身去找那个圈套，那圈套埋在一堆树叶和松枝下面，位于两簇茂密的灌木丛之间，勉强能看到有一丝可疑的亮光从下面露出来。他猛的一下把石头砸进圈套。钢齿咔嚓一声咬下，狗吓得往后跳去。它立刻开始低吼，背上的毛也竖立起来。它从那对它来说没有任何有用信息的油脂气味之中，嗅出了一丝人类的气味。那清脆、刺耳的声音还在它的耳朵中回响。那是一种危险的声音。它呜咽了一声，好像是在要个说法。

"你千万不要到这里来，"孩子强调道，"这里很危险，你明白吗？你可以闻闻看，记住它的味道。它味道很重，不是吗？凯撒在这附近都布了这种圈套。他不是坏人，他只是不明白，他觉得是你杀了他的羊！"

他的语气应该是让那动物放心了，因为低吼声停了。它开始喘，然后毫无预警地，打了个哈欠，这个哈欠打得太大，不小心发出了声音，引得孩子哈哈大笑。

"现在我们得在爷爷开骂之前离开这里！要是他看到你，他会去找枪的！不过我不会让他这么做的，永远不会！"

他用双脚把圈套撑开重新布置好，然后重新上路，当他确定那狗跟在自己身后之后，便开始小跑。他饿了，肚子开始咕咕叫，不过他一点也不在乎。今天早晨，凯撒为了确保他会到羊舍来，没让利娜给他准备午饭，决定自己给他做……只是，这狗应该也快饿死了。在它那身长长的、打着绺的、脏兮兮的皮毛之下，是干瘪的肚子。塞巴斯蒂安当然可以冒险去羊舍里偷拿一点猪油或是奶酪，但是如果他现在去的话，爷爷是不可能很快就放他离开的！

"只有喂饱的狗才会忠心！"这句爷爷常常跟他说起的谚语让他有了主意。既然不能回家，他可以去隔壁山谷的多尔谢农场。安德烈的羊舍离得更近些，但是他既怕安德烈胡说八道，又担心他小气。再说，接连两次去找他，他肯定会起疑……但是在多尔谢农场，他一定可以找到吃的。他们家的农场是这里最兴盛的一个，总是包揽各种农业大奖。运气好的话，塞巴斯蒂安可以溜进他们的库房，偷挖一点猪油，如果他们只有这个的话……他不禁羞红了脸。要是被发现了怎么办？因为战争，偷食物现在变成了犯罪。不行，他得想别的法子来喂这条狗。比方说，有礼貌地向多尔谢太太要一块面包和一块奶酪，这样就不是偷了，对吧？而且凯撒什么都不会知道……无论如何，他都得在这狗再变成野狗之前，找到吃的来驯养它！

他们往山脊路方向走，跨过一条宽阔的石头路，然后往一条十分陡峭的羊肠小道走去。这条近道可以让他们少走一千米。在过于陡峭的路段，他会抓着灌木丛和露出地面的植物根茎往上爬。狗在他身边蹦来蹦去，走得毫不费力。它的存在让塞巴斯蒂安感到浑身都充满了力气。他们终于来到了陡坡的尽头，小道从那里变宽，变成了一条骡马道。再往上，已经可以看到山脊路山口。

他们都没停下来喘口气，便继续往前走，孩子在前，狗在他身后几步远的地方。一个敏锐的观察家会发现他们之间的距离在慢慢地缩短。

到了山脊路之后，塞巴斯蒂安陶醉地吸了一口带着鼠尾草香气的空气。他的嘴巴很干，他意识到自己快要渴死了。他环顾四周，寻找那个大石堆，那里有一条小路直通隔壁山谷。他们在下山的路上会找到水的。凯撒曾经为了给羊配种带他去过一次那个农场，他记得很清楚，有一条溪流灌溉着那个背斜谷。

在他目光所及之处，除了空气就是岩石。秋天来临之后，羊群几乎全部都下到了山谷里或是海拔稍低的羊舍附近，不过他还是检查了一下，确保没有赶骡子的人撞见他们。在这里有时能遇上一些身上背满货物到高山农场去卖的流动商贩。

一声鸣叫划破了这片宁静。金雕在他们头上盘旋着，画出一道壮丽的轨迹。狗渴望地发出呜咽的声音，塞巴斯蒂安安慰它道：

"我们马上就要到了，我会找到吃的，你不用担心！"

当他正要重新上路时，他突然感到一阵头晕目眩，靠到一块岩石上。他回去的时候最好找一根拐杖。凯撒曾经跟他解释过千万遍，自以为能胜过老天可能会带来危险。奇怪的是，他并不害怕。狗的存在改变了一切，大山成了他的伙伴。他不知道该怎么解释这种感觉，那是一种身体的感受，但是他感觉自己已经不一样了，变得更强、更无畏。当然了，有爷爷在的时候，他是被保护的、被引导的，有时还会被责骂，但是凯撒是成年人，他不能听也听不懂他的秘密。另外，他自己也有秘密，那是他自己说给自己听的，在这种时候，他总是咬紧嘴唇，嘴里咕哝着，脸皱得像个拳头。有这狗在身边，情况是不一样的。他们彼此给予对方力量。

"好了，我们继续出发！"

孩子和狗藏在一个土堆后面，观察着铺着板石屋顶的农庄。就算隔了有三百米远，它看上去还是十分巨大。

那栋大房子建在村子之外，一楼是用当地出产的石材建造的，坚固宽敞，二楼是用落叶松隔板搭建而成的，朝南的那面有一个带屋顶的阳台。房子北边紧挨着一个马厩，马厩上面是一个跟房屋连为一体的粮仓。因其优越的位置，也许是出于嫉妒，人们都说这里的主人干起非法买卖来毫不脸红。打仗前，他们跟走私贩做生意，现在谁的生意都做！反正他们有牛有羊，还有鸡、鸭和几只兔子，有人说他们还有几头很肥的猪藏在别人看不到的地方！

塞巴斯蒂安驱散脑海中冒出来的那些浸在厚厚的酱汁里的猪肉画面。凯撒肯定已经吃过中饭了。也许他现在正两手放在嘴边卷成传声筒的样子在叫自己的名字！不然就是已经气得在想该怎么惩罚他了！他感到不自在，小声说道：

"再等一会儿。你可以相信我，我会找到东西吃的。你知道吗，给你找到东西吃差不多就算跟你换过血了，之后我们就是朋友了。一辈子的朋友！"

这话与其说是说给那狗听的，倒不如说是给自己听的。

狗听着他说话，头微微地歪着，一脸迷惑的样子，看上去十分好笑，塞巴斯蒂安没忍住，伸出手去。狗闻他的手，他欣喜地感到它的鼻息从他掌心流过。

一阵嘈杂的声音打破了这片宁静。那声音好像是从农庄方向传来的。他匍匐着爬到一片茂密的灌木后面，那里正好看得清楚。

一辆漆黑闪亮的小货车停在下面三百米处的路上，车后面用篷布盖着。那辆车太新了，不可能是这里任何人的。这里机动车很少见。多尔谢先生有一辆旧车，只有重要的日子才会开出来，但是他那辆车实在是太旧了，看上去好像一个移动的鸡窝。村长有一辆敞篷汽车，一辆黄色的标致 401，停在他家的马厩里。还有孔巴的儿子，有一辆德拉热汽车，他是山谷里的公证人，大家都说他富得流油。不对，这辆小货车，塞巴斯蒂安见过它停在面包店附近，就是德国鬼子来的那天……

声音就是从那里传来的。两个穿着制服的男人正在跟一个宽胯骨、头上戴着一块鲜艳的红色方巾的女人交涉。塞巴斯蒂安认出来她是苏姗·多尔谢（她在过节的时候会去圣马丹市场），她是一个厉害的管家婆，把她的男人管得死死的。塞巴斯蒂安正是想要从她那里讨顿饭吃呢。要是运气好的话，她的心情在谈完生意之后也许会很好。现在的重点是不要被发现和再等一会儿，不要让她怀疑有人在监视她。但愿那些德国鬼子能快点！他小声地对狗说道：

"别担心，他们不会留意我们的，不过我们还是得藏起来，等他们谈完事情！苏姗是农场主，她卖东西给敌人。你看到那些穿灰衣服的人了吗？他们就是德国鬼子。要跟你解释清楚的话，时间有点长，总之就是他们侵略了我们的国家。不是只有他们两个，还有其他人……另外就是苏姗不是特别介意跟他们做生意。你看到她篮子里的那些瓶子了吗？

我敢打赌是蒿酒。那酒不是很好喝，但是这里的男人都爱喝，就连我爷
爷……你觉得他们会拿什么跟她换呢？要是香肠的话，就挺好的。你喜
欢吃香肠吗？我已经很久没吃过了，至少有……一年？或者两年，也许
更久。我不太记得了。猪全都死了，要么就是卖得非常非常贵。但是德
国鬼子们不觉得贵，因为他们是敌人，只要有他们喜欢的东西，他们就
抢……你要坐好，保持安静，明白吗？"

他这个命令发得有点偶然，但是当他看到狗在自己身边趴下时，他
高兴得差点拍起手来。它什么都明白！它不仅不疯，还非常聪明。孩子
精神振奋，也趴在了路边的斜坡上，这样观察下面的人更舒服，但是他
没注意到有一只寒鸦正朝他们飞来。

当那只鸟从他们头顶飞过时，狗立刻跳起来去追，对塞巴斯蒂安的
小声叫喊充耳不闻。要叫住它就跟要让一条河停止流淌一样难！那只寒
鸦还没有意识到危险，四处飞来飞去，想要找点吃的。一阵微风吹来，
货车上没盖好的篷布开始翻动起来，一股令人无法抗拒的油脂的味道飘
了出来！那鸟改变方向，直直地往篷布底下飞去。与此同时，狗悄无声
息地从后面扑了上去。塞巴斯蒂安尽管惊慌失措，也还是注意到了它那
惊人的敏捷身手。那几个人什么都没注意到。他该不该从隐藏的地方走
出来暴露自己呢？要是德国人害怕了冲他开枪怎么办？爷爷的话说得很
清楚："你不准主动跟穿灰制服的人说话！如果你不得不说，说得越少
越好！你别忘了，他们跟我们不一样！"

他还没拿定主意，一切都已经太晚了。那狗已经跳到了货车后面。
篷布好像痉挛一般在动。这么大的动静惊动了那两个士兵，他们背上

步枪开始跑。塞巴斯蒂安现在什么也做不了了，他只能用尽全力祈求上帝救救他的朋友！在这一刻，孩子根本不想知道他到底存在还是不存在！

汉斯没有发出警告，就想朝篷布射击，但是埃里希在最后关头拦住了他。中尉不知道他们干的这点小生意，现在可不是让人发现的时候！如果货车带着枪眼回去，解释起来可就尴尬了。布劳内在纪律问题上从来不开玩笑，更不要说黑市交易了！他做了一个手势，让对方保持安静，让他在一旁准备好，然后一把把盖住货车车厢的篷布扯了下来，把枪口对准前方。

在一堆东倒西歪的篮子中间，有一只黑色的乌鸦站在一块面包上正在打量他。趁着篷布打开带来的气流，鸟贴着他的脸颊飞出去。在同伴面前丢了脸的汉斯以为是遇到了什么袭击，冲着那个迅速逃离的影子开了一枪。

"Verdammt, hör auf dummkopf! Das ist nur ein vogel!（该死，快停下。蠢货！那只是一只鸟！）"

苏姗跑着赶了过来，眼睛在红扑扑的脸上打转，显然是气坏了。他迎上前去，阻止汉斯再干蠢事。

"你们怎么能随便开枪呢？你们想要把所有人都招来吗？"

"女士，你是有礼貌的人。这只该死的鸟，你看看它干的好事！所有吃的都被它糟蹋了！"

"见鬼了，你怎么不说是圣母玛利亚干的！一只乌鸦能造成这么大的破坏？你们不是在换着法子坑我钱吧？"

她的话埃里希虽然不能全听明白，但是那种质疑的语气他全听明白了，他装出惊讶的样子说道：

"坑你？夫人，你这是什么意思？"

"我说的是我的酒钱。怎么办吧？"

"你要这些面包吗？"

"面包？换我的蒿酒？你还想换什么？这些面包都被鸟啄过了，谁知道这些畜生身上都带些什么病呢。"

她看了一眼翻倒在地的篮子，迅速地估出里面东西的价值，然后指着一个沾着油污的包裹说道：

"四分之一大小的奶酪……还有那个桶。里面装的是汽油吗？"

"Unmöglich！汽油，不行，不可能，verboten！"

"那我的蒿酒也 verboten？"

"那我们搜查你的农庄怎么样？"

"怎么着？你想找我的麻烦？还是说你想找几只逃跑的乌鸦的麻烦？"

她压低语气，眯起眼睛，露出阴险的表情，小声接着说道：

"我可不希望你们的长官知道你们干的这些小买卖。"

埃里希掩饰住他的怒火，装出在考虑的样子。这个法国女人很狡猾，她看来是知道了他们只是小兵而已。他可以试着去吓唬她，但是在这个糟糕的国家，你永远不知道跟你打交道的都是些什么人！如果她去找中尉投诉的话……最好还是先安抚好她，至少眼下先这样。以后嘛……

"好吧。我们再谈谈。你给我们两瓶酒，我们给你奶酪和巧克力。
这可是上好的巧克力，非常贵！"

"我不要你们的糖果。我要汽油！"

他们的声音终于散去，而塞巴斯蒂安此时正跟在狗后面全力地奔跑
着。他在山口跟丢了它的踪影，但他连害怕的时间都没有。当他走到石
头堆附近时，他以为他是在做梦。那条狗刚扔下三串香肠，正准备大快
朵颐呢！要不说它怎么不着急了呢，它嘴里塞的全是肉！尽管塞巴斯蒂
安心里直想笑，憋得肚子疼，他还是努力用严肃的口吻说道：

"喂，我吓死了！你差点被打死！你以后永远也不许就这么跑出去
了，永远，听到了吗？"

狗抬了一下头，然后又接着吃它的饭。它三下五除二就把香肠吞下
了肚。吃饱了之后，它站起身来，摇摇尾巴，好像是在说他们已经在这
个地方晃悠太久了。

"你胆子真是不小，你呀。好了，我们走吧，但是你得跟在我身边！"

他们迈着平静的步伐再次出发了。他们之间的距离不超过一只胳膊
的长度。

他们在山口停下来欣赏风景。太阳马上就要下山，影子已经开始拉
长。塞巴斯蒂安忍着不打哆嗦，指着对面的山峰说道：

"你看那边，看到那个牙齿形状的山嘴了吗？它后面就是美洲。我
妈妈在那里。凯撒说她肯定会回来过圣诞节的。她也许会给我带礼物回

来呢。你知道我喜欢什么吗？"

狗歪着脑袋，鼻子冲向那座山峰，认真听着。

"我想要一块带指南针的手表，就像孔巴的那块一样。马塞尔·孔巴是我们的村长，不过他不是我们的朋友，你要小心他。不过你碰上他的可能性不大，因为他很少进山，除非有时他想在猎人面前耍耍威风。猎人们你已经都认识了。安德烈，你咬了他的小腿肚子。我不觉得你做错了，因为他在杀了一只母羊之后还差点杀了小羊，不过他没有看上去那么坏。但是他很蠢，他没你聪明。你明白我说的话，对吗？"

狗汪汪叫了两声，表示赞同。孩子突然感动了，他转过头去，望着熟悉的地平线，低声说道：

"美洲其实也没有很远。将来有一天，我也要去那里。如果你想去的话，我会带上你。"

一股热气吹过他的手，然后狗鼻子湿乎乎地蹭了过来。塞巴斯蒂安僵住了，心被感动淹没，他开始默默地哭泣。眼泪像雨水一样打湿他的脸颊，不停地流着，他不敢动，他被爱的浪潮倾覆。当狗开始舔他的手掌时，他想要蹲下来抱紧它。他一整天都在等待这一时刻。过了一秒钟，他才意识到有什么事情不对。一声沉闷的吼叫，仿佛地底的雷声一般从狗的两肋传来。狗在低吼！他还没来得及反应，那狗已经一边吼着一边往后退，然后它纵身一跃便消失了。慌乱之下，塞巴斯蒂安以为自己做错了什么，哀求道：

"等等！不要走！回来！"

这背叛让孩子惊呆了，他站在那里一动不动，无法思考。一片死寂向他袭来，几乎让人晕眩，一阵冰冷的孤独感让他哆嗦起来。山上狂风大作，他无意识地往悬崖边走去。前方远处山坡上，有什么东西在动。几个细小的人影正沿着一条少有人走的小道往上爬，那条道不仔细看的话基本看不出来。他们好像是往他的方向，冲着山脊路而来，但是他们没有选择从下面一百米处人们常走的那个山口过来。他们走的那条近道很危险，是给羱羊走的，不是给人走的。

塞巴斯蒂安退到一块岩石后面，不想被人看见。他想等那群人走过去再走。

这就是那狗要逃跑的原因了！跟他一点关系都没有……尽管如此，失望的情绪并没有因此而消散。他希望时间可以倒流，抚摸那条狗，告诉它自己会再来找它。现在时机已经过了。要是它又变成了野狗怎么办？他想要让自己理智一点。不管怎么说，他们总是要分开的。现在，他一个人躲在石头后面，开始意识到他的处境有多严峻。凯撒肯定要担心死了，"血都变成墨汁了"。孩子心想爷爷为什么总要这么说话呢？他从来都不写字，都是利娜在负责书信。老牧羊人说自己不爱跟那类人打交道。孩子知道他说的那类人是谁，不知道为什么信纸就能勾起他的怨恨。

他不再去想这些，试图看清楚那条细小的山路的走向，山路上，那几个人正在艰难地爬着。他看到小路消失在附近山坡的一片乱石堆中，不见了踪迹。冰冷的时间在一分一分地流逝。再过两个小时，天就要黑了，凯撒就真要担心了。要是他们能再走快点就好了！虽然他可以一路跑到山口，走山谷那条路，但这样太容易被人发现。要是爷爷知道有人在山脊路上看到他，那问题可就严重了！

　　那群人越走越近，他们的身影也变得更加清晰起来。一个山里人在前面开路，并把路上的危险指给跟在他身后的那对显然没什么经验的夫妻看。这画面很古怪。那两个人穿得很正式。男的拖着一个行李箱，女的拿着一个包裹。她穿着一双薄底浅口的皮鞋，安热利娜的箱子里也有一双像这样的鞋子，那是她为了去参加舞会而准备的。因为那双鞋，男的得挽着她，防止她崴到脚。他们没有说话，但是有石头滚下的声音传来。突然，那个包裹哭了起来。塞巴斯蒂安惊讶地差点叫出声来。

　　一个婴儿！那对穿着正式的夫妻带着一个婴儿来爬山！

　　就在这时，那个向导停下了脚步，示意那女人让孩子安静下来。他等那孩子的哭声停下，然后指了指美洲方向的大狭道山口。他做了一个翻越障碍的手势，然后转过头来，显然是想确保那二人明白自己的意思。塞巴斯蒂安吃惊得差点喊出来。那张脸上的白斑对他来说太熟悉了。虽然阳光刺眼，他们之间还隔着老远，他还是清楚地认出了那个向导。

　　纪尧姆！是纪尧姆医生！


　　"你肯定是搞错了。隔了那么远，你不可能确定是他的。再说了，每个人都有权到山里去散散步。你自己还不是整天在山里晃悠！"

　　"利娜，你不明白！我已经长大了，而且我已经习惯了。可是那个女的，她是城里来的，她还有个孩子！没人会带着一个婴儿到山脊路上去的！那太危险了！"

"长大了！我巴不得你长大呢！那你也该懂道理了吧？千万不要跑来跟我说什么危险。"

安热利娜大声地叹了口气。她的脸因为生气而皱起来。她看上去心里好像憋着些什么。也许是怒火，又或者是一个秘密。塞巴斯蒂安想要搞明白。他抓起汤碟，摆好餐具，想要讨好她。炉子上的锅散发出香喷喷的热气，让他的肚子备受煎熬。饥饿变成了一种折磨，但现在不是喊饿的时候。气过了头的年轻女子又接着说道：

"如果真有危险的话，我很想知道你不去帮爷爷干活，跑到那里做什么。我以为我们昨天晚上已经把话说得很清楚了。不管怎么说，这都是大人的事，纪尧姆他想做什么就做什么，跟任何人无关，你听明白了吗？"

"明白了，不过……"

"你最后去了羊舍没？"

孩子羞愧地低下了头。

看到他气喘吁吁地来到羊舍时，爷爷并没有大发雷霆，他只是默默地看着他，表情就像是在看陌生人一样。严肃，脸皱得像个拳头。塞巴斯蒂安抽噎着向他道歉，他终于开口说话，让他一个人回家去。他的声音冷得像山泉水一样，甚至比那还冷。他说完就转身走开，把孩子晾在了那里，不再去看他。

安热利娜还在等他回话。他努力想要最大限度地贴近真相，但又不泄露任何跟狗有关的事情。

"今天早晨没去。傍晚的时候去了。我觉得爷爷很不高兴。"

"你昨天刚挨过罚，今天就这么干，一点也不聪明啊。所以说，你在山里晃了一整天？"

她没等他回话，便走去掀开锅盖。塞巴斯蒂安偷偷地看着她，想知道她是不是还在生气。

"不能再这么下去了……再这么下去，大家会忘了你已经长大了。"

她皱着眉头，搅拌着锅里的汤，眼神好像也没在看汤。

"你觉得这件事很严重吗？"

"什么事？你整天瞎晃，不像其他孩子一样去上学？"

"当然不是！纪尧姆的事情！"

年轻的女子吓了一跳，手里的锅盖一下砸到了锅上，发出砰的一声。

"当然不严重！为什么要很严重？这件事情与我们无关。它是别人的私事。"

"你别生气，我明白了。"

"我不生气。"

她蹲下身来，拉起他的双手，这不是一个常见的动作。塞巴斯蒂安突然没了力气，他扑到她怀里，闻她身上的味道。他拼尽全力不让自己哭出来。他今天先是跟狗疯跑了一阵子，遇到了德国鬼子，感受到了不再是孤单一人的幸福，看到了纪尧姆，然后承受了凯撒无声的怒火。另外还有那些秘密，那些永远是一样的、大人们不想告诉他的秘密。他任由安热利娜晃着自己，心里一阵难过。安热利娜在他耳边轻声地说道：

"你别再为这些事烦恼了。今天晚上你可以吃两份甜点。"

"可是爷爷生气了。"

"那是你以为的……他只是担心罢了。等他一回来，你就上去抱住他，我敢打赌他都已经忘了。"

"你保证？"

"保证，发誓！你在山顶看到的事情也一个字不许说，发誓？"

"发誓！"

"对天发誓……"

"对地发誓，如果我撒谎的话，我就……"

她笑着打断了他。

"行了，我相信你。"

# 4.

安热利娜把指示牌翻到"关门"那一面，然后迈着轻快的步伐离开了面包店。热尔曼已经离开去睡午觉去了，圆圆的大面包在厚厚的发酵布下面晾着。再出一炉的话，就可以完成配给票的任务了，甚至还能剩点卖给那些不能到店里来买或者因为有远亲来访而自己不够吃的人了……面粉当然是越来越粗，但是他们还能满足所有人的需求。面粉袋里还有够坚持一个星期的量。不过，木柴的储备减少了。之后就得再去供货商那里补货。另外还不能忘了登记客人的粮票，得把它们送到市政厅去才能得到补货的许可。这一大堆手续简直绕得你晕头转向！听说有一个磨坊主向私人出售面粉，但是安热利娜除了坐客车过去没有别的运输渠道，这得花上她一天的时间，一切都变得太困难了。她考虑过骑自行车去，但是要是车后面装满了面粉袋再上坡，她根本没那个力气。

她在脑子里默默地盘算着，一边来到了纪尧姆的诊所。推开门时，嘈杂的人声把她拉回了现实。她在走廊镜子前面检查了一下发型，然后才走进候诊室。三个女人和一个脸色苍白的小女孩一脸愁苦地等在候诊室里。她冲她们点了点头，打过招呼便站在一旁，装作没看到小女孩的母亲雅克利娜无声的邀请。她没有时间，也不想说话。其他人免不了要说闲话，她也无可奈何。再说保住秘密比她的名节重要。只要别人都以为她来这里是因为感情，其他的都保住了。

塞莱斯蒂娜出现在门框里，后面跟着安德烈。牧羊人腿跛得厉害，看着有点装的成分在里头。其他人连忙给他让座，但是他还没来得及一屁股坐在椅子上，老女仆已经双手叉在腰上说话了：

"喂！你不能坐那儿，医生会搞不清楚看病顺序的。你得排队，去那边沙发上坐着吧。"

他很开心地服从了，脸上还带着笑意！

"我以为你已经治好了呢……医生给过你一瓶结痂膏。你用了没？我猜你没用！"

"行了，放过我吧，蒂娜！"

"你跛得厉害。"

"我之前活干得有点多，不过现在我的木头都收回来了。"

"等你的腿出现坏疽了，收完木头你的腿就好看喽！"

众人笑出声来，安德烈也笑了。塞莱斯蒂娜是候诊室的主人，最好不要得罪她。塞莱斯蒂娜对自己这番话的效果感到很满意，开口问安热利娜道：

"亲爱的，如果你是来看病的，你得排下队！"

"不是的。我就耽误他一分钟。"

没等她反对，年轻的女子就已经把她拉到了走廊里，并把木门推上，因为她知道其他人都支着耳朵在听呢。

"我有急事要见他。"

"他忙死了。他肯定没法见你。你自己也看到了有多少人在等着。"

"我跟你说，这事很重要！"

塞莱斯蒂娜一撇嘴，想要把她往候诊室推。她表现得像个牢头，只是为了不让医生自己把自己累着！抱怨和牢骚是她爱纪尧姆的方式。她因为这样变得专横霸道，自己却没有意识到。不过这次她发现这些都没有用，因为她最后让步了。

"是跟下星期送人有关吗？"

"下星期还有安排？"

塞莱斯蒂娜脸色发白，意识到自己刚才话说得太快了，但是话已出口，不可能再收回。她不情愿地小声补充道：

"我觉得是星期三。这太疯狂了。你得跟他说说，至少让他缓一缓！"

安热利娜没有听她说话，推开诊室的门，把门关上之后靠在了上面。纪尧姆坐在办公桌后面，两眼放空。当认出是她时，他整个人都精神焕发起来。

"见到你真高兴！你好吗？"

"非常好，谢谢。星期三我想帮你。"

"又是塞莱斯蒂娜这个大嘴巴跟你说的！"

"没错。很显然，只有我不知道这些消息。"

"不要说蠢话。我只是想保护你而已。"

"是吗？你把我当成什么了？一个不能帮到你的傻瓜吗？一个弱女子？"

"你知道得越少越好。"

"对啊！我都忘了！谨言慎行，保守秘密……在这些方面显然你是专家。别人都看不见你，是吧？"

纪尧姆看着她，她的咄咄逼人让他有些沮丧。他不习惯利娜这个样子，但是她最近好像很紧张。他小心翼翼地问道：

"你想说什么？"

"塞巴斯蒂安看到你往大狭道那边走了。"

"该死！"

"谁说不是呢！"

"可是他那个时间在那里做什么？"

"他长大了，往越来越远的地方跑。"

"那我们现在怎么办？"

"他跟我保证不会告诉任何人……"

"他只是个孩子。早晚会说漏嘴的！"

"不会的！"

"你无法保证他不会，还有他不应该一个人这么到处逛。安热利娜，他是个孩子，不是个小野人。"

"是吗？那我们就说说孩子的事情！圣马丹的孩子一点同情心都没有。他们的父母，也没有好到哪里去！"

"安热利娜！你不能因为他们有些保守，就一棒子打死一群人。这里的人性格就是这样，但是他们本质上……"

"随便你怎么说，但是出身在这里太重要了。我可是深有体会！"

"那你觉得就这么放任他自由自在，情况就能好转？就能帮助他融入村子了？"

"不是的。我知道。一想到那些该做的，不该做的，该说的，不该说的，该想的或者……我就要疯了。要是能……那样还更轻松一些……"

"要是什么？反抗？死亡？利娜，你要谨慎点。凯撒和塞巴斯蒂安都需要你……村子也需要你。那个德国鬼子老是来这里，事情变得棘手了。每个星期……为什么他要来这儿呢？"

"我怎么知道！我只负责交给他面包！"

"这正是我觉得蹊跷的地方。"

"什么？"

"一个中尉居然会干一个小兵干的活？他怎么看都不像是个新兵。这跟他的身份不符。他肯定有别的理由。"

安热利娜没有回话，装作专心看着外面的样子。一头牛拉着一辆装满干草的车吭哧吭哧地路过。她突然觉得有点冷，搓了搓胳膊，故意夸大自己不舒服的感觉。

"我出门时跟疯了一样，忘了穿大衣。好了，我回去了。候诊室里还都是人……"

"听着……我过一会儿会去羊舍。你想要我们一起跟凯撒谈谈吗，你跟我？"

"你不会去告那孩子的状吧？！"

"利娜，你不要再逃避现实了。塞巴斯蒂安需要管教。如果他开始不听话，那肯定是有什么情况。你愿意帮我跟你爷爷谈谈吗？"

"为什么不呢……如果你愿意的话。但是不要揭穿他，我保证过……"

她转身想要出去，他一下子站了起来，拉住她的手腕。他的手指在她的皮肤上划过，停留的时间有点久。

"关门的时候来这里找我。我们一起去，你愿意吗？"

"好。"她眉头紧皱，思考了一分钟，"你真的确定我陪你一起去没关系吗？"

"你为什么要这么说？"

"对我这么一个年轻的姑娘来说，难道不会有点太危险吗？"

她大笑起来，把他晾在了那里，对自己这句失礼的话感到很满意。是时候让纪尧姆见识一下自己的能力，让他交给自己一些别的任务了。一直待在后方，受人保护，这让她觉得自己都快要烦死了！

塞莱斯蒂娜站在走廊里，脸色明显不好地等着她。她从门后听到些什么了吗？听到了也不是什么坏事。他们都知道也没关系！从今以后，有什么事情一定得算上她！


凯撒趴在他的蒿酒瓶前睡着了，孩子趁机溜了出去。

那头野兽在格兰蒂耶尔路上等着他，就像他们第一次相遇时那样。只不过，它已经不再是一头野兽了。它只是一条狗，他的朋友。塞巴斯蒂安向它走近，没有试图去碰它。强迫一个人喜欢上自己是无法交到朋友的。

"你能来我很高兴，尤其是这么晚还能来。昨天，我害怕再也见不到你了。我给你带了点奶酪，不过我待会儿再给你。我想先带你去个地方。"

他指着在石头间蜿蜒的溪流说：

"你看到了吗？我每天都来这里等你。但是你那时不相信我，对不对？这是我的石头。我就是坐在那上头的。我能在那里喊你！还有那儿，我在那个沙洲上给你留过礼物。你来过一次，你还记得吗？"

动物看着他的眼睛，眼睛闪着亮光。

"你来吗？"

塞巴斯蒂安走到溪流边，跨过那片他放礼物的沙滩，还有那片他打水漂的沙滩。溪水时而穿过碎石，时而穿过小沙滩，在一些地方变得开阔，形成宽阔的水湾。在下游，小溪变成河流，生出一些天然的坑洞，那些坑洞足够大，让人可以舒服地泡在里头。

狗穿过岩石，跳过那些水坑时没有丝毫犹豫。当孩子看到那些"游泳池"时，他开心地喊出声来。其中最大的那个，倒映着天空和树林，凹陷在石头之中，好像一个光湖。它四周都是巨大的像鳟鱼的皮一样光滑油亮的鹅卵石。老人们说这些坑洞以前是巨人们举办宴会时用的，因为长得像口锅。

"快来，狗狗！这里一点也不危险！"

他走在一块平整的岩石上，进入水中。水不是很深，但是很冰。他一直走到水快要没到靴子的位置。透过橡胶鞋，他能感到溪水的清凉。好像有两只强有力的手在紧紧地握着他的小腿。他再次喊道：

"过来啊，你害怕了？"

狗对他的叫声充耳不闻，已经干脆地停了下来。它一会儿看看水流，一会儿又看看孩子，不开心地跺着脚，然后气愤地叫了两声。

"哈哈，你害怕了！你是个胆小鬼，你听到了吗？胆小鬼！你还浑身臭烘烘的！我说你过来啊！我得给你洗洗，不然的话我不能碰你，因为爷爷会发现我也浑身臭臭的！快点，胆小鬼，跳下来！"

说完，他便掀起水花往狗身上泼去，阳光刺眼，让他闭上了双眼。虽然水很冷，但是他还是继续搅动着水面，开心得忘乎所以。他突然感到身边有什么大动静，然后就被扑倒一屁股坐在了溪水中，冰冷的溪水一直没到他腰处。狗得意扬扬地尖叫着，塞巴斯蒂安忍不住哈哈大笑起来。

"很好，你想要的原来是这个！"

他抓住狗的脖子让自己站起来，然后想要把它扳倒。他累得气喘吁吁，浑身发冷，他紧紧抓住狗毛，身上溅得全是水，水珠好像液体的水晶一样闪闪发亮，他的笑声感染了那狗，它没有逃跑，反而是由着他把自己推倒，让自己也泡在了水里。塞巴斯蒂安开始跑，不再管自己的衣服会不会被打湿，他大叫着让狗跟上来，两人互相追逐着，互相泼着水。泥污顺着狗纠结的毛发流下，突然，孩子看到有一个白点从那泥污下面显露出来，他抬起手，那狗立刻不动了。

"咦，你不是黑狗！你的毛……"

狗没有明白他的意思，温顺地等着他继续说下去。

"你的毛是白的！等一下！"

他弯下身去看河床，然后抓起一把细沙砾。他的手指已经冻僵了，但是他一点也不在乎，专注地搓着狗毛。奇迹出现了，出现在眼前的是一只雪一样白的漂亮非凡的牧羊犬，过去那头野兽的躯壳已经被扔在了溪水里！

"你真漂亮！"

狗突然受不了了，朝岸上跳去。它用力地甩着身子，水滴在它周围划出一道巨大的彩虹，甩完之后，它趴到一块被太阳晒热的石头上，满意地喘了口气。在甩掉了流浪了几个月以来积攒的污垢之后，它的毛好像变成了之前的两倍多。

塞巴斯蒂安迅速地把衣服脱掉，他的牙齿现在像打响板一样咯咯直响。他脱掉外套，然后又脱掉鞋子、裤子、羊毛衫，身上只留了一件衬衫。他把衣服都放在一块岩石上摊平，然后哆哆嗦嗦地走到大狗的身边。

"我现在这样可不能回家，要不我会被骂死的！你倒是无所谓啊，你……"

狗摇着尾巴，以示回答，它的眼睛半眯着，四条腿大开着。孩子突然疑惑起来，他学着凯撒教他的那样检查了一下它的肚子，惊讶地大叫起来，连身子也半挺起来。

"原来你不是公的！"

这个新发现让他又惊又喜，他咯咯笑起来，差点被噎着。

"你是条母狗！一条漂亮的母狗！所有人都以为你是条疯掉的公狗，结果你是条母狗！"

见它不回应自己，塞巴斯蒂安突然脸色凝重起来，用双手捧起它的脑袋，想让它明白这一时刻的重要性。

"是我找到了你。你知道人们都怎么叫那些发现宝藏的人吗？发现者。所以这就好比是我发现了你。"

他皱着眉毛思索了一下。

"现在得给你起个名字，你想要吗？嗯，雪莉怎么样？"

那狗舔了舔他的脸，以示回答。

"雪莉。就这么定了，你就叫雪莉了！"

他亲了一下它的额头。它的味道还是很重，混合着湿气、泥土还有浓郁的皮毛的味道，不过他还是蜷缩在母狗的身边，在炽热的阳光的照耀下，安心又幸福地睡着了。


"凯撒，你知道我十分尊重你的知识。你是个正直的人，当然也很固执，但是你从不推卸责任，我敬佩有主见的人……尤其是眼下这个时候。"

"省省你的长篇大论吧！你到底想说什么？"

老狐狸已经猜到他接下来要说的话肯定对自己不利。他转过身去背对着纪尧姆和利娜，他在救下来的那只小羊前蹲了下来，小羊立刻被他手里的盐块所吸引，抛弃了自己的养母。

"凯撒，塞巴斯蒂安不能再这么整天在山里乱跑了。这样太危险了，山里还有那头该死的野兽呢。再说，到处都是德国鬼子。现在游击队越来越多，不用说你也知道情况变得更加危险。他们什么都怀疑，什么都查。"

老牧羊人没有理他们，开始摸小羊的蹄子。他掀起它的尾巴，把手指插进羊毛里，看有没有寄生虫，然后又察看它的牙齿和眼睛的状况。

"等它一断奶，它自己就会离开了。野性的呼唤，谁也阻止不了……"

"塞巴斯蒂安也得融入群体……纪尧姆说得对。得把塞巴斯蒂安送去上学。不管怎么说，他妈妈也希望是这样。"

安热利娜知道他的沉默可以持续很久，但是这次凯撒别无选择，他必须听进去。

"他八岁了，他连字都不认识！你希望他一辈子都是文盲吗？"纪尧姆又强调道，想让他有所回应。

这次，他的话终于起作用了。凯撒猛地一起身，把小羊吓得立刻跑掉了。凯撒走到他的两个批评者面前，挑衅地仰起了下巴。

"我曾经是班上最好的学生，不到十一岁就拿到了小学毕业证，还有一门免试！老师说服我父母没让我去放羊，而是让我留在学校一直上到当年六月。我以为我老爹要气死了，但他还是让我留下了。我到区里去参加考试，那是我人生第一次出远门。结果我是区里，甚至是省里录取的年纪最小的学生，而我只是大山里走出来的一个小农民！所以医生你看，这些并没有阻止我十四岁的时候手里拿把枪趴在烂泥里……"

他在说到"医生"两个字时是怒气冲冲地说的。纪尧姆没有在意。

他太了解这些老兵的怒火了。他父亲也是一样的。这跟学识没有关系，是体制让男人们，不管好的坏的，没有文化的还是知识渊博的，都倒下了。整整一代人都牺牲了。凯撒也许对和平主义一点政治概念也没有，但是他打心眼里憎恨战争。要是放在政治集会上，他的直言不讳肯定会感染所有人，纪尧姆对这一点毫不怀疑。

他们面色凝重地互相看着，安热利娜这时又开始回击了。

"好啊！你想让他变得跟你一样？一个孤独的老隐士，跟谁都不联系？"

见凯撒一脸愠怒不说话，纪尧姆采取了克制的语气，想让气氛缓和下来。他不希望老人家觉得自己像是在被审判一样，他只是想让他承认那孩子的成长需要有一个框架框着。不过，为了避免凯撒用大山可以替代学校这种话来反击自己，他得把话说得巧妙些。

"没人知道他白天都在哪里闲逛。您知道他都在山上面干什么吗？"

重点是让那孩子远离那些送人的通道。他等到抓住老牧羊人的目光之后又严肃地总结道：

"凯撒，不管他是上学还是不上学，我只希望你能让他离大狭道远点。那里人太多了。太多穿绿衣服的和灰衣服的了，如果你明白我的意思的话。要不早晚会出事。"

"既然要划定范围的话，那格兰蒂耶尔路也不能让他去。那头野兽还没有被杀死。"安热利娜说道。

凯撒挨个儿打量他们，始终不说话。他的额头涨得通红，这说明他脑子有点乱，又或者在生气。他指着羊群对孙女说道：

"今晚你来挤奶吧。我有事要做。"

他迈着沉重的步伐走远了，把他俩扔在羊群之中。

雪莉和塞巴斯蒂安已经离开了小溪，往一个老旧的小屋走去，那间小屋坐落在岩石陡立的山梁之上，从羊舍走过去要一个小时。太阳已经落到了另一边，他们在背影处爬着山，空气有些凉，甚至有些冷，虽然说天气还很好。孩子想着即将到来的冬天。去年，一想到下雪，他就很开心。他喜欢烤栗子，喜欢在晚上当利娜和爷爷安静地聊着天时，他在壁炉前睡着。但是现在他有雪莉了。下雪天或者狂风暴雨的时候要怎么做才能见到它呢？如果凯撒非要让他陪着呢？怎么喂它呢？

现在大家应该已经发现他还没回去了，不过这问题不大，因为他打算早点回去帮忙挤奶，一定不能让爷爷起疑。他就是因为这个才缩短了晒太阳的时间的，尽管他的衣服还是湿的。他大步走着，脑子里一边思索着，手还不停地去找狗的两肋，好像是要确认它一直都在似的。雪莉任由他抚摸着自己，没有露出一丝抗拒的意思。它甚至还听从他的命令。他不禁在想它是不是还记得以前主人的命令。狗的记忆跟人的记忆一样吗？当塞巴斯蒂安试着去回忆过去的事情时，他总是看不清楚，好像这个世界是在他母亲离开很久之后才开始成形的。他不知道那究竟是什么时候。那雪莉呢？它还记着那些挨过的打吗？它是出于习惯，因为受过训练，而听从于他的吗？

"你看着吧，雪莉，我永远也不会强迫你！除非是为了你好，你明白吗？我会把一切都解释给你听的，因为你是我的朋友。"

　　每次他跟它说话时，它都会抬起眼睛看着他，又或者摇摇尾巴，表示自己在注意听，有时它甚至会叫两声，好像是它想要说话似的，然后孩子就会装出听懂的样子。

　　当他们从最后一个长满云杉的小山谷走出来时，路变成了羊肠小道。孩子认识这条路，他闭上眼睛也能走过。他们走过一些巨大的岩石，那些岩石应该是在世界诞生之初就形成的，然后来到一个光秃秃的山丘，那间小屋好像一只灰色的大龟，就坐落在山丘之上。

　　屋子里只是简单地布置了一下。以前这里是登山探险家和迷路的远足者休息的地方，但是战争爆发以后，再也没人到这里来了。塞巴斯蒂安除外。这里是他的秘密基地，他的藏宝地。

　　为了布置这间小屋，他偷拿了一个破破烂烂的旧被单，那个被单曾经被用来抬一只生病的羊羔。他把它补好，然后边对边缝好，往里面塞上干草，把它放在了屋子一角一个简陋的壁炉旁边。他一年更换两次稻草，好让它一直保持塞满的状态。三个用抹布做的、里面塞满核桃的坐垫装饰着这个简陋的床垫，让它看起来有点像一个长沙发。在一个装土豆用的箱子上放着他的石头收藏，那是一些亮晶晶的石英、火石，还有几个贝壳形状的化石，另外还有一根烧了一半的蜡烛，放在一个茶托上。

　　在凹进墙壁的壁龛里，有一个装满干枯的欧石楠花的玻璃瓶，给这个"客厅"添加了一丝温馨雅致的情调。最后，几块大石头被精心堆成矮墙，代表着衣橱，上面放着他的马口铁盒子。那里面放着他最宝贵的东西：一个旧的真皮钱包，那个钱包形状像个口袋，袋口用一根红色的皮绳抽拢，肯定是某个女人的，也许是他妈妈的；他的弹弓，弹弓的橡胶绳已经磨得差不多了，他只在特殊情况下才会把它拿出来，生怕把它扯断了；三颗铁弹珠，那是他在大广场的橡树旁边捡的，他曾经犹豫着要不要问一下村里的孩子，因为它们肯定是哪个孩子忘记的，但是他最后还是决定不说话……并留下了弹珠；一块木雕，上面雕着一只公羊，那是他自己一个人放羊那天凯撒给他的；一本课本，那是利娜学认字时用的，在动物或者常用物品的图画下面，写着大大的黑色字母。另外还有一个字母表，听说那些符号就叫字母，他经常翻这本书，幻想着自己能跟圣马丹的孩子一样读书认字；七个铅制的士兵小人儿，那是他之前圣诞节收到的礼物，凯撒对此很反感，因为他从不错过任何机会来咒骂战争；一支用刀削好的石墨铅笔，铅笔比他的食指长一点，他必须省着用；一张从旧信封上偷来的邮票。

他把每一样东西都拿给母狗看，跟它说它们的来历还有为什么它们这么珍贵，然后又把它们按原样放好，因为每一样东西都有它们自己的位置，这是一种不容破坏的仪式。

雪莉一动不动地听他讲，等到塞巴斯蒂安把盒子放下之后，才开始去闻小屋地上的每一个角落。闻完之后，它满意了，乖乖坐下，好像是在说：

"现在要干什么呢？"

"现在我要带你看一个最妙的地方。你虽然鼻子灵，但是你一点也没发现，笨蛋！"

塞巴斯蒂安走到客厅尽头一个更加阴暗的角落，地上铺着一大块板石，跟屋顶上用的一样。他费了点力气才把那块石头移开，底下露出一个阴暗的洞穴来，一股风从里面吹了出来。母狗立刻警惕起来，小心翼翼地闻着这个地道的入口。

"这是一个秘密通道！跟我来！"

那洞口足够大，他可以轻松滑进去。他消失在地道里，雪莉见状呜咽了两声。

"下来啊，它不会吃了你的，这只是一个洞而已！"

孩子继续往前走着，声音也变得瓮声瓮气起来。

"它直通外面！过来，我指给你看！这样，如果你被人追的话，你就可以来这里躲着。我会把那块石头挪在一边。没人会想到你会躲在这里的，你明白吗？"

狗在听，但是身子还是没有动。孩子的头重新出现在洞口，头发上沾了不少土。

"雪莉，我这次不开玩笑！快点下来！你得练习！有很多猎人要抓你。他们想要你的命，而我不能一直保护你！我跟爷爷有事要做，更不要说为了保护你，我还得撒谎。快下来吧！"

他又消失了，决定一直爬到通往小屋后面的出口。他得让雪莉明白，就像让它明白那些陷阱的存在一样。也许，要像狗一样去思考并不是很容易。该怎么跟它解释要谨慎小心呢……他半蹲着走完了从地道入口到出口的十几米的距离。出口藏在一个垫高的平台下面。在木板下面有半米高的空间，一个成年人可以匍匐着爬到那里，然后轻而易举地钻出去。那个平台是这里的最后一位房客建的，那是一个自称热爱大山想要远离尘世的怪人。塞巴斯蒂安不知道是不是他挖的这个秘密通道。这是小屋的一个秘密。老人们说这个地方不祥，因为有两个登山者在这里住过一段时间之后死了。

孩子爬到外面，支起耳朵听，什么动静都没有。连一声扒土的声音都没有。他正准备扯起嗓子喊雪莉的名字，但突然就呆住了，嘴巴还大张着，凯撒正双手叉腰看着他。

"你刚刚又在搞什么鬼呢，你这是在找死！"

见孩子继续目瞪口呆的样子，他指着他的外套说道：

"小傻瓜，你的衣服是怎么回事？！都能拧出水来了！"

"那是因为我掉水里去了！"

"掉水里？"

"不是的。我蹚水的时候滑倒了。"

"那你为什么不从桥上走呢？"

"我故意的。我想练习自己不要滑倒。"

"可不是嘛。然后呢？"

"然后我来小屋里取暖。"

"小屋里有什么能让你取暖的？你为什么不来羊舍？你跟我保证过要来帮我挤奶的，你忘了？你的保证说完就忘。"

"我知道，爷爷，只是……"

"只是你在练习一边说真话一边胡扯，比如说你这个滑倒的故事，是不是？"

"是！不是！反正不是。"

"哼！你跟我走吧。"

"是！"

"是什么是？"

"你说是什么就是什么！"

孩子点头称是得太夸张，让凯撒心中疑云密布，就好像是一片乌云遮住了天空。

"你到底在藏什么？"

"什么都没藏！"

"好，那我们就瞧瞧看。"

塞巴斯蒂安还没想好用什么话来阻止他，老牧羊人已经绕过小屋，走到了门前。该说些什么，或者做些什么呢？大喊大叫？他一边跑着，一边结结巴巴地说他会解释的，这不是他的错。凯撒已经走到了屋子中间，疑惑不解地摊开了双手。

"解释什么？"

屋子空荡荡的。没有狗，只有一丝微弱的已经消散的气味。

塞巴斯蒂安浑身都扭曲起来，绝望地想要找到一个借口。他差点都要借口说有巫术了。这其实也不能完全算假话，因为雪莉确实消失了，就好像是大地把它吞了一样……他祈祷着希望爷爷不要往地道那边看。他们从来没谈起过地道的事，凯撒很少到这里来。这是他一个人的秘密基地。没人可以来这里，除非是在极端情况下，又或者是当爷爷需要人帮忙的时候。就像今天这种情况。

"说啊？"

"就是我非常喜欢大山。当我一个人的时候，我可以跟她说话。"

"跟大山说话？"

"跟妈妈……"

老牧羊人的脸红得厉害，这次轮到他张口结舌了。口不择言的塞巴斯蒂安明白这次他算是躲过盘问了。他低下头，心中既羞愧又松了一口气，因为雪莉安全了，也因为他撒谎了。

"我们走吧……"

凯撒关上门之后，抬起孩子的下巴。直觉告诉他孩子骗了他，但是他没有心情再盘问他了。

"你给我听好了，从现在起，你每天早晨跟我一起到羊舍去。不准再赖床。我要给你派活干，这样你就不会再想跑了。"

"那下午呢，爷爷？"

看着那张哀求的小脸，老人突然心里一阵愧疚，他喃喃道：

"我们再说，孩子，再说……"

"不要！不要开枪！它是我的朋友！"

# 第三部分

*Part Three*                    *Belle et Sébastien*

# 1.

时间是十月中旬，水很冷，孩子咬紧了牙关才没有呻吟出声。他光脚站在水里坚持不了多久。他的裤子卷到膝盖处，羊毛衫的袖子也卷了起来。

他看着那狗沿着略微凸起的河岸往上游走。突然，雪莉走着走着就不动了，冲着水流中的一个点戒备地绷紧身体，跟狗看见有猎物靠近时停住的状态一模一样。为了防止滑倒或者撞到石头，塞巴斯蒂安小心翼翼地往它看的方向走去。流动的水面之下，有一条鳟鱼正静静地藏在一块长着青苔的岩石的阴影之中。他既没有多想，也没有掂量自己的动作是否恰当，因为寒冷正在让他失去注意力，他猛地把手扎进水里，然后一把抓住了水里的鱼。

他开心地大喊大叫，回到岸上。那条被他扔上岸的漂亮的鱼正在地上拼命地跳着。它的皮又凉又黏，它绝望地跳动着。他忘记了寒冷，抓起一块石头，像凯撒教他的那样，干脆地砸了两下就把鱼砸死了。爷爷跟他说过，永远不要让自己要吃的动物受罪。他把鱼放进筐里，里面还有两条个头小一点的鱼。

母狗已经又探出鼻子跑去找鱼了。塞巴斯蒂安一屁股坐到地上，开始搓脚，好让血液流通起来。

"雪莉，回来。我们已经抓得够多的了！"

血液涌向血管，唤起了他的疼痛。他忍不住叫唤了一声，母狗立刻跑了回来。它开始舔他的手和脚，温热的舌头这次舔得他痒得笑出声来。

"你瞧，我们两个是全山谷里最好的渔夫！"

当两声枪声响起，传来一阵回声之时，他刚刚把鞋带系好。雪莉像飞一样蹿了出去，几只惊慌失措的小鸟从树林中飞起，扑扇着翅膀四处逃窜。那枪声很近，好像是从距离小溪大约有五百米远的沥青路上传来的，那条路从山谷一直通往高山上的村子。孩子往山坡上跑去，脚踩在石子上差点摔倒。恐惧让他两胁生翅。希望猎人们不是来抓野兽的！

汉斯和埃里希决定好好享受一下今天的好天气。他们被派出来执行一个侦察任务，他们决定与其直接回营地，不如在回去的路上稍微歇一歇。既然他们负责监视山口路上的动静，那就没人会指责他们回去晚了……

这两个人以前都是工人，打仗之前从来没摸过枪，就连猎枪都没碰过。在穿上德国国防军的制服之后，他们的人生发生了巨大的改变。他们开始喜欢上了用枪。他们所到之处，人皆惊骇，先是那些共产主义者和犹太人，现在轮到了这些自大的法国人！他们无论富有还是贫穷，年老还是年少，都害怕他们！至于女人们嘛，她们的顺从之中也不乏仰慕，这让他俩感到自己更加强壮。

游戏始于汉斯发起的一个愚蠢的挑战。对这个城里来的家伙来说，冬天的到来，让山里的日子变得更加难熬，这让他心里产生了一种不愿承认的忧虑。布劳内中尉偶尔布置下来的侦察任务再也无法满足他活动一下的需求，也无法扫除他心中这隐隐的焦虑。更不要说埃里希在自己面前摆出的优越感开始让他越发感到恼火。那个人总是跟他提起上次在那个农妇家中发生的事情，不是叫他"Rabe"（乌鸦），就是嘲笑他有幻觉，这在高海拔地区是个敏感问题。

他刚从卡车上下来正往路边的斜坡走去，一个短暂的动静突然引起了他的注意。他激动地以为发现了偷渡分子，弯下腰来一直潜入到一块岩石后面，从那里他可以看到山谷的全貌。山谷里，一群母鹿正稳步走在山坡上，就在射程之内！汉斯忘记了他的迫切需求，大力挥手冲他的同伴示意。这正是他期盼已久的机会，看看两人在活靶射击上谁更厉害！

现在，他正生着闷气。都是埃里希的错，他开枪开得太快！很显然，这些该死的动物不会停在原地，第一声枪响之后，鹿群就跑散了。还好这个蠢货也没打中！当他看到一头鹿时，他正要喊叫。那头晕头转向的动物冲他们奔了过来，没有意识到自己不仅没有远离危险，反而是自投罗网。枪声和鹿群的溃散应该是让它吓破了胆。汉斯犹豫了几秒之后，用胳膊肘推了一下他的同伴，示意他看那只猎物。他本来可以自己开枪赢得比赛的，但是他坚持要赢得光明正大。或者说是差不多光明正大。他毕竟还是先瞄准了目标后才通知他的同伴的。这给了他很大的机会可以赢过这个吹牛大王埃里希……他压制住心里想笑的冲动，调整好步枪，而他身边的那个人还在徒劳地想要赶上他。

"走开！快跑！"

叫声提醒了那头鹿，它冒着掉进沟里的危险，往旁边一跳。汉斯没想到它会突然改变路线，破口大骂，胡乱地开了一枪。他怒气冲冲地回过头来往叫声传来的方向看去，发现一个孩子正气喘吁吁地站在他们上方的路面上。那孩子脸色通红，头发乱糟糟的，不仅毫不在乎他们身上的制服，还怒气冲冲地盯着他们。

"不许对母鹿开枪！要是凯撒看到你们，事情就严重了！"

"Schmutz von Kind！（脏孩子！）你在干什么？"

埃里希不仅不帮他，反而无视那个突然闯入的孩子，自顾自地又摆出了射击的架势。他不关心公平不公平，只想赢得比赛。

"Man kaan ihn noch einklemmen！（我们还能逮到它！）"

当他准备射击的时候，那孩子开始大喊起来，这让那头鹿又跳了一下，消失在斜坡之上，逃出了射击范围。虽然看到赌局被推迟，汉斯松了口气，但是这孩子的放肆让他吃了一惊，他语带威胁地说道：

"闭嘴！Nicht Zurufen！（不许喊！）"

那孩子不仅不听，反而捡起一块石头，挥着石头，可笑地想要吓唬他们。埃里希意识到这场打猎已经结束，也发起脾气来：

"你试试看，Rotznäsig！（毛孩子！）"

那孩子看样子远远没有被他吓到，反而是生气地吐了口唾沫。这下就有点过了！汉斯一下子跳起来，迈了三大步就走到他跟前。他一把把他推倒在地。一股过度的怒火涌遍他的全身。这个该死的国家，还有它那些让人喘不过气来的大山，那些比石头还倔的乡巴佬的憎恨的目光，游击队，还有对袭击的恐惧，这些全都涌了上来。这个死小孩不光搅黄了他的赌局，还敢威胁他们这些骄傲的德意志帝国的战士！小坏蛋！他马上就会见识到袭击一名德国士兵的下场，他要痛打他一顿，然后……

埃里希惊恐的叫声响起，紧随而来的是一声骇人的低吼声，那声音吓得他血液都要凝固了。一头野兽不知是从天上还是山上向他直扑而来，噩梦一般的视野让他真假难辨，只知道那是一头白色的怪兽，长着血盆大口，嘴角还闪着垂涎。就在它撞上自己之前，他清楚地听到一声上下颚闭合的咔嚓声。他抬起胳膊想要抵挡，然后摔倒在地，枪从他的手中脱落，摔在一块岩石之上。他完全顾不得这些。他本能地捂住脸，这救了他的命，因为那野兽瞄准的是他的咽喉。他感到獠牙扎进他的胳膊肉里，却没有感到一丝疼痛，恐惧让他的神经都麻痹了。他立刻大喊起来，想要把压在他胸口的那个重量赶走，让那头可怕的野兽消失。疼痛随后才来，阵阵的剧痛疼得他以为自己骨头被咬断了。

埃里希跪在地上摆出射击的姿势。他无法扣下扳机，只能咬紧牙齿忍住不让自己也叫喊出来。那只巨大的狗扑在汉斯身上不停地低吼。那只从它嘴里伸出来的胳膊上全是血，被那畜生扯着，摇着，好像要把它生生地扯下来！他瞄准那畜生的腹部，但是他的手抖得厉害，子弹打到哪里都有可能。他抬起步枪，子弹从那狗身旁飞过。他开枪什么也不为，只是单纯的下意识反应，但那畜生松口跑掉了，敏捷得好像一只从地狱冒出来的魔鬼。

整个过程没有超过一分钟，他们花了同样的时间才意识到发生了什么。汉斯第一个从惊恐的状态中反应过来。他的胳膊突突地疼着，一直疼到肩膀处。狂犬病和那可怖的死法萦绕在他的脑海里，痉挛，发疯……他试图回想那头野兽是不是满口白沫，但是他的大脑拒绝回想起任何场景。为了不在同伴面前哭起来，他选择了破口大骂：

"Dirne saloperie Hundes!（×你妈的该死的野狗！）"

孩子已经放下了石头，盯着坐在地上离自己几步远的士兵看。埃里希意识到在整个袭击过程中，他连一步都没有退后过。他的心中泛起一丝怜悯，正要说几句安慰他的话，但是他还没来得及，那孩子已经向着那条疯狗逃跑的方向跑去。

散了架的步枪放在村长的办公桌上。它从岩石上头掉下来时，几乎摔成了两半。孔巴皱着眉头，装出仔细察看的样子，心里却在偷笑。一个多月以来，因为这些该死的德国鬼子，所有人都不能再去打猎了。可是没人敢违反法律，至少他认识的人不敢……关于占领者的流言蜚语传得到处都是。受影响最严重的几个山谷的村长纷纷说起仓促执法的事情：一些人被抓去坐牢只因为犯了一些小过错，干了一些黑市买卖，又或者是喝醉酒后说了些疯话，只因为这么一丁点事情，他们就可以把你关进牢房！又或者把你的名字记在黑名单上……村子里，人们的怒火已经开始压抑不住了。想要多打点猎物过冬的人面对敌人的掠夺不再忍气吞声，几个老人，毫无疑问是最糊涂的那几个，居然说他是敌人的同伙！他，马塞尔·孔巴，四处奔波还不是为了维持圣马丹的秩序与安宁！

孔巴清了清嗓子，想要争取点时间。布劳内中尉在等他的解释。在他身后，他的那两个狗腿子卫兵惨兮兮地站在那里。最惨的那个，穿着又脏又破的军装，打着绷带，绷带上还带着血。他就是那天虐待马拉尔老太太的那个矮胖子，孔巴咳嗽了几声，掩饰住脸上的笑意。他侧眼看了一下凯撒，祈祷着希望他能保持冷静。他几乎有点后悔自己之前接待了他。要是没有他的坦白，自己也就不用故意装出吃惊的样子了。布劳内循着他的视线看去，又扫视了一下塞巴斯蒂安，那孩子被老牧羊人半护着藏在身边。他毫不客气地向塞巴斯蒂安问道：

"我的人说山上有一个孩子，我猜那个孩子就是你？"

塞巴斯蒂安没有回答，只是低下了头。布劳内被他的沉默惹毛了，转头冲着村长说道：

"砸碎了一支枪，伤了我的一名手下，他肯定是不能执行任务了。孔巴先生，您打算如何处理这个问题？"

"您想要我说什么！这孩子刚刚告诉我事情的经过，就在您到来之前的一秒钟不到！这山里头到处乱跑的野兽，我可管不了！整整两个月以来，这条狗把我们这里的人都吓坏了。它比穿堂风还难抓！另外我得提醒您一下，您收走了我们的武器，所以您得负责……"

"当然……您以为我只有这件事情可做是吗？要我来抓一条狗？"

孔巴选择不回答。如果这个人打算找个人立威的话，他可跟这摊烂事半点关系都没有。中尉知道自己从他这儿讨不到什么好，转而又看向那孩子，丝毫不隐藏自己的怒火。

"你跟我说说，你一个人在那上边干什么呢……你想让自己被生吃掉吗？"

塞巴斯蒂安无能为力地耸了耸肩，然后又用眼神询问了一下老牧羊人的意见。布劳内从来没见过他。他身材魁梧，不苟言笑，神情坚定，脸色阴沉。如果说他跟那孩子有血缘关系的话，那就难怪那孩子这么固执了！孩子的脸勾起他一丝模糊的回忆，但是他想不起来在哪里见过他。大概是在搜查的时候在哪一家碰到的吧。

"我还没有听到你的解释呢。"

凯撒沉着嗓子开口了，镇定得令人惊讶，尤其是在眼前的情形下。

"塞巴斯蒂安，回中尉的话。"

走投无路的孩子突然爆发了。一丝愤怒的亮光闪过他的双眼，那亮光转瞬即逝，布劳内甚至怀疑那是不是自己臆想出来的。

"他开的枪，就是他！"他用手指着汉斯，"他没打中，然后那头野兽就逃跑了！"

他是冲着老牧羊人在说话，完全没有管周围的其他人。他的放肆惹毛了布劳内。布劳内叹了口气，除了圣马丹的这些家伙，他从来没见过这样倔的人！在他们毫无表情的面孔背后，他可以感觉得到他们的野性，说他们是大山的石头做的也不为过！

"既然你好像没听懂我的话，那我再重复一遍：你在那上头干什么？"

"我在钓鱼。"

"好嘛！那我能看看你的鱼竿吗？我的手下没跟我提到有鱼竿，他们可是向我做了非常详细的汇报。你想要我问问他们吗？"

"我不需要鱼竿。"

中尉盯着凯撒看，老人微微一笑，点了点头，那笑容中还带着一丝骄傲。是的，是他教会他徒手抓鳟鱼的，那孩子学得还非常好。

见塞巴斯蒂安又不说话了，中尉更加平静地问道：

"你多大了？"

"八岁。"

"八岁……"

他装出疑惑不解的样子，转头看向孔巴。孔巴正低头看着办公桌，显然是被那断成两截的步枪吸引了注意力。

"村长先生，请告诉我，你们村的孩子都不上学吗？"

"不是……当然不是……但是塞巴斯蒂安不上。这孩子他有点野，你说是不是啊，凯撒？"

他的问题没有收到任何回答。在随之而来的一片沉默之中，德国人的嘲讽听起来格外刺耳。

"法国，自由之国……也是懒人之国！如果你们放任小学生不上学，任由事态这么发展下去……你们那句话是怎么说来着？随波逐流？难怪我们两个月就打赢了你们，你说是不是啊，孔巴先生？"

老人用同样咄咄逼人的语气打断了他。

"你们输了前两次战争。"

"凯撒，老天啊，你闭嘴！"

孔巴的脸已经变成了深红色，但是他的发言来得太迟了。汉斯听到这句话之后，感到有一股怒火腾然打心底升起。不能再忍了！虽然他的胳膊还打着绷带，他还是伸出拳头想要扑向老牧羊人。就在他想要挥出第一拳之时，布劳内的声音阻止了他。

"Das genügt，士兵！（够了，士兵！）"

孔巴趁机走上前去，绝望地想要让气氛缓和下来。这次他是在卑躬屈膝地请求，但是就算他会因此得到一个马屁精的外号也在所不惜！

"您别放在心上。我们会去搜捕这头野兽，我们会抓到它的。我会组织一次围捕的！"

"你们的围捕，我清楚得很！松得跟筛子一样！"

不过村长的话还是让布劳内冷静了下来，他沉默了一下，然后又冷冷地说道：

"我要五十个人，只多不少，不然的话，你们一点抓到它的机会都没有。如果你们人手不够的话，那就去周围村子借。"

"五十个！"

"一个都不能少。明天早晨，八点。德国时间，不是法国时间！"

"这不可能！您不了解山里的情况，必须……"

"孔巴先生！您也许是本地人，但是我跟您正好相反，我熟知包围猎物的策略。"

村长不再反抗，屈服于德国人的权威。他几乎是胆怯地问道：

"你得把我们的卡宾枪还给我们……不然，找到它之后我们能做什么呢？"

"我们明天再说。所有壮丁，穿戴整齐到广场上集合，听明白了吗？"

"我们会到齐的。"

"我的一个士兵被咬了。我想要一次性解决这头野兽，您听明白了吗？"

"完全明白。"

"那就好。要是您让我失望的话，先生……"

那些声音在他头顶上传来传去，但是他无法集中注意力。在一片嘈杂声之中，只有一个词在他耳边回响——"围捕"，另外还有"五十个人"。

他攥紧拳头，力道大得指甲扎进掌心肉里。五十个人！他不知道这代表着多少，因为他依然不会数数，但是只要看到孔巴的脸就知道那肯定是很多很多人！

塞巴斯蒂安还记得在他小的时候，有一天村里组织了一场围捕狼群的活动。他和利娜从高山牧场上看到猎人们排成一条线走在山谷里，他想到了一条扭动着身体的巨蟒。当时的他崇拜地张大了嘴，比傻瓜还傻！他从来也没有想到过狼该有多害怕，还有这个围捕对它们有多么不公平。派五十个人去抓一条母狗？雪莉怎么可能逃脱得了呢？

他咽了一口口水，惊讶地发现口水是咸的。老牧羊人一脸担忧地看着他，他冲爷爷微微地笑了一笑，想让他安心。爷爷都没有责骂他。当他得知自己跟那两个德国鬼子之间发生的事情经过之后，他的脸变得煞白，就像那次利娜因为民兵行动没赶上汽车，回家晚了一天时一样。凯撒什么都没说，连牢骚都没有，但是凯撒不顾自己的抗议，把他拉回了村子，直接带到村长这里。到了"村长先生"面前之后——他这么称呼马塞尔·孔巴是为了哄凯撒——爷爷让他把事情经过全部说一遍：他在山里散步，德国人打猎，当他想要阻止他们杀死母鹿时，他们的怒火，还有野兽的攻击。不过，他还没来得及说完，德国鬼子就来了——那两个杀鹿的士兵还有那个仰慕安热利娜的中尉。士兵认出了他。现在所有人都要杀死他的朋友,德国佬、他爷爷、村长,还有明天的五十个人!

粗糙的大手抓住他的手腕,把他拉到了外面,其他人还站在一张地图前继续商讨着……

寒冷的空气让他舒服了许多,让他不再昏昏沉沉。只是可以肯定的是,现在爷爷要审问他了。他急于装出若无其事的样子说话,他得想出一个方法来保护雪莉。

"爷爷,明天你们要去哪里围猎?"

爷爷没有回答他,反而是拉着他往教堂走去。当他们走到教堂前的广场时,爷爷把他放到一个台阶上坐好,然后在他面前蹲了下来。爷爷的眼神很犀利,孩子不得不逼着自己不要闭上眼睛。他为自己撒谎感到一阵羞愧,然后又想起了雪莉,便又努力微笑。他的嘴巴干得像一截纸板。

"你为什么这么关心?"

"不为什么。我就是想知道。"

"那头野兽不会无缘无故地攻击德国鬼子。你看到什么东西了吗?"

"没有。"

"你认识它?"

"当然不认识!"

"挨过打的狗就无可救药了。我认识一个家伙,他想要救一条圣伯纳犬,因为那条狗的主人刚刚死掉。那条狗被虐待得很惨,但是它是一条漂亮的狗,正当壮年。那个家伙想着只要好好照顾它,它就可以帮他放羊。他把它带回了自己家，喂它饭，照顾它，渐渐地那条圣伯纳犬愿意让他靠近自己。那个家伙就以为他可以信任它了，然后每天带着它去放羊，教它怎么放羊。那条狗很快就展现出了天赋，它会看羊，把不听话的羊赶回来，它的动作很温柔，从来不会下嘴咬。只是有一年夏天，它的新主人生病了，他在羊舍里躺了三天，烧得都说胡话了。当他从羊舍里出来时，已经太晚了！那条圣伯纳犬以为自己被抛弃了，也许是因为生气，也许是因为害怕还是别的什么原因，它杀死了十几只羊。所以塞巴斯蒂安，你看，这永远也行不通。更糟的是，这种事情很可能会下场很惨……听我的吧，这头野兽没救了。"

"我知道。"

"知道就好。"

他站起身来，若有所思地揉了揉膝盖，然后往村口走去。塞巴斯蒂安虽然脑子里盘旋着各种问题想要问他，但还是默默地跟着他。在路过最后一排房屋时，凯撒又重新拾起了刚才的话题。

"我们会去格兰蒂耶尔山坡那边围猎，你不许再去那边晃悠。那头野兽很有可能会在那边出没。它甚至有可能找到了一个窝。我要你向我保证你会老实待着。你要么在家里待着，要么就在拉梅热山上待着。我不希望你出现在格兰蒂耶尔路，你听明白了吗？"

"我发誓，爷爷！我会待在拉梅热山上，一动也不动！"

他感到浑身都放松了下来，他必须克制住自己，不然他能跳到老人的脖子上去。他开玩笑地冲地上吐了口唾沫，然后学着他之前做过很多遍的样子举起拳头说道：

"以凯撒的名义保证！"

老人没有回应他的玩笑。他想着那个德国人，琢磨着事情什么时候会发展到不可收拾的局面。他得保护他的家人……一阵疲惫的感觉突然涌上来，他不得不扶着孩子才又喘过气来。对危险一无所知的塞巴斯蒂安，脸上已经重新出现了笑容。

## 2.

七点半的钟声还没响起，整个村子的人，还有附近几个庄的牧羊人就已经在大广场上集合了。按照约定，一个通信兵已经把之前收缴的武器送了过来，把它们堆在村政府办公楼里，把村政府变成了一个临时的兵营。孔巴不想让任何人帮他分发武器，就连他的助手法比安也不让，只让他负责登记。所有到场报名参加围猎的人，只要在德国人的文件上签了字，都已经拿回了自己的武器。布劳内中尉承诺如果围猎成功，会重新考虑收缴武器的问题。相反地，如果围猎一无所获，那些武器就有可能再回到"弗里泽"们的手里。这总算比完全没有希望强，孔巴为自己能如此迅速地谈成这件事而感到十分自豪。

他第三次数了数绑着护腿套的猎人的数量。大部分人都背着狩猎号角，有几个人背着皮挎包，酒瓶的瓶口从包里露出头来。大家都带了点吃喝的东西，因为围猎可能要持续很长时间。半个小时前，因为没达到人数要求，他拜托女人们自告奋勇，因为他还差了几个人。苏姗·多尔谢，他侄女露西尔，还有他侄女的好朋友、小个子的科莱特，加入了队伍。

纪尧姆是唯一一个可以逃脱这次征召的成年男子。作为医生，虽然这个借口有点牵强，但是孔巴一点也不能强迫他。在这里，人们都很敬重他的看法，所以孔巴也不太怎么愿意去惹他。不管怎么说，纪尧姆医生都是个不好惹的家伙！

人们的激动情绪是显而易见的。大雾散去之后，天气就会转好。空气很凛冽，但是没人抱怨，男人们需要活动一下拳脚。他们现在正跺着脚，开心地相互打着招呼，而那些剩下的人，他们不是太老就是太弱，不能参加长途跋涉的行动，待在一旁闲聊着。神父刚刚祝福了他们，虽然神父不太清楚该怎么看这场讨好德国人的打猎行动。

一些被剥夺了谋生手段的人正指着这场行动抓住机会打些猎物回家，还有一些人已经开始琢磨着用一把不能用的破烂旧枪欺骗占领者，好换回自己的猎枪。德国鬼子走了，一种虚假的自由让人们精神振奋起来。

安热利娜穿过人群一直走到纪尧姆身边，挥挥手冲他打了个招呼，但是没有碰触他，因为长舌妇们都在盯着他俩的一举一动呢，尤其是在上次有人看见他们一起从牧场回来之后。她往"官员"那边瞟了一眼，孔巴和法比安正高高坐在村政府的阶梯上，她心里感到一阵失望。那个下令组织围猎的人没有来。她没让自己往这方面多想，而是说服自己她的这种关心只是出于了解敌人的需要。她很希望不用感到陷入一个尴尬的处境之中就能好好地看一眼中尉，听清楚他说出的每一个字眼，监视他的动作和脸上的表情。她的脑海里浮现出那双盯着自己看的蓝得出奇的眼睛，她努力想要摆脱这画面，还有那有时会随之而来的燥热。她打了一个寒战，搓了搓手臂。她漫不经心地低声问道：

"你不跟其他人一起去打猎吗？"

"我有更重要的事情要做。再说这种活动，我一点兴趣也没有。我讨厌围猎。凯撒也参加，这让我很惊讶。"

"他有仇要报。"

"那我可没有。再说我可不想听命于德国鬼子！"

"你小声点，纪尧姆！"

"你觉得有必要吗？他们都兴奋得根本不会关心我们说了什么！对了……塞巴斯蒂安没跟你在一起吗？"

"他保证会老实待着了。"

"确实……"

他没有时间多做解释。村长双手做话筒状放在嘴边大喊起来，让众人恢复一下秩序。众人的声音像海浪一样退了回去，然后消逝。当大家都安静下来之后，村长郑重其事地看了一下他的指南针手表。这已经是十五分钟里的第三次了。中尉说过"八点，德国时间"。就算他没来，他也要证明法国人知道守时。再说谁知道呢，也许一个告密的就混在他们之中呢……

八点差五分，鼓舞士气的时候到了。他有一瞬间感觉自己仿佛就是一个即将率兵打仗的将军。而事实上，村长孔巴因为扁平足，只在后方负责过行政后勤工作。

"朋友们，同胞们。在出发的信号之下，我要提醒你们，我们已经见过那头野兽三次了，每次都是在格兰蒂耶尔山谷那边。所以我们可以认为这畜生的老巢就在那里，如果我们从背斜谷一直前进到山口，我们一定可以把它从老巢里赶出来。对带狗的人我要再说最后一遍，我不要只会乱叫的狗，只准带上那些见到猎物才叫的狗，不然你们最好把你们的牧羊犬留在原地。如果那野兽太早听见它们的叫声，它会逃到山顶去，那我们就要希望落空了！我任命保罗、法比安、加斯帕尔、让和我自己为各队队长。为了不留下任何漏洞，法比安负责高山部分，让负责低地部分，其他人跟我负责中间部分。"

人群中的老人们点着头表示赞同。毋庸置疑，孔巴有两把刷子。作为一个业余猎手，他应付得还不错，他肯定夜里好好琢磨了这个计划。

"我已经警告过那些想要偷着打猎的小机灵鬼了。我们只准朝野兽开枪。其他的一律不准！就算遇到野猪也不行。"

"喂，孔巴！你不觉得你这样有点过分了吗？野兔我也就不说什么了，野猪也不行？就眼下这个情况，我可不会拒绝，我……"

那个屠夫大声地抱怨着，既为了孔巴的禁令，也因为他没有任命自己当队长，而且他怀疑这是孔巴因为过去的事情在报复自己。十五年前，他曾经参加过选举跟孔巴对着干，他到现在还后悔这件事。马塞尔·孔巴是个记仇的人。

"艾蒂安，就眼下这种情况，如果你不听从我的命令，你很有可能会错过你的野猪。你觉得如果我们随便开枪射击的话，那野兽会乖乖地在原地等我们吗？"

"嗯……"

"我来就是为了确保这一点。都听明白了吗？我们要抓的是吃羊的野狗，不是什么别的动物！所有人都同意吗？"

猎人们大声地表示同意，孔巴又继续解释道：

"我们排成一队上山，为了方便定位，我们要经常吹响号角，尤其是在两翼的人。我们爬得越高队伍就越有可能乱掉。安德烈，你拖着你的瘸腿到右翼去，就是让的那队。那是最轻松的队伍。不要忘了搜查乱石堆。它有可能会站在大石头上，不要走过去看不见。它比谁都聪明。让会帮你的。"

安德烈用力地点了点头。

"你以为我会放过它吗？"

"你，法比安，你从左翼上去一直到山顶。我和保罗还有加斯帕尔负责中线。我们分成三组，一组在我左边，一组在我右边，每组九个男人，由一个小组长带领。当然喽，男人或者女人！"

他大笑起来，被自己的玩笑话逗得很开心。猎人们立刻按照亲疏关系分好了组。现在组已经分好了，他们迫切地想要出发，另外起风了，吹得他们直哆嗦。女人们加入了让和安德烈的队伍。只有凯撒没动。村长犹豫着冲他做了个手势：

"嗯……呃……只剩下射手了……凯撒，你当射手？"

"我到拉梅热山口守着。"

"拉梅热山？！老天啊，这到底又是怎么一回事？我们要往格兰蒂耶尔路推进，你为什么要跑到那边去？！"

"你们应该往拉梅热山那边去。"

在一片反对的声音中立刻响起一阵赞扬的声音。有一些人很乐于支持孔巴，打击一下凯撒身上那种一副以山里老人自居的傲气。有的人则正好相反，他们知道老牧羊人的本事，坚持要追随他的意见，或者至少要听听他的说法。德德嚷嚷着说那头野兽是在格兰蒂耶尔路咬的他，所以它肯定是藏在那里。村长犹豫了。他气自己没有事先咨询一下老牧羊人，这样就可以避免自己的计划遭到质疑的局面了；但是他更气凯撒在大家面前不给自己面子。时间紧迫，如果那人说要去拉梅热山，那他一定是有很好的理由这么认为。

"你确定？那里从格兰蒂耶尔路过去可是有一大段路程呢……"

安德烈见他犹豫了，便跳到他身边跟他小声说话，但是那声音在凯撒的耳朵里听起来还不够小：

"孔巴，你不要相信这个醉鬼的话！他这么说难道不是因为拉梅热山在他牧场那边，他想要自家的牧场冬天不受打扰吗？"

孔巴不耐烦地一把把他推开。就算凯撒喝得有点多，他也比他们中的大部分人懂得多，尤其是比德德强，对凯撒的敌意让他变得更加愚蠢。

"德德，你少说蠢话。如果凯撒说它在那边，那他一定有他的理由，而且这也能解释得通为什么我们一直找不到那头野兽！所以我决定相信他的经验，因为我当猎人没当官当得好。朋友们，我们往拉梅热山走，如果找不到它，我们再回到格兰蒂耶尔区域。好了，已经说得够多了，上路！"

他的话引来众人一片激动的喝彩声，淹没了德德没好气的反对声。最后，他们出发了！

围猎的战线拉得有超过两千米长，突然被惊醒的大山在猎人们反复的射击声中呻吟着。那是一种深沉的、刺耳的、近乎蛮荒的声音，动物们四处逃窜。鹿、狍子，没能在地下找到藏身之所的大量野兔和老鼠，一头野猪妈妈和它的猪崽们，几只跑得像利箭一样快的狐狸。在穿过两旁都是乔木的道路时，他们惊起一群黑琴鸡，在更高处，又惊飞一群雷鸟。一开始，尽管有村长的警告，许多人还是不得不控制着自己，不要朝猎物开枪。后来，随着队伍缓慢而又不可阻挡地往前挺进，他们的脑子里只剩下一个想法：抓住那条疯狗。人们到处讲着它所犯下的恐怖事迹，有人说已经有二三十只羊失踪了。另外，谁知道下雪之后，那条狗会不会拣他们之中最弱的那些人下手呢！几年前，法乌家的孩子就是在山里失踪的，谁也不知道他遇到了什么事情！男人们手里拿着棍子不知疲倦地敲打着石头、树干和地面。

他们穿过几处草地和稀疏的矮林，穿过长着山毛榉和落叶松的树林，从挂着露水的斜坡上走下去，走过第一个山口，到达通往拉梅热山谷的小溪。高低起伏的巨大山梁头顶装点着闪闪发光的白雪，在清晨灿烂阳光的照耀下，显得近在咫尺。孔巴命令大家休息一下，确保没人掉队。他们准备从通往冰川的西坡开始爬。森林已经消失不见，取而代之的是一层矮小的植被。他们沿着一条隘谷走，谷底流淌着冰川水，他们走过第一波坡道，那些坡道上多了许多碎石，这让他们不得不放慢脚步，因为扭了脚可就不好了。虽然走得很吃力，但是没有人抱怨。他们的动静惊动了土拨鼠和其他啮齿类动物，它们纷纷躲进洞里，老鹰已经往别处飞去，陡峭的山坡上光秃秃的，羱羊已经抛弃了那里。就连风也被势不可挡的男人们赶跑了，四下连一丝风声都没有。

他们就像一个巨人在前进，仿佛一股有节奏的、不可阻挡的力量。在每一个曲折的过道，每一个碎石堆处，队伍都会稍稍散开，因为他们要搜查一个个小洞穴里的每一个坑洼、每一处褶皱。所以，走在前面的人必须停下来，以免队伍乱掉，并趁机休息一下。有一些机灵鬼会趁机迅速地喝一口酒壮壮胆。在这种齐心协力、同甘共苦的氛围下，一种喜悦感油然而生，这是一种自打仗以来他们就再也没有体验过的感觉。他们感到自己所向无敌。

最后，在行进和搜查了三个小时之后，拉梅热的主山脊出现在他们的眼前。如果那头野兽就在那里的话，它没有机会逃跑！

领头的凯撒加快了脚步，而第一批到达的人已经精疲力竭地一屁股坐到了地上。老牧羊人一挥手，告诉他们自己要到更高处守着。气喘吁吁的孔巴发出了暂停的信号。就让那个老家伙跑死吧，他可跑不动了。无论如何，他们都得先吃点东西再开始围捕，不然没有一个人能撑上一整天！

随着他们逐渐靠近目标，老人越来越感到害怕。奇怪的是，他没有一次想要掏出酒瓶来喝上一口，就连四下无人，只有他自己一个人的时候也没有。当他走到直通山口的斜坡下面时，一股强烈的羞耻感让他差点扭头回去。那孩子永远也不会原谅他！然而，一想到可能发生的危险，他又坚定了继续下去的决心。都是他的错，他不该放任事情发展下去的。那孩子是那么想要探索大山，那样有天赋，拥有几乎跟动物一样敏锐的直觉，而他，凯撒，却忘了给那孩子加以限制。现在他必须把事情纠正过来，就算他心里不愿这么做。

这让他想起一段封存已久的回忆,他遭遇背叛的那天。那是打仗之前很久的事情了,远在战壕遍布、将军们杀红了眼的日子之前。他几乎还是孩子,但是爱情已经让他长成大人。他喜欢那个女孩,现在他已经说不出她的样子,说不出她是金头发的还是棕色头发的,胖的还是瘦的,但是他清楚地记得他们接吻的味道,记得他们颤抖着亲吻嘴唇,记得她甜蜜的气息。那年夏天,所有的日子都化成了一天,那是漫长、神奇的一天,那一天有她嘴巴的味道,有她那看向自己的眼眸中的光亮,有她笑容里的甜蜜。凯撒变了,被爱情冲得头昏脑涨。然后,就在那个晚上,他看到她对另一个人做了同样的事。突如其来的痛苦让他如同遭遇了晴天霹雳一般,他站在那里以为自己要死在那儿。他活下来了,但是永远也不再相信别人。从那以后,他知道了最强烈的感情并不能转动世界,它只会让你心碎。

在听到山谷像打鼓一样发出回响之前,他们就感觉到了它们在靠近。先是从大山深处传来一种微弱的震动,然后是一阵嘈杂的声音。雪莉哼唧着往牧场方向望。

他们看到那些动物身影模糊地逃离那响彻大地的回声。一群岩羚羊直接往山脊跑去,消失不见。几只野兔紧随其后,然后是一头母鹿,再然后是一群狍子,它们在发现自己跑到如此毫无遮挡的高地之后吓得四下狂奔。随后,那嘈杂声变成了有节奏的、像心脏一样跳动的击打声,塞巴斯蒂安不得不面对现实,然而他的整个身体都在拒绝。

他直直地看着雪莉的眼睛,想要从那目光之中找到一丝"这不是真的"的证据，但是那狗只是不停地望向山谷。当那声音突然安静下来之后，他知道这是他们逃过追捕的最后机会了，他抓住它的脖子，让它注意听自己的话：

"我不明白。他们不应该出现在那儿的。他们说过要去格兰蒂耶尔那边的，我发誓！好吧，雪莉，我们不能再停下了。一定不能。我们要穿过山口，从隔壁的背斜谷下去，然后我们要试着赶到小屋去，你知道的，就是我带你去过的那间小屋！那里是我的地盘。如果我们穿过了那片山脊，我们就得救了。走吧，快点！"

母狗听从了他的命令，他们开始沿着那些石子多的、不容易攀爬但是不会泄露他们行踪的山路逃跑。走得快的话，他们可以在半个小时内赶到那条陡立的狭长通道。塞巴斯蒂安已经跑不动了。他的小腿生疼，脑袋也因为长途跋涉开始晕眩，也有可能是海拔和缺氧的缘故……等他们安全了之后，他要吃点面包让脑袋恢复一下。雪莉今天不会有鱼吃了。他会把自己的奶酪给它，还好他今天想着吃了中饭。有鱼当然更好，但是等冬天一到，这狗得自己想法子过冬。

凯撒的话还在塞巴斯蒂安的脑袋里回响！"去拉梅热山，那里很安全。"可是为什么会有这些敲锣打鼓的声音呢？塞巴斯蒂安拒绝去想。他不愿去想这些人是来这里搜捕的，也不愿意去想为什么这次围猎不在格兰蒂耶尔进行。有什么爷爷没预料到的事情发生了。

凯撒在通往那条陡立的狭长通道的石子路下面等着他。那条通道是由几个世纪堆积下来的岩石堆组成的。折几个弯之后，就可以爬到山口，走到隔壁山谷去。他靠在半山腰的石头上，也许是为了喘口气，也许是想跟那石头融为一体。他的脸上没有任何表情，孩子有一瞬间没有认出他来，还以为是一个石头做的守卫在把守着山脊路。因为想到了爷爷，他从那守卫身上看出他的影子来，可不就是他嘛！可是那守卫却冲自己举起了枪。他爷爷绝不会这么做！枪口往右移了移，对准了雪莉所在的位置。母狗猛地停下脚步，缩起身子准备跳起。那把枪决定着它的生死。塞巴斯蒂安想要开口说话，但是他的喉咙紧得让他只能发出一声沉闷的低吼声。他没了呼吸，也没了心跳，只感到胸口被一阵剧痛撕裂。

"塞巴斯蒂安，这是为了你好。"

那人有着爷爷的声音。那声音听起来好像是在求他，但是这不是真的。没人会拿着把枪求人。没有人会眼睛对着瞄准器求人。

他不知道自己是怎么从嗓子里发出叫声的。

"不要！不要开枪！它是我的朋友！"

绝望之中，他抓起身边能够到的第一样东西。那是一截木棍。他转头朝向母狗，挥舞着手中临时找来的武器，冲它大喊道：

"快走，雪莉！快走！快点！"

母狗好像是忘了猎枪的存在，立刻往他们刚刚爬上来的石子坡路方向跑去。它跳了几下便消失不见了，好像是被深渊吞了一般。那枪一直瞄准着它，但是没有开枪。

孩子还在喊。凯撒望着逃跑的巨兽，却没有勇气扣下扳机。不过，那条狗算是完了，因为下面有其他人在等着它。他不能这么做，不能当着自己孙子的面！他感到肋部受到了撞击，不得不靠着岩石才稳住了身形。塞巴斯蒂安刚刚挥舞着拳头冲向了他，他挨了几拳，那拳头没什么力气却让老牧羊人颤抖起来。让他颤抖的不是孩子的拳头，而是他的喊声。他找不到词语来说服眼前这个怒气难消的孩子，心里一阵惊慌，他努力想要摆脱这种惊慌。他知道现在除了继续完成自己已经开始的行动，其他什么也做不了。

他努力不去听孩子的叫喊，抓起他的胳膊拉住他。

"你为什么要撒谎！你为什么要骗我！它是我的朋友，它不是坏狗！你嫉妒它，你想要它死，因为你嫉妒它！！它不是坏狗，你才是坏人，都是你的错！你才是说谎的人！你骗我！"

见凯撒不回答，塞巴斯蒂安好像是明白了自己的叫喊什么用也没有，他突然安静下来。当他发现自己被拖着往本来要和雪莉一起走的路上走时，他既没有哭，也没有问任何问题。老牧羊人的脸像石头一样硬，他在前面走着，没有意识到自己给孩子造成了多大的伤害。

在遭到背叛的打击下，孩子失去了时间感和空间感，当他们走到羊舍时，他还以为那是海市蜃楼。他们一定是走了近道，他们走路的时间绝对没有超过一个小时。心中的悔恨让他越发难以忍受，他不得不咬紧嘴唇才没让自己哭出来。他的腿很疼，但是他一点也不在乎。如果行动快点的话，他也许还能帮到雪莉。凯撒必须听自己的。

他们走进冷得像冰窖一样的羊舍。昨晚的炉火已经熄灭了很久，炉灰已经彻底凉了下来。他等到凯撒拿起水罐，倒了满满一杯水推到自己面前之后才开口说话：

"求求你了，爷爷，我要回去……"

"不可能。我自己回去。"

"你不明白。它不坏……它信任我！"

老牧羊人不动声色，但是这句话比其他的话更让他感到羞愧。塞巴斯蒂安在用一种自己不懂得保护的情感的名义在请求自己！信任！他没有道歉，反而是轻蔑地说道：

"那头野兽永远也不可能成为任何人的朋友。我们必须打死它。"

"不行！你不能杀死它！绝不可以！我跟它有约定，求你了，爷爷。"

老牧羊人没有回答，而是往门口走去。他出了门，把门在身后关上。塞巴斯蒂安惊愕地盯着木门板。门闩被拆的声音让他慌张起来。凯撒正在拆螺丝，让那门闩无法再从里面打开！他不能这么干！他宁愿自己被打，又或者是被罚一辈子没有甜点吃，去干粗活，甚至是不顾别人的讨厌和嘲笑去上学。只要不在围捕队伍冲向雪莉的时候被锁在这里，让他做什么他都愿意！

面对紧闭的大门，他开始放声大哭起来。现在他心里，怒气占了上风，他大喊大叫着想让凯撒听到，随后便在寒冷和疲惫之下颤抖着瘫在了地上。但是恐慌又让他立刻站了起来。雪莉现在可没有在哭泣！它现在正面临着生死危机！他可以等到一切都结束之后再哭！但是现在只要还有一线希望，他就得战斗到底！

重新鼓起斗志之后，他开始在羊舍里四下翻找，想要找到一个能用的工具。凯撒应该是动了门闩，让它再也无法打开。有时，当他想要一个人安静一会儿或是酿酒的时候，他就会这么干。塞巴斯蒂安从来没有告诉过利娜！那门没有钥匙。牧羊人们都说在大山里给房子上锁，就好像在大海里行船，对遇难的人视而不见一样。要对迷路的人施以援手，这是大山里的神圣法则，是待客之道……你说得倒好听！我看是骗子的法则才对！

他在抽屉里找到了几把刀，但是刀刃不是太短就是太厚，插不进门板缝里。他去了里屋，就是那间凯撒禁止他打开，而他知道那里面放着蒸馏器的屋子。他心中突然生出一种想要把一切都砸烂的强烈冲动，但是他打消了这个念头。他屏住呼吸，在瓶子堆中翻找着，蒿酒刺鼻的味道让他感到恶心。除了一根缠在蓄水池围栏的铁丝之外，他一无所获。他急忙把它解下来，跑到门口。铁丝轻而易举地穿过了狭窄的缝隙。只要把铁丝弯成一个钩子，把门闩给钩起来，再放回销槽里就可以了！

他忘记了寒冷和疲惫，使劲捣鼓着。他一毫米一毫米地推着门闩，有超过十次他都觉得自己要成功了，然而那个小铁棍总是在最后关头掉下来，让他的希望落空。他想要找到别的解决方法，但是最后什么都没找到。时间一分一秒地过去，绝望之中，他想要把铁丝扯下来，但是因为拽得太用力，那门闩居然抬起来了。门开了。

他自由了！

他开始往山脊路跑去，一边还忍着那让他喘不过气来的啜泣声。现在没什么再把他关着了，他心里突然又恐慌起来。雪莉在哪里呢？怎样才能赶在猎人之前找到它呢？他想要喊它，但是他的叫声是那样微弱，听起来好像蚊子叫。他哭了出来。泪帘之中，巨大而又空旷的大山开始扭动起来。

猎人们在吃完饭又打了个小盹之后，讨论着是不是该派几个人到山脊上跟凯撒一起站岗。现在他们已经来到了森林的上头，不需要那么多人一起搜山了。他们决定不再浪费时间，继续上路。目前没人发现那头野兽的踪迹，看到它的希望也变得越来越渺茫。孔巴怒不可遏。虽然提出往拉梅热山方向走的人是老牧羊人，但是承担失败责任的人却是他！这不仅关系到他的声誉，还牵扯到该怎么跟那些德国鬼子交代的问题！男的都已经走累了，女的情况更糟糕，两个最年轻的女的借口说家里还有牲畜要照看，拒绝再继续参加围捕。倔脾气的苏姗·多尔谢还在硬撑着，她坚持要把她父亲被收缴的枪支给拿回来。

他们的耐心用完了，再次出发。第一组人往小松树林方向走，另外两组往背斜谷走，第四组沿着小溪走，剩下的人则沿着布满石子的山坡往山顶走。疲惫让他们越发灰心丧气，有人开始小声地骂凯撒。那个家伙傲得跟个隐世高人一样，变得越来越不可理喻，总想让你接受他的看法，酗酒越来越严重，脾气也变得越来越孤僻！村长也是，软弱无能，被老疯子骗了还不知道怎么反驳他！马塞尔·孔巴整天跟山下的名流们混在一起，已经连好赖都分不清了！

当太阳开始下山的时候，众人的怒气已经累积到了顶点。他们已经在这个地方搜索了两个小时了，他们什么也没找到，连一只鸟都没有找到！如果再这么下去的话，他们天黑都回不了家，一天的力气白费不说，还错过了放跑的各种猎物，更不要说他们还得把枪支再交还给德国人！孔巴到底是太好还是太蠢，等下就见分晓了！

凯撒重新出现在山脊之上，身上带着晚霞的余晖。让指着他给其他人看，众人心中短暂地燃起了一线希望。老牧羊人迈着稳健的步伐朝着大部队走来。大部队正缓缓地走在高高的山谷之中，那山谷就好像是在山坡上切出来的一个凹口一样。孔巴命令大家暂停一下，然后就看到艾蒂安迅速朝自己跑过来。这个屠夫从早晨起就憋着一肚子火，现在一下子爆发了！

"为什么他要离开他的位置？我们已经等了两个小时了！我以为他到那边站岗去了，结果他现在两手空空就回来了！就跟什么也没干，光站在那里看风景似的！要我说，他又跑去醒酒去了！"

"艾蒂安，你不要乱说话，喝醉的人从山顶上下来哪能走得这么稳。"

"你现在还护着他？"

"凯撒不管喝没喝醉，都是本地区最好的猎手，这你们都是知道的！他去那边自有他的道理。你现在赶紧回你自己的位置上去。"

凯撒没有走上前来解释，只是用手指了指一片没人负责的地方，然后稍稍改变方向，站在山脊和围捕队伍之间。孔巴被他的姿态惹恼了，冲地上吐了口痰，再次发出信号。众人又开始行动起来。

法比安走到一片灌木丛生的地方，突然察觉到一个可疑的动静。一个毛茸茸的动物像支箭一样从他的眼前窜过，他吓了一跳，来不及瞄准，只顾得上抬起枪草草地开了一枪。那支"箭"是一条狗，一条身形巨大的白狗，不是黑的，但这不重要，这样一条大狗，绝对不可能搞错！他开了三枪，好像听到了一声痛苦的叫声，他知道自己打中了。尽管他开的枪已经远远足够干掉这条狗，他还是大喊着把狗的位置告诉了其他人。就在这一刻，他闻着火药味，手指上传来枪管的温度，一种自豪感油然而生。他成功了，他，法比安·米尔日耶，永远任人驱使的助手！跑着赶来的孔巴看到他时，发现他正一脸傻相，嘴巴咧到了耳朵根。其他人也纷纷以最快的速度赶到，心里既好奇兴奋又隐隐地有些失望。很多人觉得是孔巴优待了法比安，因为他是孔巴的助手。肯定是这样！

"你打中它了？"

"当然！喂，凯撒，你果然没错！"

老人最后一个到达。看到他一脸阴沉甚至有点暴怒的样子，猎人有点不确定自己是不是该高兴。

"是那头野兽，不是吗？你从上头看到它了吧？"

"我看到了。它逃到山沟里去了。"

他指着一个乱石堆，法比安突然紧张起来。他应该紧追上去的，而不是在这里神气活现地显摆！

"你觉得它能逃到缺口那边吗？"

"肯定能。除非它死了。我们去看看。"

他们小跑着再次出发，其他人看着他们，知道忘记了疲惫会有多危险，因为那样最容易扭到脚。在经过漫长的一天之后，曾经弃他们而去的激动心情再次让他们燃起希望。德德，因为错过了亲自复仇的机会，比其他人都要气愤，他第一个发现了血迹。

"好家伙，你真的打中它了！"

凯撒立刻赶到他身边，心脏都要跳到了嗓子眼，以为是发现了狗的尸体。他已经筋疲力尽了。他已经跟自己心中的懊悔斗争了三小时了，在三小时的时间里，他一直压抑着想吐的感觉。每当他想要说服自己做得没有错的时候，孩子那张因为难过而扭曲的脸便会出现在他的面前："爷爷，如果它死了，我永远也不会原谅你！"这是塞巴斯蒂安对他说的最后一句话，当他像一只野兔一样逃开的同时，他也清清楚楚地听到了这句话。在三小时的时间里，他一直想要忘记这句话，然而它让他撕心裂肺般地难受！他的怒火突然爆发，口气粗暴到连自己都吓了一跳。

"蠢蛋，你说的尸体在哪儿呢？在石头底下吗？"

"我没这么说。但是你觉得这血是凭空冒出来的吗？"

"几滴血并不能说明那头野兽已经死了。它能逃到缺口那里。必须逮到它。我知道它就藏在这儿。你应该已经从它旁边走过去十趟了，它都没吭过一声。它很狡猾。要是它能在围猎之后脱身的话……"

他没有再解释下去，小心翼翼地从页岩石块之间走了下去。所有人都明白他的意思。逃过围猎就相当于多长了一次经验。那条疯狗已经很多疑了，要是让它逃了，以后再想抓它就难上加难，也一定会变得更加危险。除非它现在已经死得直挺挺了。

他们搜查着巨大的缺口两侧的每一个阴暗的皱褶和乱石堆。那个岩石缺口扎进一个短小陡峭的底下是块平地的隘谷，然后又变成一个缓坡，通往一片暗影晃动的五针松林。为了逃到那里，那头野兽可能已经穿过了牧场，但是猎人们在跟法比安会合时已经浪费了很多宝贵的时间。凯撒是唯一一个真正看到它逃跑的人，可是他为什么没有吵喝着要去追它呢？

眼看着夜幕降临，山路变得险象丛生，猎人们开始感到精疲力竭，脾气也上来了。孔巴察觉到了这一点，他决定下令撤退。说到底，这个结果可以说是成功了一半，也可以说是失败了一半，就看你怎么看吧！要是运气好的话，说不定明天就会找到那条狗的尸体。

"行了！就这样吧！大黑了，我们也都回了吧！要是再这么继续下去的话，可能就要出事了。回家！"

法比安兴高采烈地附和：

"反正我打中它了，它失了那么多血，肯定撑不过今天夜里！"

猎人们纷纷表示赞同。

"那我们怎么跟德国鬼子交代呢？"安德烈反对道。

尽管他拖着一条伤腿，又或者是因为这没有消退的伤痛，他支持继续进行围猎。孔巴厉声反驳道：

"那是我的事，安德烈。你还是操心自己怎么把腿站直了吧！喂，凯撒，我们到你家歇歇脚再走方便吗？"

"歇脚？到羊舍吗？"

他不能拒绝，不情愿地接受了，心里想着被关在那里的塞巴斯蒂安的反应。想到大家要一起过夜，孔巴又雄心万丈起来，给出了自己的计划。他们先到凯撒那里休息几个小时，等到黎明再出发。大部分人的包裹里都还有吃的，老牧羊人家里肯定也备着吃的。

"要是年轻人想要直接回家，那就随便他们，但是谁要是缺胳膊少腿的可别来找我。谁跟我们走？"

十几只胳膊举了起来。其他人已经走远了，迫不及待地想要告诉别人他们的壮举。苏姗选择跟她的姐夫还有带了一把手电筒的外甥一起走。最机灵的那些人已经料到了这一点，从随身包裹里拿出了火把。他们把火把点燃，走在队伍的前头。没人注意到凯撒一脸可怜相地走在最后头。他不想面对那孩子，几乎到了宁愿自己发生意外，或者至少哪里扭伤的程度。但是月光把路照得很亮，他连一次也没有绊脚。

当他们到达羊舍时，半开着的大门在风中嘎吱作响。孔巴看到还缠在门闩上的铁丝，脱口说道：

"凯撒，你不会是在这里关了只魔鬼吧？你的囚犯已经逃跑了！"

"该死！那孩子！"

"什么？你这屋里关的是他？逃跑果然是他的强项！老天啊，你应该好好管管他的！"

"有人连山羊的公母都分不清楚，现在把孩子跟动物都能搞混……我可不想塞巴斯蒂安也变成这样！"

"你要是再说我的话……"

安德烈已经累得吵不动架了，不过他在心里暗暗发誓早晚有一天要找补回来。那孩子那天问自己问题的画面瞬间从他脑海里闪过，但是他太累了，没有往那方面多想，只是抱怨道：

"好了，给我们点蒿酒喝吧，还是你需要我们求你才行？"

"没错，大家都渴了。"

早已不习惯走山路的孔巴，觉得自己都快要中风了。他无声地求着老牧羊人。凯撒耸了耸肩膀，说道：

"进屋。厨房洗碗池上有一瓶蒿酒，大木箱上有面包。奶酪也在上面。你们自己拿，我要去围栏那边看看。他也许跟羊群待在一起。"

"是喽。他在给它们唱摇篮曲呢。凯撒，你不要再倔了。小姑娘肯定把他带回去了。她替你挤了奶，不是吗？"

要真是这样的话，那这扇该死的门为什么会在风里摆动呢？凯撒无力反驳，他浑身精疲力竭，累得想吐。他摇了摇头，踉跄着走进了里屋。猎人们急切地跟在他身后，满足地大口喘着气，仿佛刺骨的寒冷对他们没有任何影响。外面风已经起来了，相比之下，屋里的气温几乎可以称得上是温暖了。

"老头，你别动了，都让我来吧！"

法比安蹲到炉膛前，准备生火，其他人则拿出猪油、奶酪、一瓶中午没喝掉的酒，还有一瓶蒿酒。算上凯撒的那瓶，大家喝上个三四轮也就没了，都不够漱口的！老牧羊人不管别人看不看得见，走进了放有蒸馏器的那间屋子，抱回来三瓶酒，引来大家的一阵欢呼，孔巴一边假装不好意思地捂住脸，一边偷笑。凯撒是个固执的人，但是毫无疑问，他是个好猎手！他说在拉梅热山上能找到，我们还就在拉梅热山把它给搜出来了！

不久之后，当众人再次举杯庆祝法比安打死那头野兽之时，没人看见窗框后面露出来的那张小脸。

孩子离开了羊舍，一头扎进了午夜的夜幕之中。他再也感受不到寒冷，也不再怕黑。连抬起头来辨别一下方向都没有。他默默地流着眼泪，比起心中那种让他难受的空落落的感觉，冰冷的泪水几乎像是一种爱抚。他失神落魄地走完了回家的几千米路，一路上既没有犹豫过，也没有退缩过，就连走在阴森森的沙沙作响的落叶松林里时也没有犹豫退缩过。

安热利娜的叫喊声把他从浑浑噩噩之中叫醒过来。年轻的女子自夜幕降临起就在等他。在等待的时间里，她已经想象到了最坏的可能，但是当她看到眼前这张被泪水摧残的脸蛋时，她知道他遭遇了另外一种不幸。

这天夜里，安热利娜一整夜都没有合眼。当凯撒在天蒙蒙亮的时候终于现身之时，她已经快要气炸了。他踉跄着，浑身散发着令人作呕的蒿酒味。他假装没有看到她，一屁股坐在壁炉旁边他常坐的椅子上，壁炉里的火还在燃烧着。

为了保持表面上的冷静，她先走到灶台前，盛了一碗咖啡的替代品，那是一种混合了菊苣和烤麦粒的饮料。看到面包时，她犹豫了一下，没有去拿，决定要惩罚他一下。他喝了那么多，胃里有的是东西需要消化，不用吃饭！她粗暴地把碗递给他。他从昏昏沉沉中醒来，忽闪着眼睛，想要冲她笑，这样子重新激起了她的怒火。

"利娜，谢谢你，你真是太好了。"

"这就完了？你不问问我塞巴斯蒂安的情况吗？"

"他在这儿，不是吗？"

"你说是就是喽。"

"他……他还好吗？"

凯撒想要站起来，但是身子一个不稳，咖啡翻了，打湿他的手腕。虽然他被烫到了，但他只是哼了哼。

"这要看你指哪方面了。身体上，他没少一根指头，一切都好。只是累得浑身都动不了。但是精神状况那就是另说了！他大半夜才回来，眼睛红得像兔子一样。而且一句话也不说。我怎么劝他，他都不吭声。你对他做了什么？"

"我怎么会知道？我什么都没做！你这咖啡闻着真不错……"

"少拿我的咖啡说事！你每天早晨都嫌这咖啡恶心。你要是什么都没做的话，塞巴斯蒂安不会是这种状态。是跟围猎的事情有关吗？他跟你们一起回来的？发生了什么？"

凯撒眼神异样地看着她，突然猛地笑出声来，笑得差点喘不过气来。

"我们打中了那头该死的野兽，它不光吃羊，还咬德国鬼子……这后一点嘛，我倒不怪它！"

咖啡又一次溢了出来，他好像突然回到了现实。他颤抖着手把碗送到嘴边，吸了三口碗中的液体，稍微醒了醒酒。

"你说得对，你这咖啡确实提神醒脑！嗯，那条狗……你知道那孩子跟它是好朋友……不过这已经是过去时了！所以我不得不把他关起来。"

"把谁关起来？"

"当然是那孩子！因为那头野兽，我们把它……打死了！是法比安干的，不是我，我下不了手。不过是我带着他们找到它的。塞巴斯蒂安帮了我的忙，你看，是他给了我主意。老实说，我监视他有一阵子了。是啊，我看起来不像。人家都说，可怜的凯撒，他什么都看不见，他什么谎话都信。然而最后拿主意的人还是我凯撒……我说到哪儿了……对，是那孩子带着我们找到了那头野兽。他是因为这个才恨我的。好像是我背叛了他一样，他是这么想的。我这么做是为了他好。背叛是不爱了，这一点至少你能理解吧？"

"你到底在说什么胡话？谁跟谁是好朋友？！老天爷啊，你给我好好解释清楚，不然的话，我就把你的脸按进冷水桶里去！"

"上帝啊，这多简单啊！塞巴斯蒂安跟那条疯狗，我看见过他们俩在一起，好得跟穿一条裤子似的！"

"可是我以为你把他关起来了？"

"那是之后！他们之前在一起，后来我把他关起来了，然后'砰'！法比安冲它开了枪，那头野兽死了，故事结束！"

他想要站起来。为自己辩解突然变成他急需处理的事情，然而在激动之余，他的醉意又涌了上来，于是他又重重地落在了椅子上。为了抵抗晕眩的感觉，他闭上了双眼。安热利娜的声音听起来很刺耳，感觉就像有人在拿锥子钻他的太阳穴。

"喝成这个样子你不觉得丢人吗？还有其他人呢？我猜你跟猎人们喝了一晚上吧？你都知道他们是怎么说你的吧？你都不介意吗？那塞巴斯蒂安呢？你觉得他会高兴吗，当他知道他爷爷喝醉酒是因为放不下自己的不幸？是因为他不知道怎么表达？是因为他下不了决心送他去学校，只好借口说上学只会祸害他，大山才是更好的老师？是这样吗？！"

"你都在说什么呢？你说这些想干吗？"

"什么都不想干。我只想把你不想听的真相说出来。好了，我要上山去给羊挤奶，然后去开店，因为照你这状态，我看你什么也做不了！

还好你没掉进山沟里去！可是我得警告你，要是再这么继续下去，你就得雇人来干活了，因为我可没有本事同时出现在两个地方！你现在好好在这里醒酒吧！"

她猛的一下关上门出去了。关门的声响在凯撒的脑袋里痛苦地回响着。她说的话，他没有全听清楚，只知道他这次也许做得比他以为的还要过分。正当他想要好好地睡上一觉之时，一个冰冷的声音传了过来：

"我永远也不会原谅你。你所做的事情比杀死一只带崽的母岩羚羊还要过分。比发誓之后又反悔还过分。比一切事情都过分！"

塞巴斯蒂安站在楼梯下面，恶狠狠地看着他。他的脸像做弥撒时用的蜡烛一样苍白。他的眼睛里闪着野性的光芒。身体的疲惫和心里的羞愧压垮了凯撒，他不知道该如何作答，只发出了一声含糊不清的呻吟声。

# 3.

他昨晚没怎么睡着，睡得太轻，还做了许多噩梦，而他的身体能感受到的只有无尽的酸痛。尽管如此，他还是一口气跑到了那座石头砌的小屋。在那些最陡峭的山坡上，他为了不打乱节奏，牢牢抓着石块或者草根爬着前进，就好像一只狗一样，又或者说像一头发狂的野兽。因为使劲，他发出吭哧吭哧的声音。他想要把雪莉浑身是血的画面从自己的脑海中清除出去。是他给它洗的澡，收服的它。是他把猎人径直带到了他的朋友跟前，导致了它的死亡。爷爷都已经说过了。无论他知情还是不知情对结果都不会有任何改变！他想起了小拇指的故事，想起了那条铺满小石子的小道，开始笑起来，一边还吐着唾沫。他只顾着往前跑，没看到一个潜伏的身影正监视着他前行，那双眼睛里闪着亮光。当然，他也没有听见那头凶猛的野兽的低吼声。

小屋还沉浸在一片黑暗之中。天空中出现几道阴沉的尾迹，几道昏暗的光线，预示着今天天气不好。孩子不自觉地关上门。他迫切想要到一个只属于自己的地方待着，是这个想法让他来到了这里。他什么都没了：他的朋友，他的坐标，还有凯撒的保护。他再次把那个叛徒的样子从脑海中清除出去。他的愤怒是如此强烈，如此接近仇恨，这让他自己也吓到了。

移开的板石和大开的洞口让他想起了上个星期他和雪莉一起来到这里时的情景。痛苦的情绪开始蔓延，堵得他喘不过气来。也许他会直挺挺地死掉，这样他们就满意了！他蹲下身子，把脸贴到膝盖上，他贴得很用力，直至红色的光线在他眼皮后面爆炸开来。他想要回想起圣诞歌曲的歌词，但大脑里一片空白。

外面，有什么东西在靠近。他至少能觉察到这一点。他绷紧耳朵，听到了一声低吼，紧接着又听到入口处传来摩擦声。有什么东西在外面刨门！恐惧让他的血液都僵住了，也一下子驱散了他的忧伤。是狼，只有狼才会这么吼叫！他两眼紧盯着大门，努力思考该怎么办。他把门关好了吗？如果那匹狼在刨的话，那就说明他肯定是把门关好了。那地道呢？板石就在伸手可及的地方，他想要把它放回原处，但是突然意识到这不可能。恐惧和疲惫把他钉在那里，瘫在地上一动也不能动。他闭上眼睛等着。一下，两下，那动物好像发起了猛攻，接着"轰"的一声，门开了。

一个可怕的身影出现在门框之中。低吼声没有停止。那匹狼往前走了一步，有东西在孩子的胸膛里被撕开了，那是一种如此强烈的如释重负的感觉，让他的心脏都漏跳了一拍。

"雪莉，是你吗？"

他冲上前去，想要确认自己不是在做梦，他急切地想要摸摸它，把自己整个埋进它胸前的毛发里。在痛苦地确定自己已经彻底失去它之后，他一定要摸摸它……

"雪莉？"

当那头动物在微弱的日光中出现时，他猛地停住了脚步。它的身上染着血迹，从脖子一直到后腿，左肋上有块地方带着暗红色的痕迹，上面被草和泥盖着。伤口就在肩胛骨下面，可以看到有黑色的血渗出来。子弹要是再偏离几厘米，就可能会击中心脏，把它当场打死。

孩子尽可能轻地用双手捧起它的脸，轻轻地亲了一下。低吼声立刻停止了，取而代之的是一阵短暂的欢快叫声。一阵炽热的气息吹到他的脸上，他开始哭泣，既高兴又害怕，高兴的是又见到了它，害怕的是最后还是要失去它。狗任由他摸着自己，过了一会儿之后，它发出一声哀怨的呻吟声，趴了下去，瘫在地上，身子不时地剧烈抖动着。塞巴斯蒂安控制着心中惊恐的情绪，用一种坚定的语气安慰它道：

"雪莉，我的好雪莉，我会救你的，好不好？你不会死的，绝对不会！我会治好你的，但是要做到这一点的话，我得先离开一下。你不要害怕，因为我很快就会回来的。你别动，你待在这里，不会有人来打扰你的。

好不好？"

　　狗发出尖叫声，最后还是以可怜的呻吟声结尾，孩子差点哭出来。他想要生点火给虚弱的狗取暖。小屋冷得像冰窖一样，从石头墙里渗出来的湿气让这屋子无法住人。但是他太害怕浪费时间了。他必须按事情的轻重缓急来行事。冷静。每当他努力想办法的时候，他听到的总是凯撒冷静的声音："当一头野兽受伤的时候，首先要清洗它的伤口。"

　　他抓起被用作地毯的铺盖。羊毛有点臭，但是总比没有强。他给狗盖上毯子，小心不要让毯子碰到伤口。然后他拿起他的那些破旧坐垫，围在它的四周，既是为了给它建立起一座阻挡寒冷的围墙，也是为了让它有安全感。他想象得到它在冰冷的夜里逃跑的样子，还有那种被抛弃要独自死去的恐惧和痛苦。

　　雪莉已经睡着了，眼珠子在紧闭的眼皮后面抖动着，好像正在做噩梦。他觉得它呼出来的气太热了，频率也太快了，他知道这是不祥的预兆。这又是爷爷教给他的知识。他最后看了一眼，确认自己什么都没有忘记之后，走出了房门，小心翼翼地关好门，不让房门露出丝毫缝隙。

　　他站在小屋门口，发现天气已经变了，随后又想到了狼，但这是一种愚蠢的恐惧心理。他已经有够多的事情要忙了，根本顾不上再去想那些古老的传说！

　　第一波雪花打着转飘然而下，给大地盖上了一层薄薄的棉被。从远处看，大山脏兮兮的，呆呆的，好像是被低矮的乌云密布的天空压垮了似的。他忍不住抬起头短暂地感受了一下雪花落在脸上的感觉，那感觉就好像有人在抚摸他的脸一样。安热利娜说过第一场雪是天使的承诺。

他许了一个愿，为了加强愿力，还闭上了眼睛。然后，他惊恐地发现自己已经浪费了几秒钟，便急忙往山下赶去。疲倦已经离他而去，他的心在盲目乐观地跳动着，不过他必须开动脑筋，列出事项清单来，以免疏漏：找到能医治它的东西；然后喂它吃的；不能让人发现；只要雪莉继续病着，就得守住秘密。剩下的，他们会想到办法的……

凯撒肯定已经又去羊舍了，而安热利娜不到天黑是不会到家的。

他很快就赶到了家门口，不疑有他地走了进去，以为里面空无一人，结果却发现爷爷还在那里，好像一只死羊一样无精打采地坐在已经熄灭的炉火前。凯撒听到响动，吓了一跳，清了清嗓子，不高兴地问道：

"你去哪里了？"

他都不屑回答，爬上楼梯往自己房间走去。凯撒怒了，继续冲他说话，好像把之前的事情都忘了似的，塞巴斯蒂安不得不咬住嘴唇才忍住，没冲他骂回去。叛徒！该死的叛徒！

"塞巴斯蒂安，回话！"

既然他想听他回话，那就让他听吧！他猛地一使劲，用尽全力把门猛地一关。木门在撞击之下发出颤抖的声音，接着屋里便是一片死寂。他支起耳朵，一动不动地听着。凯撒肯定会羞愧地不好意思在那里等他。再说他还要挤奶，他已经迟到了。他已经醒酒了不是吗？如果雪莉因为他而死掉，塞巴斯蒂安就会离开这个家。他要去……美洲！所有人都会以为他死了！那都会是他的错，都怪他！

楼下的门关上了。他立刻跑到窗前，一边还小心着不让自己被看见。爷爷正脚步不稳地在外面走着，灰色的头发乱得像鸡窝一样。雪花落在他头上，使他看上去既苍白又衰老。他忘了戴帽子。刹那间，孩子不得不控制住自己，这样才忍住了想要追过去把他的贝雷帽送给他的冲动。那冲动随后便过去了，取而代之的是一种如释重负的感觉。

他下楼走到厨房，开始翻找凯撒存酒的橱柜。里面连一瓶酒都没有，于是他又去找那些更隐蔽的地方，那些凯撒发誓再也不喝了然后又背着安热利娜藏酒的地方。放被子的箱子，没有。装皮油、刷子、钉子、钳子和锤子的破木箱，没有。凹墙里的挂衣钩后面，也没有。

绝望的塞巴斯蒂安努力让自己冷静下来思考。凯撒不可能把所有的酒都喝完了。就算他喜欢在山上的羊舍里喝酒，他肯定还在屋里某个地方藏了酒以备不时之需。想到这里，他往凯撒的房间走去。这是一间有点神秘的房间，他从来没进去过。爷爷不喜欢他这么做。屋子里只有一张窄床、一个衣柜和一个绿色大理石桌面的松木床头桌。他在抽屉里只找到了一本折着书页看上去被看了很多遍的旧书。奇怪，爷爷说他早就不喜欢看书了。他徒劳地翻着衣柜，翻看摞成摞的床单、衬衫和羊毛短裤底下。他看了床底，只看到一些灰尘球，凯撒叫它们"绵羊"。之前，这种叫法总是会逗得他俩哈哈大笑……他越来越疑惑，摸了摸厚厚的被子，然后不自觉地把手探到了床垫下面。酒瓶就在那里，夹在床架的木条之间。

他迅速地离开了房间，把酒瓶放进背包，然后又往里面放了一块奶酪。接着，他又去拿了把刀，切了一块不大不小的猪油，希望安热利娜不会发现任何异常。火腿是厨房里最珍贵的食材，他姐姐已经跟他重复过许多遍了。只有她才可以切下几片或是几小块来放在汤里搅拌。这样就相当于他们吃了两遍肉：先是用鼻子，然后再用嘴巴和胃！算了，今天是紧急情况！

他装了满满一瓶干净清凉的水，从装满针头线脑的盒子里抓了一把剪刀。他得快点把它还回来。

出门时，他绕到挡雨檐下面从晾衣绳上扯了一个被单。要是利娜发现被单不见了，他会说自己需要重新铺床。他会说自己做了个噩梦，把床单尿湿了，这样她就会闭嘴了！

他把床单塞进包里然后往小屋走去。

屋里一片寂静，母狗还在睡着。他害怕它在自己离开期间已经死了，弄出了好大动静才把它从昏睡之中叫醒过来。看到他走过来，它眨了眨眼睛，然后虚弱地摇了摇尾巴，好像是在对他说"我很好"。它不得不垂下头，因为脑袋对它来说太沉了，但是它的眼睛还睁着，瞳孔左右转动着，追随着男孩的一举一动。

他从水壶里倒了一碗水出来，把蒿酒瓶和剪刀放下，确保一切都在自己手边，然后从干净的床单上剪下几根细布条。他曾经看过凯撒是怎样治疗动物的。

他用力地吸了一口气，然后开始检查伤口。伤口处的血液已经凝固，形成一块痂，痂上带着毛发和干涸了的血块。就算用沾湿的床单清洗伤口也不管用。他抓起剪刀，大声对狗说话，他这么做与其说是让雪莉安心，倒不如说是为了给自己壮胆。雪莉看上去似乎很平静，也很有信心。

"我要剪掉一点你的毛，不然的话，我不可能成功。在战场上，就是我之前说过的那场战争，爷爷的那场战争，他们也是这么做的，剪掉士兵的衣服。你看，如果要治腿的话，医生就得剪掉裤子。有时候他们也会把腿剪掉。但是你不会。你只需要剪掉一点毛。你瞧！不疼的……得清洗一下伤口。这是为了防止霉菌跑进去，你明白吗？爷爷说过，对付霉菌，没有比蒿酒再管用的了。"

他一边解释着，手上的动作也渐渐稳了起来。他几下就把带血的毛发里最大的那片剪了下来，让伤口露了出来。毛发被去掉之后，伤口看上去像是树皮上长的一个节瘤，边缘呈颗粒状，颜色发暗，近乎黑色。孔眼中间，有一丝鲜血渗出来，看到这，他反而放下心来。伤口很小，肯定不是太严重。他寻思着子弹去哪儿了，因为他没有看到。腿看上去不像是断了。他犹豫着要不要用手指去摸。可是摸到之后他要做什么呢？那可不是李子核！

当他拔掉瓶塞时，蒿酒刺鼻的味道刺激到狗的鼻子。他又开始解释起来，因为母狗好像突然担心起来。肯定是因为这难闻的气味。

"会有点疼，但是不会太疼……这是蒿酒。你闻闻？"

他装作开心的样子，然后强迫自己喝了一小口。简直太恶心了，还超级辣，但是他咽了下去，喉咙立刻烧起来。

"你看到了吗？这个特别好喝。嗯嗯！"

雪莉虚弱地甩了甩尾巴。他毅然决然地把酒精倒在了伤口上，然后用一块干净的布条轻轻地擦拭。母狗轻轻地抖着，发出低吼，但是任由他摆布。他嘴里一刻也没停着，既是为了安慰它，也是为了给自己加油。

"你知道吗，我永远也不会原谅凯撒对你做的事情。他是我爷爷，你记得吗，只是我不知道他为什么跟你不对付。他害怕了，所以他想杀了你。我跟他说了我们是朋友，他不听我的。反正我不会再跟他说话了。永远都不！好了，你还疼吗？"

当他觉得伤口已经清理得足够干净之后，他马马虎虎做了一个绷带，把它从母狗未受伤的腿下面穿过，然后把床单的两端系在它的脖子上。筋疲力尽的雪莉任由他摆弄。它用自己的最后一点力量，舔了舔他的手，然后任由自己的脑袋垂下，大声地喘着粗气。

他终于可以操心生火的事情了。只要它躺在这里，就得准备大量的柴火。屋子里有一些，足够烧出漂亮的火焰，但是还不够。明天他得去林子里捡点树枝回来。然后他还可以去棚屋里偷一点。他得记得带个包去装柴火。凯撒装土豆用的黄麻布包拿来正好。

经历了这么些情绪起伏，又盘算了这么久，塞巴斯蒂安已经是筋疲力尽，他偎在母狗身边蜷缩起身子，拉起破旧的毯子盖在他们身上，然后就睡着了，心里坚信它已经得救。

# 4.

雪断断续续下了两天，雪花越下越执着，最后给整个山谷都盖上了一层厚厚的棉被，棉被闪耀着白色的光芒，与死气沉沉的天空形成鲜明对比。

年轻的女子迈着沉重的步伐往前走着，她虽然穿着厚厚的皮鞋，但脚还是被冻僵了。她加快了步伐，然后又慢了下来，因为她手里的篮子太沉了。还有至少三千米路要走。通常她都是骑着自行车去山下的农场，但是现在地上铺满了雪，骑车就变得困难起来。就算在平时，带着十公斤的重量骑在开裂和满是陷阱的旧柏油路上，她都总怕会摔倒。村长承诺要修路都说了多久了！

昨天晚上，蒂索大妈到家里来通知她，说她女婿带回来一批几乎全白的面粉。他是格勒诺布尔那边的面粉厂厂主，每年会到岳父母家来两三次，每次都会给他们送一些面粉，这让他们可以到黑市上进行交易。只有信得过的熟人才能买，这样大家都满意……安热利娜凭着德国人给的面粉票，有充分的面粉供应面包店，但是她想要保留一个不被人发现的货源来维持自己那点微薄的私人产量。要是遇上检查，她既要确保这些多出来的面粉不被发现，也不能让人知道它的用途。由于无法预料偷渡的人什么时候会来，需要多少面包，她喜欢提前备好一两袋面粉，藏在店铺后旧设备的后面。就连塞巴斯蒂安也不知道她的这些小伎俩。他要么是太天真，要么就是不关心，反正他没有问过她。安热利娜自己把多余的面包做好、烤好，并不把它们记在账本上。

当她听到汽车开近时，她把头扭向山谷那边，强迫自己保持冷静。发动机猛烈的轰鸣声让所有人一听就知道是谁来了！她的心脏剧烈跳动着，她感到自己都要窒息了，不得不张大口呼气。她必须冷静下来，恢复镇定。说到底，她能有什么危险呢？是危险还是激动？她突然感觉一点也不冷了。

车子在她身后慢了下来。他肯定已经认出她来了。安热利娜趁机故意往路边快走了几步，想让他知道自己是在给他让路，还有他很烦人。发动机的声音又轰鸣起来，闪亮的车身超过了她。她在一瞬间以为他要离开，身子颤抖了一下，但是车子停了下来，微微横在路上。车门开了，他的头探了出来，头发一如既往地收拾得无可挑剔。那双蓝色的眼睛看上去比平时还要闪亮，不然的话，那就是他在暗笑。

"我送你一程？"

"不用了，谢谢。"

"我往村里去，不把您捎上的话，那也太蠢了！"

她拐弯想要绕过汽车，一边还想找到一句无法反驳的话来回他，让他回到自己的座位上去。一句巧妙而又残忍的话，既可以伤到他，让他失去冷静，又能让他明白不要以为自己有辆车，是这里的主人，其他人因为害怕和懦弱都屈服于他，他就可以跟她这么说话！

她已经感觉不到手里篮子的重量。这让她感到高兴，她感到自己很强大，强大到足以挑战全世界。她走过那辆车。在她身后，发动机的声音还在轰鸣着，但是布劳内没有开车拦住她，反而是让车继续缓缓开着，逼着她不得不摆出一副面无表情的样子。她几乎可以感觉得到他的目光落在自己身上。

"今天天气很冷。请不要再倔了……"

"我们都已经冷习惯了。"

"我知道，你们这里的人都很能'抵抗'。我刚刚接到党卫军总部发来的全权授权，命令我铲除地下偷渡网。你知道全权授权是什么意思吗？"

年轻的女子在这个打击之下失态了，因为她没有预料到一个如此直接的攻击，她的脸开始红起来。布劳内趁机重新把车横在了路中间。他把车门打开，拦住了她的去路。

她没的选，认命地坐在了真皮座椅上，心里开始恐慌焦灼起来。当有人没有立即屈服于他的时候，他就是这个样子！粗暴、玩世不恭、用最差劲的理由！她感到怒火烧遍了全身，想要把这口气撒出来，让他难受。他马上就会知道一个娇小的法国女人的厉害，这个……自大狂！

她扫了一眼篮子。面粉被小心地藏在一层土豆下面……还好她想到了这一点。

他慢慢地开着车，几乎跟走路速度差不多，显然不知道怎么重新开始对话。她猜测他是在后悔自己刚才太激动了，这让她安心了不少。最后，他打破了沉默。他的声音已经没了那种每当他们在面包店里独处时的嘲讽的语气。

"我不能把您扔在冰天雪地之中，我身边明明有一个位置闲着。"

他耐心地等了一会儿，好让她有机会回答自己，但是她一声不吭。他又继续轻声说起话来，脸上没有露出丝毫不高兴的样子，好像是在寻找一种驯服她的方式。

"汉堡也是一样，冬天非常冷。我父母住在那边。您知道汉堡吗？"

汉堡！为什么不说通布图呢？！她装出无动于衷的样子，脸部僵硬得像戴了一张面罩。他越说越兴奋，仿佛她的不回答一点也不重要，重要的只是她的聆听。他当然是对的，安热利娜听得很认真，十分好奇接下来是什么。这种突如其来的亲密感短暂地把战争推向了远方，同时被推远的还有那个他们必须是敌人、分出谁强谁弱的必然结局。

"汉堡很难看。灰色，凄凉。但是有海。您见过大海吗？夏天时，孩子们会在沙滩上比赛打水漂。他们冬天也这么干。在冰面上。那边没什么事可做，但是我经常想念它。您小时候扔过小石头吗？"

他笑起来，而她则不得不逼着自己保持严肃。已经可以看到圣马丹的房子了。他突然严肃起来，用一种很反常的不确定的语气问道：

"当这场该死的战争结束之后，您会来看我吗？"

她吓了一跳，既是被这邀请吓到，也是被他形容这场战争的用词吓到，他是在承认自己不喜欢这场战争。

"您永远都不说话吗？"

"永远都不跟德国人说话。"

这话说得铿锵有力，安热利娜都被自己的粗暴语气吓到了。她想要收回这句话，说抱歉，但是已经太晚了。

"这是当然……"

那语气中的苦涩让她脸红了。皮特·布劳内看起来突然一副疲惫至极的样子，她看到了一个这样的他：困在一个不是自己国家的地方，被所有人讨厌和害怕，被迫扮演一个战胜者的角色，永远也不能放下武器。

当他们开进村庄的时候，两个正在玩弹珠的孩子不得不分开给车让路。他们吃惊地张大嘴巴看着他俩。安热利娜知道会有人说她的闲话，但是让他停车已经太迟了，尤其是现在。要怎么跟他说"停车，被人看到跟您在一起，我觉得丢人"呢？她刚刚伤害了他，其实她只是想……她只是想干什么呢？让他觉得她不是个任人摆布的人，还有就是她生气是因为两人被联系在了一起？！

他一直开到广场上，在他平时停车的地方停了下来，那地方离面包店不远。

"您现在可以下车了。"

安热利娜抓起篮子——那篮子变得好像有两倍重——双腿发软地下车了。她一句话也没说，也没有多看他一眼，因为她觉得自己马上就要哭出来，她急忙往面包店走去，走上台阶，最后终于可以躲进店里，把篮子放下，把滚烫的脸颊埋进双手之间。

皮特·布劳内中尉重启车子的时候用力有点过大，猛的一下刹住车，才没撞上行人。那人狠狠地瞪了他一眼。他认出他是那个医生，夏末的时候，他们曾搜过他的家。那个家伙站在路中间，一点没觉得自己碍事，眼睛盯着面包店看。布劳内犹豫着要不要降下车窗跟他打声招呼。现在人和人之间都太缺乏信任。再说，那人已经臭着脸走开了。他显然不是一个很想要跟他合作的人，也应该是一个很不会说谎的人。要接近他，必须谨慎行事，不能吓到他。

中尉想到这里恢复了一点生气，努力想要忘记那双萦绕在他心间太久的蓝色眼睛。

雪莉日渐衰弱。塞巴斯蒂安也许还是个孩子，但是他知道死亡来临时的样子。他曾经见过一只母羊中毒死去，见过生机离开它身体的那一刻。

母狗现在一直都在睡，它的身体不停地颤抖。气喘吁吁的样子让他担心，不过最糟糕的是，它不愿意吃东西。放在它鼻尖的猪油还留在那里，没有被动过。它要么是失去了嗅觉，要么是没有胃口。为了防止它饿死，塞巴斯蒂安喂它喝了一些奶，每天三到四碗，但是今天早晨，它拒绝抬起脑袋来舔碗里的奶。它半闭着眼睛，不停地呻吟。

他想要算一下自围猎以来已经过去了多少天。它是前天到这里的。还是大前天？他糊涂了，重新开始算，为自己不会数数而气得发狂。

他没有办法了。就算凯撒在羊舍，他也得去那里找药。再说，他还需要蒿酒，而且他也不敢再去翻那个房间了。两人都还在生气，但是他爷爷并没有因此变成傻瓜。要是他知道母狗还活着，受伤了，他会过来像踩死一只该死的害虫一样把它杀死。然后一切都结束了！一股熟悉的怒火涌上心头，塞巴斯蒂安攥紧了拳头。他比所有人都崇拜他爷爷，然而他始终不明白爷爷怎么会做出背叛自己这样丑陋的事情。

他在松树林边等着，那里离弹簧陷阱不远，他坐在一个树桩上，畏缩地把身体裹在大衣里。他已经算好了时间，就在午睡期间，等到他基本可以确定凯撒已经喝完酒睡着之后。就算他们互相躲着彼此，孩子还是注意到自从那晚之后，老牧羊人喝酒比平时喝的多。早晨出门的时候，他脸色苍白，走路也不稳。利娜什么也不说，屋里的气氛跟穆瓦桑神父的墓地差不多！

当确定安全之后，他便溜到羊舍后面，走进棚屋，那里是凯撒放置割草工具、挤奶桶和其他干活需要用到的工具的地方。牲口很快就要被关到离草垛不远处的宽大的挡雨檐下面。到那时，塞巴斯蒂安就得搭一把手。他想要先让雪莉伤愈，不然的话……装药的马口铁盒子放在一个木搁板上，他得爬上一个箱子才够得到。他保持着警惕的状态，但是四下一片寂静。他的手颤抖着掀开了盖子。盒子里放着各种膏药、几条绷带，还有一瓶药丸。可是他不认字，上面的字对他来说能有什么用呢？他犹豫着要挑哪一管药。有一管药上面贴着粉色的标签，另一管则贴着黄色的。要是随便拿一管的话会不会有危险？最后他选择了贴着黄色标签的那管，因为它看上去更新，粉色的那管里的膏药好像都硬了。他还拿了一条精心卷好的绷带，应该比那几个因为血干了而变硬的布条要好用。另外，还得做一次清洗，偷一小块利娜的肥皂……他叹了口气，被这许多责任和要考虑的事情压得不堪重负。如果他不是个小孩子就好了！他想要找人问问意见，只是凯撒已经说过谎了，不值得相信了！他觉得大人的世界无法理解。老人们冲你微笑，跟你讲规则，谈勇气，要求你永远也不要撒谎，总想让你有问必答，他们却保守着自己的秘密，吹各种牛皮，然后当真相打脸的时候，他们就开始编各种漂亮的借口来跟你说那只是一个例外，一个为你好的谎言……

他把盒子重新放回架子上，突然发现了放在下面的盐石，便顺手拿了。凯撒总说它有各种好处。他把它塞进兜里，正要出去，就在这时门开了，老牧羊人走了进来。有一瞬间，也许是因为他忘了，希望照亮了他那张皱巴巴的脸。

"啊！你在这里……"

孩子嘟囔了一句"是"，然后撞开爷爷想要逃出棚屋。小羊在外面见到他开心得咩咩叫起来。眼前的景象让塞巴斯蒂安觉得很好笑，他差点笑出来。他伸出手去抚摸它。这只小羊十分依赖凯撒，当它没有被塞到那头收养它的母羊身下吃奶时，它就会来找他，像个影子一样跟着他。老牧羊人说它应该是习惯了他的气味，那天它因为太害怕，被绳牵着走不动道，他只好抱了它一路到羊舍。

这次，小羊无视了老牧羊人，跑来嗅孩子的手。它贪婪地嗅着盐的痕迹。为了不露馅，塞巴斯蒂安不得不用脚把它用力推开，然后把手插进了兜里。盐石在他口袋里鼓出一个大包，他用手指包着它，用力地攥着。凯撒在小岩羚羊前蹲了下来，挠它下巴下面，脸上挂着过去的那种善意的微笑，过去的一切都很简单，那时，他还能相信他的善意。

"你看，它留下来了。它现在已经长大了，但是它不愿意回到其他岩羚羊那里。那样对它更好，但是它不想听。明天，我们可以把它带到发现它的那个地方。它会重新找到它的朋友，它的家人……我想试一试。它在山上会过得很好。"

塞巴斯蒂安不得不咬紧牙关才没有粗暴地回答他。凯撒若有所思地又接着说道：

"我们不能把它留在这里。那样就跟把它关起来一样。这里不是它的生存环境。再说雪现在还不算厚，在寒冬真正到来之前，它还有时间适应。"

这次孩子再也忍不了了。他狠狠地瞪着他说道：

"你只要把它也杀了就好了。这样最省事！"

他不是在责问他，他是在喊，因为责问他毫无用处，而且他已经受够了这种孤立无援的感觉。凯撒连句解释都没有。他甚至都没有道歉。

什么都没做！而雪莉正在因为他而死去！

就在他走远之际，身后传来了爷爷近乎哀求的声音。

"小子，你不能再这么跟我说话。回来！"

他愤愤不平地回到了小屋。因为凯撒的出现，他没来得及偷蒿酒。雪莉的伤口需要清洗，因为它现在越来越难闻。算了。他会烧点热水。也许用一块湿布也能清洗干净。

每次他推开石头房子的门时，他都害怕会看到它死了。扑面而来的首先是气味，那气味压得人喘不过气来，浓得像糖浆一样。他立刻开口说话，声音响亮，希望可以把它从睡梦中叫醒。

"看我给你带什么来了！很好的东西！这是盐，羊吃了会有力气。我知道你会跟我说你不是羊。没错。但是我不知道该给你吃什么药。我只有这个。如果这个对羊身体好的话……瞧，你看，我也可以舔它。"

他把盐石放到嘴边，伸出舌头快速地舔了一下。很咸，很干，一点药的味道都没有。另外，当他把它递到母狗跟前时，它呻吟起来，身子猛地一跳。它不想要。

"我知道。这个不好吃。但是我没有别的东西了。明天我会想办法找到利娜放鳕鱼肝油的地方。不过我觉得她应该已经没有存货了。自从打仗之后，我就再也没吃到过了。我跟你说，这是被侵略的唯一好处！它的味道比恶心还要恶心。就好像……公羊的尿！甚至比那个还恶心！"

他想笑，但是母狗喘得更厉害了，两眼无神。他轻轻地摸着它的鼻子，生怕弄疼了它。不知不觉中，眼泪已经流到了他的脸颊上。

"如果你能快点好，我们还可以在结冰之前去钓鱼……我自己一个人没办法发现鳟鱼。有你在，我能抓到很会藏的大鱼！你看，这是因为我们是一个团队。我们是真正的好朋友。我们没有换过血，但是也是一样的好朋友。我给你治病，而你从德国鬼子手中救出我。我们交换过性命。这比换过血更有意义……"

锅里的水还是沸腾，他赶紧把锅从火上取下来，然后把一截干净的床单放进去沾湿。他轻轻地，小心翼翼地沾湿狗的鼻子、嘴唇。从昨天晚上开始，雪莉就连摇尾巴向他表示感谢的力气都没有了。

"你身上好烫。你是不是太热了？如果我把火灭了，你觉得你会好起来吗？"

它萎靡不振地趴在那里，而他则装作听到了它的回答，继续说道：

"你说得没错。最好还是别了。你看到那堆柴火了吗？可以再烧一个星期！你会好起来的，对吗？你知道的，凯撒也许是个叛徒，但是他参加过大战都没有死。所以你也不会死。"

他还想再补充几句，好推迟他最怕的那一刻的到来。但是他的脑子里除了空白和恐惧，再没有别的什么了。

他伸手去够盖在伤口上的绷带，想要把它揭下来，但是绷带粘得紧紧的，他不得不用力扯。当绷带终于松动之后，一股恶臭钻进他的鼻孔，母狗这时开始呻吟起来。伤口破碎的边缘更肿了。那颜色不黑不红也不绿，而是三种颜色混在一起，再配上令人作呕的气味，简直让人无法忍受。塞巴斯蒂安吓坏了，意识到自己别无选择了。如果他什么都不做，或者是瞎试的话，雪莉就会死掉。它已经快死了，他在一瞬间就知道了这一

点，他靠在墙上，以免自己晕倒。就算他抓紧时间，他也不确定能不能
救得了它。他拖得太久了，以为自己一个人就救得了它。这都是他的错。
都是因为他害怕，害怕凯撒，害怕他会发现自己的藏身之处，发现自己
的谎言。突然，他有了一个主意，想着自己之前怎么没有想到呢。那是
最后一个办法。

他跳起来，穿上外套，急匆匆地从小屋跑了出去。

# 5.

"脏鬼，你来这里干什么？你为什么不回你的洞里去？"

塞巴斯蒂安沉浸在自己的思绪之中，什么也没看见。夸尼亚尔家的
小子翻着嘴唇，鄙夷地撇着嘴，做了个鬼脸。他的腮帮子很大，不难让
人联想起羊在反刍的时候腮帮子的样子；他的眉毛很浓密，都快跟垂到
额头下面的头发连成一线，这让他看上去更像一只羊。不过，无论美丑，
让－让·夸尼亚尔都是老大。他的敌人都在背后叫他"嘎嘎"。

他旁边站着加斯帕尔·沙皮伊，他永恒的帮手。加斯帕尔长得瘦瘦
黑黑的，利娜有时候会笑着说他可爱得像一支蟑螂军队。他爸爸是屠夫
艾蒂安。在他们后面，蒂索家的双胞胎已经快要笑开了。两人都缺了一
颗牙，有意思的是，两人缺的都是门牙，但是一个缺的是右边那颗，一
个缺的是左边那颗。

"怎么着？脏鬼不会说话吗？"

"让我过去。"

"请让我过去！！！"

加斯帕尔模仿着他的声音，哀声叹气的，双手合十摆出哀求的样子。

"这里怎么有羊骚味，兄弟们，你们不觉得吗？"夸尼亚尔闻着空气问道。

"羊骚味？我觉得是牛骚味……"

"不对！不是牛骚味，是牛屎味！"

双胞胎兄弟在听到老大的笑话之后立刻大笑起来。他是最厉害的，说话利落，一句话就能把你堵得无话可说！加斯帕尔立刻跟着附和道：

"你是掉进去了吧？还是你吃了羊屁屁？"

"至少我闻起来不像猪大肠。"

紧接着这个回答的是一片震惊之后的沉默。这是赤裸裸的挑衅！甚至是造反！蔑视！是小无赖吐出来的一口恶痰！这个脏鬼平时都是不回嘴的。有时甚至会像个小姑娘一样，像个想要交朋友的可怜虫一样，冲他们微笑。他也许在山里变疯了，谁知道呢。但是他还没疯到可以逃过一顿暴揍的程度！夸尼亚尔不能当作没有听见他的辱骂，就算那话不是直接针对自己的。加斯帕尔怎么说也是他的副手！他用力一扭胯，重重地迈出一步。他觉得自己像棵橡树一样强壮。他的额头几乎已经消失在厚重的毛发后面。

"猪大肠？你能再重复一遍吗？"

"你明明听得很清楚。除非你聋得像个罐头，又或者蠢得像头山羊。"

塞巴斯蒂安逼自己不要后退。战争已经打响！那帮孩子脸上的震惊已经变成了暴怒，他们握紧拳头，一起往前走，好像一堵墙一样。而他只是闭上了双眼。就让他们打好了！他绝不会逃跑！有些事必须做个了结。

在最后关头，纪尧姆的声音从他们的头顶响起，刚好救下了他。

"喂，你们几个！你们想要我帮忙吗？你们在干什么呢？"

夸尼亚尔立刻站住了，压着嗓子用只有塞巴斯蒂安能听到的声音说道：

"牛粪蛋，我们会再碰面的，到时有你好果子吃。到时我倒要瞧瞧你还有没有力气还嘴，吉卜赛人！"

那帮孩子跑掉了。纪尧姆忧虑地在想，他刚才撞见的一幕完全不是孩子之间的一场玩笑，他对有些顽固分子能够坏到什么程度深有体会。无论大人还是小孩……

"你跟他们之间有过节？"

"没有。"

"我看到的不是事实吗？"

"没事的，谢谢。"

"好吧。那我就不管你了，今天下午还有几个病人在等我。"

"别走！"

"别走？所以他们还是找你麻烦了。要是你想的话，我可以陪你走到面包店。"

"不是的。我是来找你的。找你看病。但是我没有钱给你。这会给你添麻烦吗？"

纪尧姆表情很严肃，绷得有些不自然，他好像是在思考问题，在掂量该怎么回答。最后他终于开口了，声音因为憋着笑而变得嘶哑。

"不会，我不觉得麻烦。你跟我到诊所来？"

"不，为什么去你诊所？"

"如果你想让我给你听诊的话……"

"我只是想让你回答一个问题。如果一个病人发烧了，要怎么做才能给他治病呢？"

"嗯，先去上学，通过一堆资格考试，然后就可以当医生了。"

"纪尧姆！我不是开玩笑的！"

"好吧。这要看是什么病。还有，发烧通常是好现象，这说明病人的身体发现了疾病，正在抵抗它。"

"可是如果是烧得很严重呢？就像是……就像是着火了一样！"

"那样就不太好了。这种情况有时是因为生病，有时是因为感染。比方说，你摔得很严重，身上有一个口子，没有处理好，伤口就感染了。"

"那要怎么办呢，如果，比如说，病人感染了？"

"感染了的话，就得注射一针抗生素。可是塞巴斯蒂安，你为什么要问这些？"

"呃……不为什么。然后呢？"

"你得消毒，然后如果伤口很深的话，还得缝合。"

"凯撒，他用蒿酒给牲口治病。"

"你爷爷干什么都用蒿酒！我也许不会教你怎么剪羊毛，但是说到治疗感染了的伤口，听我的，抗生素比蒿酒管用！"

"如果不用呢？要是没有怎么办？"

"那就麻烦了。病人可能会死于感染。"

塞巴斯蒂安吃了一惊，脸一下子白了，眼眶里闪过一颗泪珠又被他逼了回去。

"我要一针抗生素。"

绝望的语气让纪尧姆警觉起来。突然，一切都说得通了，他明白了，这孩子隐藏了一个对他来说太过沉重的秘密。他在慌张的一瞬间，猜测他应该是遇到了一个偷渡客。但是这不可能。那个洞穴现在是空的！当然，为了杜绝一切遭到背叛的可能性，偷渡网是严格保密的，预防措施也是越来越严，并有章可循。不过，如果有新人要偷渡，组织必定会通知他！他露出笑容，掩饰住心里的担忧，继续问道：

"塞巴斯蒂安，是谁生病了？"

"我不能告诉你！不然你会杀了它的！"

"好孩子，我不会杀任何人的，这太可笑了。没人会因为一个人生病了就把他杀掉。我们会医治他的。"

"它不是人。"

"那是什么？"

绝望的塞巴斯蒂安勇敢地直视着他的眼睛，声音微弱腼腆但又坚决：

"是雪莉……"

"雪莉！你到底在说谁啊？"

"他们差点把它杀死了，但是它不坏……"

"你说的是……你说的是那头野兽？这就对了！可是塞巴斯蒂安，它是头野兽，没人知道它会做出什么反应，尤其是在它还在受伤的情况下！至少你没有接近它吧？"

"你不能禁止我做任何事情！它是我的朋友！而你，你在说谎！你总是说你会治疗所有人，就连德国鬼子你都治，那天你跟法比安吵架的时候，我听见你这么说了，可是现在雪莉受伤了，你却不愿意了！"

"好孩子，你冷静一下。我们首先要做的是通知你爷爷。然后我们再想办法。它藏在哪儿呢？"

塞巴斯蒂安意识到医生听不进去自己的话了。他跟其他人一样，只想杀了雪莉。他气得要晕过去，但是他挺直了身体，挑衅地看着他，把拳头握得紧紧的，为了证明自己不是在开玩笑，他大声喊道：

"如果你告诉别人，我就告诉所有人你带人进山！"

"塞巴斯蒂安！"

纪尧姆被他的语气吓了一跳，想要拨一拨他的头发安抚住他，但是那孩子退得太快，退到了他伸手所及之外，站在那里怒气冲冲地看着他。要是换一种情形，纪尧姆可能会笑出来，但是眼下这种情形太严重了。塞巴斯蒂安不知道自己能造成多大的伤害。只要他做出一点点的暗示，他就完了，整个链条也会断掉，首先是直接参与其中的人，圣马丹的那些人，然后还有其他人，谁知道在接连的举报之后会牵扯出多少人呢。偷渡网就算再密不透风也没用，后果会很严重。

"孩子，你给我听好了。你带我去那条狗现在所在的地方，然后……我们再决定怎么办。"

"太好了！你会给它治病的，对吗？"

"你不要以为我让步是被你的威胁吓到了。我们先把最紧要的事情处理好，然后我们两个要谈一谈，同意吗？"

"同意。"

"我去拿我的急救箱，还得告诉塞莱斯蒂娜，让她把门诊时间推后。你在这里等我，小心不要挨打。"

塞巴斯蒂安用力地点了点头。他既想催他动作快点，又想要为自己威胁他的行为说声对不起，更不要说医生还把他从嘎嘎和那几个手下手中救了出来。只是纪尧姆自己也说了，这些他们要等到以后再说，他们将进行"男人和男人之间的谈话"。

他恢复了平静，笑了。


小屋是用干燥的石头搭建起来的，狭小的窗口后面可以看到火光。医生推开门，急于走进温暖的室内，但是他还没来得及高兴，就感到有一股恶臭袭来。他身形晃了晃，被眼前的景象惊呆了：巨大的野兽躺在屋子中央，身上盖着一块破毯子。就在他进屋的工夫，塞巴斯蒂安已经蹲到了它身边，完全没有意识到危险。

"雪莉，不要怕，这位是医生，他会帮你的，他什么都会治。你可能是伤口感染了，不过我们有特效药。只需要给你打一针，这不好玩，但是你很勇敢，对不对，我的雪莉？"

那头动物吃力地抬起头，开始舔那只在温柔地抚摸自己的手。它微弱地摇了两下尾巴，然后又重新恢复了漠然的状态。它那紧促的喘息声说明它有高烧。塞巴斯蒂安盯着纪尧姆看，想要得到一丝鼓励。

"你会治好它的，对吗？"

"让我看看。"

他小心翼翼地蹲下来，掀起毯子一角，小心不要做出任何突然的举动。他不相信它是真的半清醒半昏迷。高烧正在吞噬着这头动物。面对这个气喘吁吁好像被雷电击中过的身体，他突然感到羞愧。这条母狗身材确实很结实，在正常情况下，它应该很吓人，但是现在，它已经虚弱成这样，几乎是奄奄一息，跟德德嘴里描述的疯狗没有任何相似之处。

它的毛发相对干净，毫无疑问是那孩子的功劳。然后他又注意到在一个金属盒子旁边有一摞折好的布条，另外还有一瓶打翻了的蒿酒瓶，大概已经空了。一切都摆放得井然有序，方便使用，显然是想尽力把一切都做好，这想法令人感动。天知道塞巴斯蒂安是怎么了解到保持清洁的重要性的。这一点让他感动。作为一名已经见过许多垂死之人的医生，他比别人更能体会当母狗的病情恶化时，这孩子的无力感、孤独和焦虑。塞巴斯蒂安焦急的声音打断了他的思绪。

"你觉得它的伤口已经恶化得太严重了吗？"

他没有回答，只是伸出手去揭下绷带，母狗突然一下跳了起来，露出獠牙低吼。就算它的身体很虚弱，它还是能咬人的。

"它受不了别人碰它，因为它被打过！只有我能……"

"这样的话，那就得你来揭开绷带，我好检查它的伤口。"

孩子没有露出丝毫的犹豫，解开了绷带，然后极其轻柔地去掉了肮脏的布条。毛发被剪得参差不齐，但足以让他看清楚伤口。伤口的样子很可怕。难闻的气味好像对那孩子没有任何影响，他太专注于救活这只动物了。

"怎么样？"

"老天啊，这伤口的情况本来可能是会更严重的。从第一眼看上去，子弹应该是没有打中脏器，而且没有留在体内。真正的问题应该就是你所说的这个'感染'，这让我有点担心。伤口太难闻了。"

"它平时不难闻的！"

"我知道，好孩子。"

纪尧姆开始忙着打开急救箱，拿出他要用的东西——消毒剂、绷带、敷料、剪刀、灭菌剂、针筒还有一瓶他留给最严重的病人使用的抗生素。他突然意识到上一个使用抗生素的人是德德。那个牧羊人要是知道他的药今天被用来治疗咬伤自己腿的疯狗的话，肯定要骂破天了！

"它肯定不愿意你给它打针！"

"所以要你来打。"

"我？！"

"你看这里还有别人吗？你刚刚自己跟我说过，你的狗不让任何人碰它，而我无论如何也不能被它咬到。塞巴斯蒂安，这不是只关系到我的问题。我们要做的是一件不太被允许的事情，眼下这种情况，有些秘密一旦被泄露，很可能要付出很大的代价。所以每个人都要承担起责任来。我必须保持身体健康才能带人进山。你之前看到的就是这个，不是吗？"

塞巴斯蒂安尴尬地低下了头，然后又点了点头。

"好了，信不信由你，但是他们有生命危险，需要我来照顾。"

"那要是我做不到怎么办？"

"你有别的办法吗？"

纪尧姆举起针筒，轻按活塞把最后一点空气排掉。一滴液体喷了出来。满意之后，他把针筒递给孩子，孩子把它夹在两根指头之间，咽了一口口水，问道：

"我要怎么做？"

"你扎它的大腿，扎它肉多的地方。用手指捏住它的皮，然后毫不犹豫地一下子把针扎进去，稳稳地，直直地扎下去。"

"它会疼吗？"

"看它这个样子，不会太疼。再说你还想怎么做呢？"

塞巴斯蒂安认真地表示赞同。他希望一切都已经结束，但是这不可能。他必须做这件事。大腿上肉多的地方。他摸索着找到了最肥的地方。那里的皮肤摸起来好像跟鞣制过的皮子一样硬。这样摸着雪莉不是为了爱抚它，而是为了给它治病，他感觉很奇怪。他小声地说着话，话音中不自觉地带上了一种催眠的节奏：

"这是一种药，不会疼的……好。其实我以前有点害怕打疫苗，但是只有婴儿才会哭哭啼啼的。纪尧姆他打过针。你不想让他试试吗？你说得很对。这根本不算什么。现在我用两根指头夹住你的皮。现在我要扎下去。"

母狗反抗地跳了一下，发出哀怨的尖叫声。塞巴斯蒂安按住活塞，继续小声嘟囔着。纪尧姆看到壁炉旁有一根跟拨火棒一般粗的木棍。万一情况不妙，他只需要蹦起来抓起那棍子。

"就快结束了。坚持住，好了，结束！你快看！我成功了。"

他谨慎地拔出针管，把它交给纪尧姆，然后把头靠在雪莉身上，那狗已经重新开始像个火车头一样喘起来。

"现在你会好起来的。你听到了吗，雪莉，你会好起来的……"

纪尧姆已经准备好了长篇大论，想让他小心这只动物，但是有什么用呢！这条狗看起来确实很驯服。他抓起针筒，检查了一下玻璃是否完好，然后给针头消了消毒。

"现在，你按照我的指示给它绑绷带。"

"我已经知道怎么绑了！"

"是吗？好吧，医生先生，我不想惹您生气，不过您的病人臭得跟条死掉的黄鼠狼一样。你要先用点消毒剂消消毒，然后往纱布上抹一点膏药，把它敷在伤口上。要是我的话，我会再好好擦一擦伤口，不过你的这条公狗已经被你胡乱治疗够久的了。"

"它不是公的，它叫雪莉！"

"好，我知道，但是公狗母狗都是狗嘛。"

"所以，利娜是男是女都一样喽？"

纪尧姆大笑起来，想到安热利娜穿上西服留着两撇胡子的男人样，不禁乐起来。

"你说得对。它是母的。还有，你姐姐就算变成男人也是个坏脾气的家伙！"

他在火上烧开水，然后看着塞巴斯蒂安不急不躁地清理伤口。他只是在最后检查了一下绷带，然后点了点头，孩子熟练的手法给他留下了深刻的印象。他一点都不需要出手。事实上，看到事情发展成这样，他心里大大地松了口气。他对这个孩子的心智成熟程度，不再抱有任何怀疑。

"你要看着，保持绷带的卫生和干燥。每两天换一次，还得注意伤口的状态和气味。它应该不会像现在这么臭了。我会回来复查的，因为它可能还需要再打一针，但是最难的部分你已经做完了。现在，最主要的是，好好喂它，因为它现在太虚弱了，尤其是要让它多喝水。"

"可是，要是它不愿意怎么办？它从前天开始就什么东西都没吃……还是大前天，我记不太清楚了！"

"它好起来的时候就会想吃东西了。眼下最重要的是让它喝水。"

"喝奶行吗？"

"你已经给它喝过了？你太聪明了！喝奶当然行！这样，它不仅补充了水分，还恢复了体力。"

"补充水分是什么意思？"

"就是喝水的意思。人可以几天不吃饭，但是不能不喝水。你看，我们地球的组成部分水比土多。人体也是一样的。所以为了生存，人就必须保证身体里有充足的水分，你明白吗？"

"有一点。"

当纪尧姆在收拾自己的东西的时候，他忧心忡忡地问道：

"嗯，你不会跟任何人说起雪莉的吧？"

"不会。"

"我也不会，我什么都不说。"

"好孩子，我就指望你这么做呢。这个秘密太重要了。如果你把在山脊路上看到的事情说出去，有些人就有可能因此而死掉，你明白吗？"

"我觉得我明白。反正比你说的身体里有水那件事听得明白。我什么都不会说的。以凯撒的名义保证！"

"我以为你还在生他的气呢！"纪尧姆放声大笑起来。

看到塞巴斯蒂安眉头皱了起来，他又恢复了严肃，向他伸出手掌，这既是为了敲定他们之间的约定，也是为了道歉。

"以凯撒的名义保证！"

他俩郑重地握了握手。他该走了。纪尧姆又最后检查了一遍母狗的状况。它看上去平静了下来，睡得很沉。药已经生效了。他推开门，但是一个纤细的声音又把他留住了。

"可是……那些跟你上山的人都是谁啊？"

他没有回答，只是耸了耸肩，然后便急忙把门在身后关上。起风了，天冷得刺骨。一切都会好的。他也没什么更好的办法，说到底，这条受伤的母狗很有可能意味着一个机会。塞巴斯蒂安对它如此上心，他很有可能会保守秘密。现在他得找一个可信的理由骗过塞莱斯蒂娜。那个老太婆又得追问他为什么扔下病人就跑了。刚才出门的时候，他推说是有一个急诊，但是他的管家婆机灵着呢。而且如果她的好奇心没有得到满足的话，她连魔鬼都能审一审。他得借用一下利娜。

他不用回答问题，只要红一下脸就可以。老女仆固执地认为他在谈恋爱，无论如何也不会相信他还会去参加"集会"。他的地下活动终于派上了用场，帮他隐瞒了另一个真相。接着他的思绪又回到了狗身上。要是牧羊人们知道了他们一直要抓的疯狗起了雪莉这么一个温柔的名字，不知该作何感想？！更不要说德德了！德德还发誓说就连魔鬼也没有它狡猾恶毒呢！

在一片寂静之中，他的笑声陡然炸开。一只受惊的狐狸，从藏身处蹿了出来，往就近的森林跑去，消失在一片被大雪覆盖的灌木丛中。

# 6.

他在昏暗的光线中一动不动，掂量着自己的决定，或者也许是在沉思自己在这间不透光的小屋里曾经做过的一切。他在心里既为完成的作品感到骄傲，又为自己的糊涂感到火辣辣的羞愧。因为喝酒，他失去了正常的判断能力。羞愧感几乎跟蒿酒流过喉咙时一样让他感到烧得慌。他咽了一下口水，头脑一阵眩晕。

蒸馏器立在储藏室里，看上去像一只沉睡的野兽。凯撒熟悉它身上的每一条曲线、每一处凹凸、每一个管道，还有那酒蒸气沸腾之后又一滴一滴流入虹吸管时发出的歌声。他叹了口气，下了决心。他没有选择了。他现在必须做个了断。

外面，艾蒂安已经不耐烦了。老头说了"马上到"，结果他已经等了很久了，更何况还是在这样一个天寒地冻的下午。他又检查了一遍稻草垫和用来保护蒸馏器的圆木棒，看了看天气状况，最后终于忍不住大喊起来：

"喂，老头，你是睡着了，还是在干吗呢！要我搭把手吗？"

"不用。着什么急……"

门动了，然后屠夫就看到他抱着一个木箱子蹒跚着走了出来。

"老天啊！快给我吧！"

"我跟你说了不用！"

但是艾蒂安已经走到了他身边，把东西接了过去。他整天搬运牛尸骸，显然知道怎么搬蒸馏器。他肩膀一使劲，把它放在了稻草垫上，用几根圆木棒垫在四周防止路上一遇到坑它就松动了。凯撒垂着两只胳膊，看着眼前的一切。他心里远远没有预期之中的轻松，他觉得心里空落落的，身体像是被挖去了一块。突然之间，他意识到自己放弃了一件多么重要的东西。他不得不用力思考，因为艾蒂安那个蠢货正半关心半幸灾乐祸地问道：

"你确定吗？你不会等会儿就后悔吧？"

"给我。"

"在包里呢。"

屠夫走到马跟前，翻了翻马鞍袋，从里面取出五包崭新的勒贝尔枪子弹。

"给你。你数一下。不过我有点好奇……你跟我们一起参加的围猎，对吧？然后，你跟其他人一起把枪上缴了，对吧？所以呢？你自己留了多少武器？"

"这个是我自己的事。"

"我说这个，只是为了聊天。这一个月以来都没人打猎，你应该很快就可以把钱挣回来。你甚至还可以来买我的蒿酒！"

他被自己的玩笑逗乐，发出洪亮的笑声，但是老家伙脸继续皱得跟个鸡屁股一样，好像已经开始后悔了似的。

"好了，我走了，免得碰到别人。再见！"

凯撒回到了羊群身边，它们都聚在高山牧场的南侧。在这个海拔高度，积雪还不算太厚，羊群刨开了积雪，正在啃着最后的一点草。老牧羊人看着它安详地四处转悠，脑海里跟胃里一样空。没酒喝已经开始让他的嗓子眼难受起来……也许这只是他的想象。当一个湿漉漉的温热的鼻子凑到他的掌心时，他哆嗦了一下。"狗屎运"过来撒娇了。

"至少你还一直都在。"

小羊已经长了不少肉。跟母羊或者那些还走不稳路的羊羔比，它胖胖的身子异常敏捷。但是就算长得壮，一旦放生，它还有许多事情要完成才能有活路。

他想起救下这个可怜的小东西的时候，塞巴斯蒂安有多高兴。一切都是从那天开始的。今天晚上，当他知道小羊走了，他肯定要失望的。算了。不对。再好不过了。这个消息也许能让他有点反应。自从那孩子不再顶嘴，甚至连看都不看他一眼之后，凯撒觉得自己连条死狗都不如。这种已经演变成相互隔离的斗气折磨着他的内心。久而久之下，他找到艾蒂安，谈妥了两人之间的交易。这不是笔坏生意，他缺弹药，再说，不管后悔不后悔，现在改主意已经太晚了。

他弯下腰拍了拍小羊的身体，想要看看有没有寄生虫，或者有什么异常，但是小羊看上去非常健康。没有任何理由后退了。他把它抱起来，只是为了感受一下它的重量和体温，然后小声说道：

"好了，'狗屎运'，时候到了。我们回家了。"

他把它放下，开始走。小羊立刻迈着欢快的步子跟上他。如果塞巴斯蒂安在的话，凯撒会跟他解释把岩羚羊送回同类中去的必要性。为什么大自然需要有野性？老牧羊人喜欢跟那孩子说话。跟他解释这些东西，让他觉得自己的生命有了一层更加深刻的意义。在解释的过程中，他就连对自己的孤独感都有了更好的理解，看到了它的全部美感。说话，讲述，这是一种避免真正孤单一人的方式。从传递的话语中，有一些东西沉淀下来，那是一种痕迹，一种既不伟大也不十分壮烈但鲜活的痕迹。现在他却把一切都毁了……

　　他们就这样沿着隘谷往高原方向走去，走了许久。越往上走，雪积得越厚，小羊欢快地蹦跳着，山坡的起伏和厚厚的积雪似乎对它没有造成任何困扰。它时不时地停下来，转头看向老牧羊人，好像是在催他走快点。凯撒意识到没了它之后，他会感到更加孤单。

　　夜幕眼看就要降临，他犹豫着要不要折回去，但是他没有从头再来的耐心，或者说是勇气。

　　在离高山牧场不远处的山梁上，他们很有运气地遇到了一群岩羚羊。为了度过漫长的冬天，岩羚羊秋天会在高山草木茂盛的地方停留到最后一刻，把最后一根草扫荡干净，然后在冬天扎进森林里头，去荆棘丛里翻找一切能找到的吃的。在此期间，它们会去那些被大风把雪清扫干净的山坡上找吃的。在下面，它们可以找到最后一点百里香枝叶、干瘪但美味的蓝莓，还有花开成串的欧石楠。

　　岩羚羊群里面有十二只身形长到巅峰的羊，肥嘟嘟的，皮毛油光水滑。有三只二岁龄母羊，两只二岁龄公羊，一只头羊，五只成年母羊和三只看上去跟"狗屎运"差不多大的小羊，最后还有一只年纪更大的皮毛已经转灰的公羊。正是这最后一只羊用一声尖厉的颤音，发出了警告。

羊群突然定住了，准备随时逃跑。凯撒极其缓慢地蹲下，不想把它们吓跑。小羊立刻跑过来用鼻子蹭他的腰，想要得到一些爱抚。凯撒立刻掏出盐石，开始往它身上蹭，并着重在它脖子、身子两侧和角茸后面用力蹭了蹭。他希望这样可以减弱它身上自己的气味，更重要的是让羊群在舔食盐分的过程中更愿意接受这只新来的小羊。等蹭完盐之后，他把小羊往羊群方向一推，说道：

"那边现在是你的家了。去吧！去找你的家人去。快去吧，孩子……"

小羊迟疑地往陡峭的岩石堆方向迈了几步。它也闻到了一种异常熟悉的气味，那气味既不是总用手抚摸它让它安心的老人的味道，也不是收养它的母羊的味道。它被这种气味无法抗拒地吸引着，蹦跶着往更高处走去，终于看到了那些在它上方陡峭的山坡上挺立的身影。羊群好像是在等待它的到来。它们闻到了盐的味道。

霎时间，一切都静止了，老人蹲在下面，无父无母的小羊突然发现自己面对着一群不认识的羊，它害怕起来，而羊群也警觉起来。这时，一阵寒冷的大风吹过，不知所措的小羊发出了一声可怜兮兮的叫声。一只母羊大着胆子，走到了它跟前，它一开始是小心翼翼地嗅，然后就开始贪心地闻起来。凯撒咯咯地笑出声来。他的计划完全奏效！岩羚羊重新恢复了无忧无虑的状态，它们围着"狗屎运"，闻着舔着它那沾着盐的皮毛。很快，它们蹦跳着、奔跑着，消失在隘谷之中，消失在老人的视野之外。

在返回小屋的下山路上，一阵沉重的忧伤的情绪涌上凯撒的心头，把刚才的喜悦冲洗得一干二净。

塞巴斯蒂安应该跟他一起的，他会睁大双眼热切地看着岩羚羊，并因为他的计谋而开怀大笑！以前，他从不会错过这样一场表演！老牧羊人心里算着自从围猎之后已经过去了三个星期，但是他还在跟自己赌气。有几天晚上，他不得不控制着自己的情绪，才没有摇着孩子的身体，逼他吐出几句尖酸刻薄的话来。他撒谎自然是不对的，这让他心里备受煎熬，并因此戒了酒。该怎么做才能让他明白这不是背叛，而只是为了保护他而撒的一个谎。

今天晚上，他要想办法告诉他小羊走了。他可能甚至会夸大"狗屎运"遇到的危险和它的犹豫不决。就算塞巴斯蒂安早就不再照料小羊了，他还是很喜欢它的。所有这一切都是因为一头该死的发疯的野兽……

还有，小羊的事勾起了凯撒心里沉重的伤感情绪，他想象着那孩子也在奔着他的人生方向离去。现在，他还小，就算眼下时机有点不妙，他还在某种程度上是属于他的，但是当他像小羊一样长到了能够自己展翅高飞的年纪，会变成什么样呢？凯撒从小羊身上突然意识到了时间无情的脚步。他得尽快跟塞巴斯蒂安和好，不能浪费还能跟他生活在一起、住在一起的宝贵时间。

雪莉慢慢地恢复起来。它的伤口不再渗血，多亏了纪尧姆的膏药，伤口开始结痂。因为它需要多休息，所以塞巴斯蒂安只许它在自己的监护下出门。他不想要在没有遮掩的情况下跟它在一起，他害怕在它彻底康复之前被人看见他俩在一起。猎人们会毫不留情地杀死它……出于谨慎，他把地道给堵上了。一开始，因为担心它身上还留存的野性，他还担心它的反应，但是母狗似乎并没有因为被关在小屋里而感到难受。它等着孩子的到来，总是欢欣鼓舞地迎接他。

他每天都会给它送水、送奶、送奶酪，并在极少数的情况下给它送来一块猪油。他也会给它带面包，他会把面包蘸在奶里，有时也会给它带来一块难得的肉。雪莉从不抱怨地把什么都吃掉。它的温顺让孩子感动，总是跟它重复着一句从老人那里听来的话：

"像打仗时一样去打仗。"

这话听着顺耳，又跟眼下的情况很贴切！母狗摇着尾巴表示赞同。

一天早晨，他带来了自己在路过小溪时抓到的一条鳟鱼。老实说，当时那条鱼正在一块石头的影子下面游着，应该是被冻僵了。他只是伸了伸手就把它捞上来了，身子几乎都没有被打湿！还有一次，他成功地从储藏室里偷拿了两个鸡蛋，但是利娜因此大发脾气，不明白两个鸡蛋怎么会不翼而飞。塞巴斯蒂安一开始想到鸡蛋长着翅膀的样子觉得很搞笑，然后才意识到他自己就是小偷！

他每天都会想办法在石砌房子里待上几个小时。他跟凯撒的矛盾让事情变得更简单了，因为他不太需要撒谎。他甚至不再去牧场。只是随着时间过去，他的怒火也变得难以维持。有时候，他会想到那些需要不停添柴的火。他的怒火跟那个有点像。当他感到自己的决心松动时，他就会重新回忆起凯撒站在他面前手里挥舞着武器的样子。还有他是如何不听自己解释，把他拖回羊舍关起来的场景。还有他的所有谎言，他的背叛。

尽管如此，塞巴斯蒂安还是白费力气，他开始感到羞愧。爷爷再也不笑了。更糟糕的是，当爷爷跟他说起下雪，说起有羊生病了，又或是一个出门远足的计划，想要跟他重归于好时，他就会脸红。随之而来的便是一片凝重的安静。凯撒几乎不敢再对他发号施令。他不再要求他给自己帮忙。有一天，凯撒说起来要去看圣诞树，打算挑一棵漂亮的，而他装作什么都没听见。可是现在他已经不太知道该如何继续跟他保持距离。利娜在跟他讲过道理之后，也开始拿眼睛瞪他，因为她不明白他为什么这么倔。一旦爷爷出门去羊舍，他就得听上一通训话，又或者是一堆烦人的问题。她觉得他倔得像匹骡子。可是他不是倔，只是他要解释清楚的话，就不得不违背对纪尧姆的承诺。再说，他要保护雪莉，让它远离爷爷，时间越长越好。如果凯撒离得太近，他什么都猜得出来。他那猎人的直觉举世无双！到那时，他会想杀了雪莉，不过他不是德德，也不是那个大傻瓜法比安，他不会失手！

纪尧姆微笑着表示赞同。

他完全明白他的意思。

如果没有这场战争，

他们也许会是朋友。

# 第四部分

Part Four                    Belle et Sébastien

# 1.

"你们能给我解释一下这些家伙是如何漏网的吗？"

暴怒之下，皮特·布劳内用力地踹向一个雪堆，他的长筒靴印在了冰面上。两个士兵惊讶地瞪大双眼看着他，眼神既恐慌又迷茫。

"漏网……不懂？你们还是听不懂吗？你们本该监视这条狭道，巡查各个农场，讯问这里的居民的，但是我想知道你们究竟都干了些什么。"

"中尉先生……我们一直都是遵照您的命令行事的！"

"那这是什么？"

他指着一条痕迹，那是一连串的脚印，脚印穿过洁白无瑕的雪地径直往山口方向而去，看上去好像在洁白的雪地上刻出的一道疤痕。士兵们弯腰看向地面，在一片厚鞋底（很明显是结实的高帮皮鞋）留下的脚印中看到一些更薄的鞋底留下的脚印，那是不适合在这种海拔行走的鞋留下的。如果需要证据的话，那么证据就在这里，刻在冰面上，比印着占领军司令部笺头的军令还要清楚！

然而那两个蠢货继续一脸目瞪口呆的样子，一下看着军官，一下又看着脚印，把布劳内惹得勃然大怒：

"这些脚印，你们看到了？"

汉斯用力地点点头。

"你看出什么来了？"

"请您原谅，中尉先生？"

"这些痕迹，意味着什么？"

"呃……有人经过这里。我不能告诉您什么时候，但是我觉得应该是在最近一次小雪之后。"

"很好，汉斯！你推断得很正确。我们确实可以这么认为，如果这些勇敢的步行者是星期六过的狭道，那么昨天夜里的风就该把一切都又覆盖上了。然后呢？"

"中尉先生，然后？我不明白……"

"这正是让我生气的地方。然后你们又看到了什么？"

"呃……我看到……"

"什么都没有！你们什么都没看到！雪里你们看不见，放到大象屁股上你们也看不见！就算我把我的望远镜给你们用，结果也是一样的！然而我还是想要让你们看看。我看出来至少有六个人经过这里，而且其中一些人的鞋子不适合走这里的路！所以你们由此可以推断出什么？……士兵埃里希，你也许比你的同事汉斯更有想法一点？"

"是偷渡者，我觉得。"

"偷渡者！很好！那他们为什么要经过这里？"

"因为……我们没抓到他们？"

"你又说对了。确实如此。我们没有抓到他们，那是因为你们无能！"

埃里希绝望地想要把事情解释清楚。布劳内中尉很少生气，但是他一旦生气，没人躲得过！他采用一种理性的语气来为他们辩解，想要把事情平息下来：

"中尉先生，我们巡逻了，一周三次，白天夜里都巡，就像您说的，在没人预料到的时刻，时刻准备着！"

"看来你们很成功啊！没人预料到你们的存在，因为从来没有人被抓到过。你们的巡逻，一周几次，走什么路线，我一点也不在乎，我要的是你们抓住这些偷渡者，还有就是如果你们抓不到他们的话，就给我把他们就地枪决！士兵埃里希你听明白了吗？还有你，士兵汉斯，听明白了吗？"

两个人立正站着，头低得不能再低，两只眼睛半闭着，茫然地看着下方，两人好像两只就要消失在龟壳之中的乌龟。布劳内知道自己正在失去理智，他压低声音接着说道：

"听着……这不是我第一次在视察之后发现有人逃跑的迹象。换句话说，这些人是在等待两次巡逻之间的恰当时机穿越大狭道。你们知道什么叫概率吗？这些偷渡不再是偶然的结果，而是你们无能的后果。"

埃里希犹豫了。如果他点头的话，布劳内可能会惩罚他们，但是如果他再试图为自己辩解的话，那么那个人有可能会把他视作一个无能而又傲慢的人。他不知道该选哪个，于是陷入了沉默，而就在此时，中尉扭过脸去，若有所思地看着大山。他好像忘记了他们的存在。

寒冷加重了这个地方寂静的程度。想到这里，一种有致命危险袭来的念头慢慢钻进汉斯的脑海。刚才这个该死的布劳内的大喊大叫，让他害怕得直打哆嗦，但是这股风的声音还要可怕一千倍！他头有点疼，在寒冷和疼痛的作用之下，他心里的焦虑愈加严重。一个人只要在没有汽油也没有枪支的情况下，迷失在这片苍茫的雪地之中，几个小时就会死去。作为一个一直不适应这片该死的法国大山环境的人，他想那些穿越边境的逃亡者应该已经到极限了吧。没有任何一个疯子会在这种天气下在海拔三千米以上的大山里冒险。秋天已经是极限了⋯⋯

为了不让自己疯掉，他看了一眼那条痕迹，然后又望了望高处那条据说是通往瑞士的通道，想要转移一下自己的思绪。风吹得更加猛烈，像鞭子一样抽打着他的脸颊，吹得他两眼流泪。他的鼻子已经冻得有原来的两倍大，开始往下流鼻涕，但是他不敢动手去擤。他已经感觉不到耳朵的存在。他拒绝戴护耳帽是多么愚蠢啊！他不喜欢自己戴着那种帽子的样子，但是像一只山羊总比冻掉耳朵要强啊！另外，冻伤会不会让人变聋啊？⋯⋯今天不是星期一吗？！布劳内通常星期一心情都是很好的。他会在午饭之后出门去圣马丹取面包，而且通常会允许他的司机去小酒馆喝上一杯。这种大发慈悲也许跟那个漂亮的面包店姑娘不无关系！他一般会带一个士兵跟着自己。今天早晨，当他命令自己和埃里希两个待命时，他就该料到的。圣诞节就要到了，他还愚蠢地以为会有更多的订单呢！也许中尉会订上几个奶油蛋糕，作为给手下的惊喜。你想得倒好！该死的视察！

当布劳内开始动的时候，他差点动起来，但是那个人是在沿着逃跑者留下的痕迹往前走。如果他决定要走到山口去，那他们还得走上几个小时！他心里越发焦虑，他感觉他快要吐出来。也许如果他借口自己有伤⋯⋯他悄悄地扭过头，偷看了一眼埃里希，埃里希也正在望着山顶，一副坚定不移的样子。

"他在干什么？"

"我不知道。他发现了一条线索，不是吗？"

中尉在离他们二十多步远的地方蹲了下来，像是陷入了梦境一般。

"你有计划没？"

"做什么？"

"抓住他们的计划。你听到布劳内所说的了，如果再这么继续下去的话，他肯定要给我们降职处分的！我可不想去东边，这里已经让人吃不消了！我们必须把那些蠢货抓住！"

"汉斯，你在想什么呢？在山里绕弯子，我们就能找到他们？我们这些城里来的人能赢得过山里人？"

"那些偷渡者也是城里来的。他们都是些从来没有进工厂干过活的犹太有钱人！"

"我说的不是那些逃跑的人，而是帮他们偷渡的人。"

"那你刚才为什么不跟他这么说呢？"

埃里希没来得及回答这个问题。中尉正在朝他们走来，谢天谢地，他看上去脸色好多了，几乎是放松的状态。他碾碎手里拿着的一个雪球，撒向山谷。

"我们回圣马丹。我很想再会会村长先生……给他点甜头尝尝。毕竟舍不得孩子套不着狼。我们还是需要这位先生的帮忙。"

他好像突然注意到了汉斯，直接喊道：

"汉斯，快擤擤你的鼻涕！你已经过了流鼻涕的年纪。"

# 2.

在又打了一针抗生素之后，雪莉的高烧退了。纪尧姆来看了它三次，然后才宣布它彻底好了。最后一次，他带来了几根骨头和一点洋姜土豆炖肉汤的剩菜，母狗从他手里把吃的接了过去。它已经习惯了他的存在，当他靠近时，它也不再低吼。它甚至一声不吭地让他拍了拍自己的身子。

自从死里逃生之后，它就好像丧失了一部分野性。就算没有孩子的陪伴，它也待在小屋里，不再想着逃回大山里去。不过几天前，塞巴斯蒂安移开了沉重的页岩板石，重新打开了地道，逼着它跟自己走进去，想让它明白，遇到危险可以从哪里逃出去。当然，它的直觉依然敏锐，凯撒发现他衣服泡湿的那天，它就已经用过那条地道。然而孩子依然担心，害怕会有迷路的牧羊人前来敲门。他让它在地道里来回走了一遍，并指着隘谷的方向，反复跟它解释了好几遍，告诉它应该往哪里逃。

"如果你被猎人还是什么人追，你可以从地道里跑。如果他到了小屋，你就得跑得再快点。还有，要是他在山里追你，而你想跑回这里的话，那就等到下雪的时候，免得留下痕迹，没人会怀疑你藏在这里，明白了吗？"

它用舌头舔了一下他的脸，然后回到壁炉前面趴下。纪尧姆说过，要想让它不再跛脚，它就得恢复跑步，并且一开始不能太用力。他们鼓起勇气每天跑远一点，但是母狗似乎很喜欢这种平静得近乎安逸的生活……

　　孩子早晨过来，并在小屋里吃中饭。然后根据面包店的需要，还有极少数情况下羊舍那边的需要，来决定是中午过后离开，还是赶在天黑之前离开。

　　到达小屋之后，他会先检查一下雪莉的腿，然后把自己能找到的吃的喂给它吃。他经常会晚饭少吃一点，但是想要逃过利娜的眼睛很难。这几天，就连凯撒也很奇怪地监视着他。爷爷身上有些变化，塞巴斯蒂安不知道具体是什么变了，他好像是在伺机等待着什么。他不再在椅子上打瞌睡，反而是留在桌子前跟利娜聊天，他有时会漫不经心地问几个问题，或者说自己想要布置一排套索，然后他就不说话了，好像是在等待一个回答。塞巴斯蒂安会咬紧牙齿保持沉默。他才不关心什么套索呢！也不关心回到山里去的小羊！更不关心没他帮忙就做好的奶酪！更不要说那些他一个人赶回圈里去的羊……只是听着这些谈话内容，看着那些递过来的温柔的眼神，他必须加倍小心。很显然，爷爷猜到了他空余时间都待在小屋里，但是他从来不直接要求他给自己帮忙。他就坐在那里，身体骄傲地挺得直直的，不再禁止他做任何事情，因为他心里有愧。所以塞巴斯蒂安落得相对清静。当然，有些时候，他会遗憾自己再也不能问他怎样才是在不让动物受折磨的前提下，杀死它的最好方式，或者怎样布置套索才最有可能抓到野兔。所有这些问题在他的舌尖打转，尤其是他一冲动的时候，然后他又不得不把这些话重新吞回去，并在脑海里重新回想起凯撒背叛了自己……但是随着时间一天天过去，圣诞节日益临近，他越来越难以继续保持沉默。

一天早晨，他从床上跳下来，冲到天窗前，观察天气情况。前天夜里，他毫无理由地决定今天就是那个大日子——雪莉痊愈的日子。他们要一起到远离人烟的山坡上去，重现他们第一次相遇时的情景！

卷云在狂风的推动下在天空深处奔跑着。太阳光下，透过清晨的薄雾，他看到圣马丹的屋顶像石英一样闪着光。山坡上，在第一排顶着雪帽的棕绿色的松树开始生长的地方，有水滴在闪闪发着光，从这个距离看上去，好像是有一层金粉在闪耀。

想到这是他和雪莉的节日，塞巴斯蒂安心里一阵激动，他胡乱把衣服穿好，冲下楼梯。利娜正在洗碗。他的碗放在一大块抹着一层果酱的面包旁边。

"我饿了！我能多要一块吗？"

"你想要的话就要吧。我给你切好，剩下的你自己来。我得去一趟市政厅。他们简直不把人放在眼里！证明，证明……等大雪封山了，他们会来给我盖章吗？"

"那你不听他们的不就好了。"

安热利娜笑了一下，用力地擦洗碟子。

"是啊，我怎么没想到呢！但是真要不听他们的话，那也得是为了别的事情。一件真正值得的事情……"

"比如说？"

"什么也不比如，小淘气，我在说胡话呢。你怎么着？既然我不管你了，你为什么不去给爷爷搭把手呢？"

"不去。"

"为什么不去？"

"因为我不想去。"

"你真是倔得跟匹骡子似的。"

"跟石头一样。"

"跟山羊一样。"

"跟鸵鸟一样！利娜，鸵鸟长什么样？"

"就像一个大鸡毛掸子一样。"

她随意地摸了摸他的头，然后穿上大衣，戴上露指手套，抓起她的包，还有一只褡裢包，她把那只褡裢包检查了两遍。最后，她对他说：

"我走了。你要听话呀。还有不要太晚回来，有惊喜等着你。"

"真的吗？是什么？"

"我告诉你就不是惊喜了。"

"那是吃的惊喜，还是玩的惊喜？"

"是一个为眼睛和鼻子准备的惊喜！"

这次，她哈哈大笑起来，然后一脸喜色地说：

"就是这样，是为眼睛和鼻子准备的，但不是为嘴巴和耳朵准备的。"

"那是什么意思？"

"意思是不能吃，也不能听。我走了，我要迟到了！"

"利娜！"

门已经关上了，塞巴斯蒂安还在那里发愣，想要猜出谜底来。一个不能吃也不能听的东西。利娜用谜语难为他，太过分了！雪莉还在等着他呢。他拿起面包，又拿了一块奶酪，还有姐姐总是给他提前准备好的中饭。他舀了一点昨天挤的奶，把凯撒遗忘的一个旧瓶子装满。桶里只剩四分之一不到的奶了。母羊几乎不产奶了，因为枯奶季已经来了。但是雪莉已经好了，所以这也不太重要了。他往桶里加了一杯水，这样就没人能看出来奶少了……

为了不被发现，塞巴斯蒂安在回来时跑了一路，正好赶在黄昏前到家。夜幕好像一匹追在他身后的狼，每天都越跑越快，吞噬着这世间的光明。孩子不怕天黑，但是他没有带火把，更重要的是他不想惹利娜不高兴。尤其是在这样的一天结束之后！

雪莉痊愈了。他们一直爬到山脊上，然后从多尔谢农场那一侧山坡上下来。这次不是为了偷香肠，只是因为这边更安静。他们先是在雪地里跑啊，玩啊，就着果酱和奶酪吃了面包。然后到小溪边去抓鳟鱼，但是什么也没抓到。他们在松林里追逐打闹，被大树垂到地面的枝叶一会儿鞭打，一会儿轻抚。孩子堆了个雪人，往上头插了几颗松子充当鼻子和眼睛，而雪莉就在一旁似懂非懂地看着。它只需要感受到男孩的热情就可以平静下来。塞巴斯蒂安找到了一条坡度正好可以用来滑雪的坡道，把空了的背包坐在屁股下面充当推进器一样往下滑，雪莉在他身后叫着追着，他则开心地吼叫着，他们玩得是那样开心，当听到一只老鹰的尖叫声时，他们突然被吓了一跳。最后，他们筋疲力尽地浑身冻僵地回到了石砌房子。孩子生起了火，然后靠着雪莉幸福地睡着了。他正好赶在回家的时间之前醒来。

透过窗户，可以看到红色的火焰正在欢快地跳动着，塞巴斯蒂安又想起姐姐早晨跟他许诺过的事情。一个惊喜！她说什么来着？一个为眼睛和鼻子准备的东西。他迫不及待地一把推开门，扑面而来的是一股刺鼻的甜甜的味道。

"松树！是松树！"

那棵树立在屋子中央，树尖碰到天花板上。在松树脚下，他看到了用来装小泥人的装饰盒，一条用稻草编制的饰带，还有用亮红色的纸做成的另一条饰带，几个用泥土和彩色纸板制作的小雕像，几颗用旧头巾的碎布仔细缠起来的玻璃球，呼扇着棉花翅膀的天使，绑着光滑的饰带的松塔，还有利娜制作的一颗放在巧克力包装盒里的金灿灿的星星。桌上，有几个擦洗的闪着亮光的红苹果，苹果的梗上系着一个羊毛做的环。那是人们放在储藏室里等待十二月到来的圣诞苹果。

"你想帮我装饰圣诞树吗？"

"当然！我想挂饰带，玻璃球，还有天使！"

"没问题！怎么样，你喜欢我的谜语吗？一个用眼睛看，并让空气飘香的惊喜。我说的对不对？"

"对！我没有见过比你更聪明的女孩！"

他甚至再也感受不到疲倦和身体的酸痛。他连大衣都没有脱，迫不及待地拖来凳子，爬了上去。

"我把饰带的一头挂上去，你挂另一头。不过你得听我指挥。"

"好的，国王陛下。"

"到处都得挂！还有星星最后挂。利娜，你说，我妈妈她要怎么知道呢？"

"知道什么，小萝卜头？"

"我想要什么礼物？"

他感到有一阵冰冷的空气吹过他的脸颊，立刻明白是凯撒回来了。他姐姐脸色发白，朝老牧羊人努了一下下巴，说道：

"问爷爷去……"

"问我什么？"凯撒的声音变了调。他搓着手走到火边，装作无所谓的样子。

"没什么。"

尴尬的塞巴斯蒂安把吹制的玻璃球挂得太过靠近一个公鹿雕像。那是凯撒去年冬天用星星状的鹿角雕的。

"你确定吗？你不想知道？"

老牧羊人毫无信心地又问了一句，见他不回答，便一屁股坐到木制的椅子上重重地喘了口气。塞巴斯蒂安这时才意识到他已经很久没有见到爷爷喝醉或者糊里糊涂的样子了。通常，当他喝醉时，他会变得很固执，可是今天晚上，他的坚持来自其他方面。塞巴斯蒂安故意扭头看向姐姐，伸出手去接其他的装饰物。

"利娜，我妈妈，她怎么会知道我想要一块手表呢？"

凯撒装作若无其事的样子又开口了。

"你知道吗？手表没有心意重要。重要的是她在她所在的地方想着你，你明白吗？"

塞巴斯蒂安困惑地摇了摇头。如果他能够在不违背诺言的情况下开口的话，他会反击说既然他妈妈圣诞节会来，那她就没有必要想着他。至于礼物嘛，美洲的手表肯定多的是！人们在那里发现了金矿，凯撒曾经跟他说过的！除非她不来。那样的话，就像是违背了一个誓言。又一个没有被遵守的誓言……只是这次情况会不一样，因为爷爷没有逃避问题，这是个好现象！他没有像往常一样感到难过，反而是心里一阵乐观，跳下了凳子。

他睁大眼睛，看了几秒钟自己的作品。松树的一边挂了太多东西，看上去好像一个胸前挂满勋章的老将军。

"我们得重新开始！利娜，你为什么没有提醒我？"

"为了让你开心啊，安安。"

"不要叫我安安，那是叫小孩子的。"

"好的，小萝卜头。必须承认你已经长得太大了。"

"不要叫我小萝卜头！听起来像做汤用的……"

"说得正好，汤已经做好了！我们喝完再干！"

这天晚饭吃得很开心。在经历了与雪莉赛跑、圣诞树、凯撒的承诺之后，塞巴斯蒂安希望这一切能够一直持续下去，或者他可以重新度过这完美一天的每一个小时，一直重复直到午夜来临。他不知道他妈妈具体什么时间会来。也许是半夜，正好赶上耶稣诞生的时间，又或者是圣诞日的早晨。

# 3.

医生担心偷渡者们跟不上趟，走得很慢。这一次又有一个孩子。这种情况变得越来越常见，他不喜欢这样。男人们偷渡，他能理解。政治人物也能。战败的士兵或者逃避强制劳役的年轻人也行。但是女人和孩子，有时还有老人，还有的全家出逃！这证实了他的一种不祥的预感，一种他拒绝去定义的感觉，他生怕它会变得太过真实。然而，他的拖延毫无用处，现实就在眼前：没有任何人，尤其是没有任何做父亲或母亲的人会在大冬天带着孩子冒险穿过大狭道，除非是为了逃避一个更加恐怖的危险。随着反犹太法律的日趋严厉，偷渡申请不断涌来。

他在离圣马丹几千米远的地方接到了他们，他们藏在一个谷仓里。纪尧姆是他们通向自由的倒数第二个链条，但是这一点逃跑者们并不知道。他们的情况，纪尧姆什么也不知道，除了知道他们是从巴黎来的。不过，他认识那个把他们藏在谷仓里的人。如果他被抓了，那个人就会按照指示逃到山里去，反过来也是一样。光是发誓不会泄密是没有用的，没人能够百分百确信自己会在审问过程中保持沉默，而那些宣称能够做到的人，往往是第一个坦白的人。

他们趁着天气不好，中午过后便出发，排成队一个接着一个往前走。纪尧姆在前头带路，那个父亲紧紧牵着孩子的手走在后面。孩子的母亲断后。雨下个不停，细密冰冷，好处是雨水把周围环境笼罩在一片雾蒙蒙的水汽之中，把他们变得几乎不可见。这水雾最好能够继续盘亘下去。没人说话，但是可以听到走路者的喘气声，有时会传出一声低低的惊叫声，那是因为有人脚下石头一滑，有人稍微崴了一下脚。

自从上次行程差点出事之后，纪尧姆已经尽可能低调地从他的病人手中收集了十几副防滑鞋钉，每次都借口说自己的丢了。他把这些鞋钉借给偷渡者们用，因为他没办法借给他们方便走路的高帮皮鞋。只要用皮绳把这些鞋钉绑在鞋底就可以了。队伍的行进因此变得顺利，尤其是在山口附近。一旦穿过边境，就算逃跑的人还有几千米路要赶，纪尧姆也会不顾礼节地收回这些鞋钉。随着偷渡人数的不断增长，他得有一个鞋钉工厂才能满足需求。

在靠近悬崖时，他举起了手。

"小心不要滑倒。走过这个狭道之后，我们就到了背斜谷，那样就没有多远了。"

这话并不完全是真的，但是最好还是让他们有意愿继续往前走。那个做父亲的只是叹了口气，那个女人坚定地用力点了点头。她很害怕，这从她那双睁得大大的眼睛里就可以看出来。纪尧姆想要安慰她，但又放弃了。时间紧迫，停留太久的话会让他们着凉，更坏的情况是，会让他们失去动力。他注意到那个小女孩轻轻往悬崖方向歪了歪身子，脸上没有露出丝毫害怕的迹象。她的粗花呢大衣已经湿透，她正冷得直哆嗦。

他们已经爬了整整两个小时。正常情况下，只需要花一半的时间，但是眼下这种天气，他们的这个速度也不算太糟。纪尧姆平静地迈出脚步，踏上沿着悬崖伸展的小路，没有露出心里的忧虑。其他人重新开始上路，尽可能地跟在他身后。每当他发现路上有一个坑，又或者有一段路太滑，他只是用手指给那个父亲看，那人再提醒他的妻子。

在越过岩羚羊出没的那个山坡之后，道路离开隘谷，陡然钻进一堆石头之中，石头的高低不平在大雪的覆盖之下变得不再明显。狭道在靠近高山背斜谷处开始变宽，那里正是他们这段行程的目的地。在这个裸露的地段，不停歇的风使得山坡变得极滑。幸运的是，雨水软化了冰面，让道路变得没那么危险。他们继续默默地行进着，除非是有人脚滑，踩落一颗不稳的石子，才会传出一声石头滚落的声音，但那声音又会迅速被湿漉漉的空气的呼啸声盖过。

又过去了半个小时，逃跑的人不能说话，这段攀爬对他们来说好像没有尽头。冰冷的雨水和被迫保持沉默让他们陷入思索之中，沉浸在一种被各种疑问萦绕的孤独感之中。他们逃跑是对的吗？这是正确的选择吗？是最好的出路吗？要是在这里被抓到了怎么办？还是明天会被抓？这个向导真的可信吗？还有几次休息时间？男人和他的妻子把精神集中在每一步上，缩紧身体，让狂风少吹到身上，他们感觉自己好像正走在一个近乎静止不动的噩梦之中。当向导偶尔不确定前方道路时，他们抬起眼睛，看到无边无际的旷野笼罩在雨水之中，好像一个没有尽头也没有轮廓的深渊。

就在他们失去时间感和能够到达终点的全部希望之时，那个山洞出现了。漆黑阴森的洞口大开，好像在大雪之中结出的一道疤。那个母亲不顾保持安静的指令，情不自禁地发出了一声惊叫。小女孩松开父亲的手，钻到纪尧姆身边，好奇地睁大了双眼。自从这段奇怪的旅行开始之后，埃斯特就一直努力听话，几乎是一声不吭。这是她能找到的唯一让父母不那么焦虑的方法。就算他们隐瞒了很多事情，她还是知道。为了不让自己被这种让妈妈睁大了双眼、爸爸变得阴沉易怒的巨大的恐惧吞没，她由着大人们带着自己，既不反抗也不抱怨。对付恐惧，她只有盲目的自信。这就好像在玩捉迷藏游戏一样。她什么都看不见，循着笑声往前走。黑暗中，在蒙眼布条之下，她感受着阳光的抚摸，她知道太阳在闪耀，知道很快她就可以摘掉布条，然后阳光会倾洒而下，就好像它从来没有停止过闪耀一样。

纪尧姆点起火把走进山洞。山洞无疑很深，外面的雨还在顽强地下着，里面的空气却干得惊人。火光照亮了一堆被褥，还有一个石砌的炉灶，一堆木头和树枝，一个桶和两捆绳子。那个父亲在突然放松之下，大声惊呼道：

"这里都布置好了！"

"这话说得有点夸张了。这里的东西够我们过上两三夜的，还有足够多的柴火取暖。我另外又带了一些过来。如果每次过来不这么做的话，那之后就得多带两倍的量过来。"

说到这里，他把背包卸下来，从里面取出三根巨大的木柴。男人看得目瞪口呆。他已经累得连骨头都疼，连一盒火柴都举不起来。向导好像没有注意到他的不自在，接着说道：

"要是遇到麻烦，比如说天气不好，或是遇到巡逻，这里是理想的藏身之处。你们得暖和暖和身子。这里还有一些补给，可以填饱肚子。你们肯定已经饿坏了。"

他在柴火堆前蹲下来，开始生火。带人偷渡时，最坏的情况就是拖着一个病人上路。树枝燃烧起来，火舌舔着搭成锥子形的小块木柴，木柴很快也烧了起来。小女孩蹲在他身边，开心地呼了口气。

"你是印第安人吗？"

"你觉得呢？"

"我有……我以前有一本书，是讲一个印第安人的。他只用一块石头就能生火！"

"那你看，我得用火柴。"

"那也不错了……爸爸他从来没做过这个！"

"他肯定会做很多别的事情。"

"哦，当然！他会修桥！"

纪尧姆想要打断她。他什么都不想知道，但是孩子自己也闭嘴了，若有所思地看着火焰，惊奇的神色让他心里一阵难过。那人已经给他的妻子盖上了毯子，现在正在翻着口袋。他掏出一个钱包，尴尬地问道：

"有人告诉我是三千，对吗？"

"三千？"

"偷渡费。有人告诉我是这个价。"

"那您听错了。把您的钱收好，过了国境线之后，您会很需要用钱的。"

"您确定？……谢谢。我不知道该怎么……"

"不用。等到了瑞士您再谢我。"

"我们什么时候再出发？明天？"

"不，肯定不可能。只要道路通畅我们就出发。我得先确定这一点。"

"那要怎么确认呢？您……先生，请您原谅，但是这一切简直太难了！从巴黎开始，我们就被从这个人手里交到那个人手里……"

"请不要再说了！我宁愿什么都不知道。我知道这很艰难，但是我们没有选择。我们知道的越少，我们能泄露的也越少。"

在男人回嘴之前，一个声音让他们警觉起来。那声音来自外面。几块石头从山坡上滚下来，是有人在走动的声音。有人来了！

纪尧姆示意逃跑者退回到阴暗处，退到洞穴最深处的缝隙里。山洞里有火，有被褥，这种行为显然很可笑。他迅速地在包里翻找着，从里面掏出一把手枪来，他检查了一下枪管，往里面塞一颗子弹，然后潜行到了洞外。整个过程没有超过一分钟。

一个高大的身影站立在下面不远处，好像是在等人。灰色的制服跟周围潮湿的灰蒙蒙的环境完美融合。

"晚上好，医生。"

那声音太低，传不到躲在洞穴里的人们的耳朵里。纪尧姆重新拉上保险，把枪悄悄塞进腰带。他走到德国人面前，握了握他的手。出于谨慎，他支起耳朵，确保没有别人过来。只有风吹过雪地的声音。雨刚刚停了，布劳内的脸部线条在昏暗的光线之中好像是大理石刻的一般。为了不让逃跑者听到，他也小声地说道：

"一切都好吗？"

"很好。他们在这里？"

"我们刚到。"

"你们花了不少时间啊！"

"您以为带一个小女孩容易吗？！这些人除了在照片里，一辈子都没见过大山！"

"这没什么。您不必激动。"

"我很平静。我们什么时候出发？"

"后天，黎明时候没有巡逻安排。我的人会待在屋里喝元首寄来的圣诞烧酒。"

"后天。太好了。"

他犹豫着要不要说一句谢谢，这话应该听起来很恰当。直到最近，他都一直保持着警惕，核对中尉给他的每一条情报。他想要告诉他现在情况已经发生了改变，他已经放下了对他的戒备。他不知道该怎么说才好，只好说了一句显而易见的话。

"情况变得很紧张，是吧？"

"是的，相当紧张……不过我对自己演的这出整顿军纪的戏码还是很自豪的！上次我的人还挨了……一通骂，是这么说吗？我演得太好了，他们都以为我连做噩梦都在追杀犹太人！"

他看上去似乎很开心。纪尧姆观察着他，很好奇他的动机是什么。

"您冒的风险越来越大了。"

"还不够大！"

那语气中有什么东西让人沉默。纪尧姆突然有一种强烈的想要抽烟的冲动，但是他克制住了自己。气味跟晴夜里的亮光一样危险。另外他这么久不回去，那对做父母的应该开始担心了。如果他们偷偷地溜到外面来，看到他跟一个德国人在一起，那就麻烦了。他正要回洞里去时，布劳内又开口说话了。

"这里实在太壮观了。"

"您还没有看到这里夏天的样子呢，山坡上开满了黄色、淡紫色的花，阳光通透，四下寂静无声，远处的大湖波光粼粼。我喜欢这片土地！"

"我能理解您。"

"等战争结束了，我想在这里迎娶安热利娜，就在上格拉永牧场的小教堂里。"

他盯着他的同伴的脸看，但是那人只是看着天边，纪尧姆在一瞬间有些惭愧。眼下这种情况，他的嫉妒似乎有些不合时宜，但是猜忌继续折磨着他的内心。布劳内对那个年轻的女子并非无动于衷，他对此可以肯定。他不知道利娜是不是知道，又或者她是不是感受到了这一点，但是有一些迹象让他认为答案是肯定的，这一点从她说起他周一的到访时那种兴奋的状态就可以看出来。

夜晚之中，一声嚎叫声传了过来，两人不禁哆嗦了一下。布劳内几乎是毕恭毕敬地小声问道：

"那是什么声音？"

"狼叫。"

"Mein gott！我从来没听过狼叫……当然，党卫军的那些豺狼除外！"

他怪笑着。纪尧姆耸了耸肩。

"我回去让他们放心。您在这里等我？"

"快去快回。天就要黑了。"

洞穴之中，母亲和女儿继续藏着，父亲则公然地站在火堆前面。很明显，他是希望如果敌人闯进来，他们会把自己抓走而忘了搜查洞穴的隐蔽处。他真是太天真了，又或者是盲目地不愿意放弃希望。这些人已经被追捕得太久了，他们像幸存者一样行动，每次都以牺牲更多一点的生存手段为代价。房子、工作、地位、金钱、财物。有时候，是他们之中的一个人。纪尧姆为自己花了这么长时间感到有点愧疚，于是赶忙安抚他道：

"一切正常。是几只岩羚羊。我得走了，不过我很快就回来。你们做好准备，我们两天后一大早就出发。二十五号。"

"安全吗？"

"不能再安全了。我明天再过来给你们做最后的说明。"

"那如果……要是发生了什么事情怎么办？意外之类的……我们想通知您怎么办？"

男人显然是在尽最大的努力克制着自己不要开口请求纪尧姆留下来，请他把一切巨细靡遗地解释清楚。一切将会怎么进行，什么时候还要把自己的性命交付给别的人，那个人又是谁，除了祈祷他什么也做不了。他并不天真，他知道话太多的风险，但是伴随等待而来的焦虑让他忘记了这世界所有的理性思考。现在，他喘着粗气，害怕到了极点。纪尧姆在一瞬间就明白了。他故意用一种严肃的语气对他说话，希望这样可以让他放心：

"先生，您请听我说。你们能做的，就是好好休息，坚信我们这次小小的旅行必将成功。两天之后，你们就会到瑞士，受到庇护。您明白了吗？"

男人默默地点了点头。他的肩膀重新垂了下去，他低下头，认输了。在这一刻，医生突然之间打心底明白了自己为什么要参与抵抗运动。为的是永远不要受这种比没有希望还要糟糕的羞辱。这种顺从地接受更坏结局的命运。

他装出不耐烦的样子，转头离开那个男人，还有刚刚出现的女人和那个小女孩。他没有看到埃斯特冲他打招呼，因为眼泪已经模糊了他的双眼。


在离开悬崖边的小道时，乌云笼罩了天空，纪尧姆不得不重新点亮火把。布劳内迈着稳健的步伐跟在他身后，好像跟他已经走过很多次这路似的。作为一个平原来的家伙，他还真是个很能走的人！黑暗之中，他笑了。德国鬼子和帮人偷渡的人像同伴一样走在一条羊肠小道上，这是多么怪异的一个场景啊！他想着，只要他们之中谁伸手一推，就能把另一个人推落山谷。

走到山口时，他们停下来休息。凯撒的羊舍就在几百米远的地方，到圣马丹还有一个小时的路程。相反，德国人得往上爬，穿过森林，走到沥青路上，他的车停在那里，藏在一条横路的路边。

他大口地吸气。风吹动云层，露出一个个云洞，星星刺在天鹅绒般的天幕上。明天会是个好天气。布劳内震惊得长吁短叹。一轮又大又圆的月亮从一个山峰的缺口处突然跳出来，似乎在犹豫着要不要挣脱大地之上的薄雾，它就飘在那里，扎在山尖上，然后缓缓地，几乎是懒洋洋地升起，然后又消失不见，被一大块乌云吞没。

"布劳内中尉，请告诉我……"

"医生，当我执行地下任务时，我喜欢被叫作皮特。"

"那么请您叫我纪尧姆……任务？您是这么看这件事情的吗？"

"是的。这是另一种形式的战争。不是军人的战争。是好人的战争。"

纪尧姆微笑着表示赞同。他完全明白他的意思。如果没有这场战争，他们也许会是朋友。一个月前，当中尉闯到他家中时，他曾经打算要杀掉他。他们的共同行动彻底打消了他的疑虑，这比布劳内之前诚心诚意提供的所有证据都管用。皮特说得对，这不再是确定谁是德国鬼子谁是法国人、谁是抵抗分子谁是战士的问题，也不是该打什么类型的仗的问题，这只是一个良心问题。事情发生得如此迅速，他觉得自己好像是被吸进了一个旋涡。

十一月份的一个晚上，当他正准备关上诊所的时候，中尉突然来了。幸运的是，塞莱斯蒂娜刚走，她要去圣马丹另一边她女儿家中。没有搜查，没有威胁，也没有拐弯抹角的问题。布劳内只是放了一张纸在他桌上，纸上面写着一堆名字，纪尧姆认出了其中三个男人和两个女人的名字，他怀疑他们也是偷渡网成员。第一个名字毋庸置疑，那是他的支部负责人，化名叫侯爵。当那个德国人打破沉默，说起抵抗运动时，纪尧姆已经开始在想脱身之计了，是逃跑还是杀死他？他不是在说法国人的抵抗运动，而是他的抵抗运动。是一个为自己所在军队的恐怖行径感到不齿的德国国防军中尉，一个看到党卫军把自己的国家推向疯狂的深渊而绝望的人的抵抗运动。

据他说，最困难的部分是如何从那些被自己确认身份的抵抗分子中找到一个他能凭真心说服的人。他没有随便去主动帮助谁，而是仔仔细细地把地下偷渡网的人员组织结构图重建了出来，那个偷渡网的主要任务是把犹太人、共产主义者和不惜一切代价离开法国占领区的人送到瑞士境内。他的调查很大胆，同时又得做得隐蔽，不能让他的上级发现任何蛛丝马迹。至于他手下的那些士兵，事情就没有那么复杂了。他只需维持着他的怒火，骂他们徒劳无功，就可以了。声音可以很大，但行动不必太多。他从排里挑了两个最笨的士兵做自己的副手。埃里希不蠢，但是他的服从使他愚钝，至于汉斯，他连马的屁股跟鼻孔都分不清。

这就是那天晚上皮特·布劳内对他说的话。他把自己的调查结果交给了医生，除了要求他保守秘密，没有要求任何回报。更绝的是，他还提出要给他提供情报——所有他能触及的情报。为了表达他的诚意，他带来了一份完整的案卷、几份官方命令、几封私人信件、几张照片和一张德军在山谷里的详细驻军图，以及他所在部队的组织结构图、人数、装备情况、正在执行的任务、巡逻周期……各种信息都有，从最普通的到最机密的。那一摞文件，乱七八糟地摊开着，真实得简直让人不敢相信！

纪尧姆一开始当然要怀疑。就算他的解释很让人信服，但是这个德国鬼子很可能是在给他下套。于是他用假偷渡试了他三次，结果每次山里都没人巡逻。化名"勒皮克"的纪尧姆把情报传到他的支部负责人那里，"侯爵"在回复中要求提供别的具体信息，中尉根据情况尽可能地提供了。他们不得不承认，布劳内是真诚的。而且当他提到一些杀戮时，他的脸看上去是真的完全变了样。没人能够把那种恐怖的情绪模仿到这种地步。

"是时候……"

"下次再联系时，我们还用同样的信号？"

"每个星期一，一扇窗板打开，一扇窗板关着。就这样。紧急情况怎么办？"

"不会有什么紧急情况，不过在最坏的情况下，您可以到驻地来。您就说要找我要个证明。您是医生，这个借口完全可以接受。您甚至可以说是来要汽油票的。这样更可信。"

"好的。"

"纪尧姆，祝你明天好运。"

"谢谢，不过我什么都没听见。这么说会带来厄运的！"

"你们法国的风俗真是奇怪！"

一声嚎叫让他俩吓了一跳。这次，那声音离他们很近。太近了！纪尧姆咒骂起来。

"它们发起进攻了！"

"您在说什么？"

"狼群！声音是从牧场方向传来的。该死，凯撒的羊群！我得去看看！"

"等一下，我跟您一起去……"

"千万别！如果万一有人过来帮忙，我们就完了。我会自己想办法的，我有一把手枪。"

"一定要小心！"

纪尧姆已经冲进了夜幕里，他的火把在黑夜之中跳跃着，好像鬼火一样。尽管皮特被要求不要跟上去，他还是犹豫了一下，想要跟上去。狼群？他还真想见识一下！

当听到第一声嚎叫时，它打了个哆嗦，哼了几声，身子翻来覆去，全身血液沸腾，想要去迎战它的死敌。狼群在靠近。在本能和曾经接受过的训练的驱使下，雪莉钻进地道，逃出了石头屋子。狼群对它来说并不陌生，它熟悉它们的气味。夏天的时候，它们已经差点打过架。当时雪莉正在追踪一只野兔，它突然闻到了那股特别强烈的味道。人类的到来推迟了它们之间的冲突。

现在，母狗大步跑着，不再担心肩膀上的疼痛。能量在它的血管中迸发，大雪覆盖了崎岖不平的路面，更加便于它奔跑。它冲下山坡，绕过上了冻的杜鹃花丛，一头扎进位于牧场正上方的森林，那孩子曾经带它去过那里。

当它从森林边缘冲出来，跳到背斜谷的缓坡上时，狼群已经面对着半遮住的羊圈围成了一个半圆形。它们跟羊群之间只有一道木头栅栏隔开，惊恐的羊群一边咩咩叫着，一边开始打转。当一阵更加剧烈的骚动把羊群推向栅栏时，木板发出了断裂的声音，狼群似乎在等待这个脆弱的壁垒破掉。

母狗毫不犹豫地冲进狼群，越过年迈的头狼，脚下打着滑猛的一下停在了狼群和羊群之间。它的嘴巴上翻，背毛竖立，从身体深处发出的低吼让它的意图再清楚不过。这将是一场生死之战！

纪尧姆确信自己将看到一场大屠杀。嚎叫声不绝于耳，整座大山似乎都变成一场恶斗的战场。当他爬上那个牧场对面的山岗时，他吃惊地发现自己居然到得很及时，同时也不明白狼群为什么还没有发起进攻。然后他就看到了那头白色的巨兽，花了几秒钟才认出来那是塞巴斯蒂安的狗。

雪莉正对着六匹黑狼站着，嘴里的口水闪着亮光。母狗时而凶狠地狂吠，时而低吼，想要吓住对手。狼叫的声音更加低沉，甚至有点遮遮掩掩，纪尧姆心想。它们虽然数量多，但还是小心地保持着距离。

它肯定闻到了有人过来，因为它大着胆子往领头两匹狼走近了几步，那两匹狼立刻压下后腰往后退。一旦退到安全距离之后，狼群立刻动了起来，开始一种新的包围动作；与此同时，母狼和两匹小狼试图从栅栏最远的那一边跳过去。纪尧姆心里既感到担忧又有些着迷，想要知道一只牧羊犬是如何做到让一群野狼保持距离的。保护着它的只有它的狂怒，因为那些狼还在犹豫不决。在自然界，有时候，光是威胁就够了，一个巨大的唬人动作……雪莉气势汹汹的，寸步不让。眼前的场景让纪尧姆看得目瞪口呆，冲突的激烈程度让他着迷，他一个动作都不敢做，害怕破坏这脆弱的力量平衡。事实上，他心里迫切地想要知道最后是狼群还是狗会获胜！

雪莉清楚母狼的意图，它不顾头狼和回来攻击的两匹小狼的存在，朝母狼扑去，吓得它立刻逃窜。与此同时，羊群继续声嘶力竭地叫着。它们不停地转着圈，撞着栏板，就要把栅栏撞破，却不明白它们这是在自寻死路！一次猛烈的撞击晃动了栅栏，狼群上前缩小了包围圈。

纪尧姆不再无动于衷，他一边跑一边喊，想要吓退狼群，他越过一匹狼，扑向围栏。羊群犹豫着，被扑食者的叫声和气味吓得惊慌失措。人声意味着安全，但是本能推动着它们向前，往一条不可能的逃生之路冲去。它们在一个吸力巨大的旋涡中打着转，被送到围栏深处，纪尧姆趁机跳过了栅栏。当务之急就是让它们镇静下来！如果羊群现在逃出去的话，狼只需要张大嘴巴开饭了！一只公羊被羊群推出来，撞向他，把他撞翻在地，他的脚生生地插进地面和一块木板之间的窟窿中。他感到自己的脚踝扭到了，痛得大声叫出来，结果让羊群又动了起来。它们回到羊圈深处。纪尧姆靠着没有受伤的那条腿站了起来，正好看见母狗往头狼径直扑去。在他遇险发出的叫声的刺激下，它发起了进攻。与此同时，羊群奇迹一般地安静下来，寂静重新降临，看得人目瞪口呆。

狼群往森林里溃散而去。夜幕一口就吞没了它们的身影。雪莉装出追赶的样子，背毛依旧竖立。当它确定自己获胜之后，它回头往纪尧姆方向赶来，在离他一肘的距离停了下来。慢慢地，几乎是带着遗憾地，它平静了下来。低吼声消失了，竖起的背毛垂了下去，最后它坐了下来，身子两侧不停地颤抖着。纪尧姆迟疑了。它真的平静下来了吗？风让他清醒过来。他胳膊用力，爬过栅栏，并把身体整个翻转过来，才用那条好腿落了地。他的太阳穴都冒汗了。出于小心，他轻声地说道：

"是我，雪莉，你认出我来了吗？我受伤了，所以不管怎样，你都没什么可害怕的。另外，我在一群狼面前，一点分量也没有。"

母狗认真地听着，除了暴怒之后那令人震惊的平静，它没有露出任何表情。当男人开始先是沿着栅栏，然后又靠着羊舍的墙跛着脚走路时，它就在那里看着，没有要动的意思。幸运的是，不远处有一个雪橇，正立在那里等着晾干。

这是他回圣马丹的唯一机会。牧场坡势平缓，通往大山更陡的那侧山坡，他只需要穿过牧场就好。这样他可以避开森林，尤其是格兰蒂耶尔狭道，只要不遇上裂缝或者撞上岩石就好。他习惯滑雪，但是从来没有在这么高的地方滑过雪橇，更不要说在大晚上的了。

他突然发现自己在狂奔着想要去拯救羊群的过程中把火把丢了，但是没有去找它。光是怎么滑雪橇就已经够他喝一壶的了，更不要说打着灯了！云散了，月亮几乎是轮满月。显然，最谨慎的办法是躲在凯撒的羊舍里，等到明天早晨再说。如果没有那些偷渡客的话，如果自己没有保证说会再回去，那他就进屋了。他咒骂着自己为什么没有接受皮特·布劳内的帮忙。就在他掂量着自己的决定之时，逃跑者的面容又出现在他的眼前。他不是很喜欢他之前从那个父亲眼中看到的那些东西。太多的不信任，太多的疑虑和绝望。那是一个如果感到自己遭到背叛或者走投无路，什么疯狂的事情都能做得出来的人的眼神。

穿过牧场的过程比纪尧姆想象的要艰难得多。在有些坡度不够的地方，他不得不费力地用胳膊划动雪橇。相反地，在下坡的地方，他又得用胳膊刹车，控制好速度。除非事情紧急，他最好还是不用那条好腿。如果他断了胫骨，那他就死定了。

当他抵达南侧山坡的边缘、背斜谷的尽头时，他躺在雪橇上休息了一会儿。他知道，自己的心脏跳得太厉害了。他还可以回到羊舍去。这应该很难，但不是不可能。相反地，如果他从这个山坡下去，那他就得坚持到底。他现在已经在外面待了超过八小时的时间了，不是在当向导，就是在跑着去救羊群！脚踝上的伤痛也让他担心。他往后看了一眼，看到母狗还在跟着自己。自从他开始在雪地里艰难前行，它就没有离开过他，一直小心地保持着几米远的距离。他心想它为什么要待在那里呢。他开口了，与其说是在对那动物说话，倒不如说是为了给自己加油。

"好吧，如果我待在这里，我非得打呼不可。我们出发吧？"

事实证明斜坡比他预计的更难下。纪尧姆试图用胳膊的力气把自己撑起来，但是他不想把力气用光。他在雪地里滚，然后开始拖着雪橇在山坡上爬。冰块钻进他的大衣里，侵蚀着他的皮肤。他哽咽着，呻吟着，把头埋进一个雪堆里。他没力气了。他不能这么死去，就因为一条腿受了伤，就因为筋疲力尽，死在一个还没有半人高的山丘上！几颗滚烫的泪珠打湿了他的脸颊，在一瞬间给他带来了宽慰。就在这时，他感到一个潮湿的东西从他身上掠过。狗爬到了他的身上，嗅着他的皮肤。他绷紧了身体，等待着冰冷的恐惧袭来，但是他太累了，除了一种空荡荡的感觉，他什么也没有感觉到。

那动物动了，它跑到雪橇前乱翻着什么。绳子动了，在他的指尖滑动。雪莉在拉雪橇。男人没有多想，近乎是无意识地爬上了雪橇。

它在拉。那力量足够拉过斜坡。雪橇飞了起来，纪尧姆闭上了眼睛。

# 4.

凯撒转着圈子，觉得这个该死的月亮又在耍他。他那个只靠祷告就能治好烧伤的奶奶曾经说过月亮能影响人的性格。她开玩笑说，山里人肯定更容易受到月亮的影响。

他每天都想喝酒，每天都在挣扎，不要向这个折磨人的念头屈服。就喝一滴，一小杯消化酒，就一杯。不，不行，他是不会向这部分自己屈服的，他讨厌这样的自己。

他恼火地斜眼看着正在埋头忙着针线活的安热利娜。在她身旁，小娃娃正冷着脸躲避他的眼神。他大声地叹了口气，想要让人知道他的不高兴，但是塞巴斯蒂安继续专心致志地看着他的圣诞节剪纸。

他觉得自己好像听到外面传来一个叫声，肯定是风声，不然就是他的肚子在叫。

"喂……"

孩子第一个跳了起来。他跑到门口，打开门，就在这时，一个从未见过的古怪至极的雪橇车突然之间冒了出来！凯撒抓起了枪，他这么做更多的是出于小心而不是主观意愿。孩子已经冲到了门外。

白狗松开了雪橇的绳子，躺在上面的人在挥手。就在塞巴斯蒂安跪在狗身前搂住它脖子的同时，爷爷也认出了医生。他想要举枪，但是有什么东西让他停住了，那是孩子眼睛里掺杂着的恐惧和期待，他在对他无声地喊着："举枪的话，我永远也不会原谅你！"就在他还没有做出任何决定之前，利娜毫不客气地把他推到了一边。她的声音在颤抖：

“纪尧姆，你受伤了？”

“没有大碍，只是这一路上……好家伙，我还以为我们永远也到不了呢！你真该看看它都做了什么！”

“谁？”

“雪莉，那条母狗……没有它的话，我永远也到不了！它把我从格拉鲁尔一直拖到这儿！”

“可是你是打哪儿来的啊？”

“从羊舍那边。你们的羊群遇袭了！”

凯撒话都说不清楚了，无法把袭击和这头野兽的出现联系在一起。惊讶之余，他的脑袋都糊涂了，有什么地方不对劲。

“羊群？它把羊吃了？”

纪尧姆露出嘲讽的表情。

“凯撒，不是这头野兽，是狼！是它冒着生命危险救了你的羊群，你真该看看它是怎么救的！”

“我的老天爷啊！”


塞巴斯蒂安盯着凯撒看，期待会有奇迹发生。爷爷没了往常的镇静。他那张布满皱纹的脸露出一个腼腆的笑容，爷爷草草做了一个手势，好像是在请求原谅。当他也开始微笑时，塞巴斯蒂安前几个星期积累的怨气一下子就像一场大雨下过一样，消失不见了。如释重负的感觉包围了他俩——老牧羊人和孩子。

安热利娜没有错过这场无声交流的每一个细节，但是眼下比和好和

谅解更重要的是纪尧姆。她把自己的肩膀递过去，让他撑住，带着他往
厨房走。他比她以为的要沉。一想到他差点命都没了，她不禁打了个哆嗦。
当她示意他到火炉前的椅子上坐下时，他想要拒绝，小声地说道：

"我们得谈谈。"

"很着急吗？"

"十万火急！但是不能当着他俩的面。"

"你今晚不能回家。你在这里睡吧。"

"我说，我们得谈谈。"

"不能等到明天早晨吗？"

纪尧姆考虑了一下，额头上挤出了一条皱纹。他想让利娜过一会儿
来找他，但是他不敢，怕她误解自己的意思。不管怎么说，他得先等等看，
看他的扭伤严不严重。明天早上，他就知道该做什么了。

"那塞莱斯蒂娜怎么办？她见我没回去，非发疯不可。"

"我会派塞巴斯蒂安去通知她的。行吗，安安？你待会儿去村里一
趟，告诉塞莱斯蒂娜不要担心好吗？"

她弟弟没有答话。他刚刚进屋，胳膊放在狗背上，耳朵里听到的雪
莉眼睛里看到的只有他的朋友。雪莉在他家里，在小木屋里！

他的存在让狗放下心来，它小心地四下闻着。舒适的房间，立在那
里的松树，汤的味道，一切都很新鲜。它不信任地看了一眼老牧羊人，
他已经放下了武器，它终于安心了。

"坐那边去。"

孩子指着闪着亮光的松树旁边的一个角落，那里既没有离火太远，

也没有离那人太近。他在下命令的同时，摸了摸它，又小声地说道：

"你还得驯服我爷爷，但是我觉得你在救了他的羊之后，已经起了个好头……"

利娜来敲门的时候，太阳刚刚升起来。纪尧姆早就醒了，脸上沮丧的表情毫无疑问说明了他脚踝的状态。他把脚放在凳子上检查过了，脚踝肿胀的样子说明情况一点也不乐观。

"塞巴斯蒂安醒了吗？"

"醒了。我从没见过他这么激动过。他的母狗睡在楼下。要是由着他的话，他能把它当靠垫靠着。"

"你能现在派他去一趟吗？得给我带个夹板过来。塞莱斯蒂娜知道哪里能找到。"

安热利娜出去通知她弟弟，当他要求把雪莉也带去时，她拒绝了。要是有人看到他在村里带着这么一条狗，会引起天下大乱的。最好还是让凯撒跟村长和牧羊人们解释清楚。

他从屋里走出来时，塞巴斯蒂安正准备出门。雪莉趴在地上，注意着他的每一个动作。老人和孩子相互尴尬地笑了笑，因为平时的那种自在还没有恢复。凯撒手里拿着一块木头，但是塞巴斯蒂安没有注意。

"我去跑个腿！"

"去吧，孩子。"

安热利娜刚刚回到楼上的房间里，她听到门关上了。凯撒应该在生火。她转头看向纪尧姆，意识到这种让她嗓子发干喘不过气的感觉来自两人独处一室的现况。他已经穿好衣服了，但是没有扣好的衬衫让人隐约能看到他的胸肌。她的长内衣外面只穿了一件肥大的羊毛开衫。她的脚是光着的。她强迫自己不要动，然而她的手却在颤抖着检查自己的头发是不是太乱。

"他去了。"

"我不知道我还能不能走路。就算上了夹板，我的脚踝还是肿得厉害。该死！真是不巧！"

"我很清楚，你不能走路了。你自己也知道的吧？"

"我别无选择。"

"纪尧姆……你想爬到狭道上去，甚至是飞上天去都行，但是你的腿不会带你去，就好像你的后背上也没有长翅膀一样。你最多能走到你自己家。"

"我跟你说了我得去。有人在等我！要是你见到他们的样子……"

"他们什么样子，我不知道，但是你，就算我不是医生，我也看得出来这不可能！他们藏哪儿了？"

"在岩羚羊山洞里。把我的脚踝固定好，应该就能行……"

"还说我固执己见呢！趁着你恢复理智的工夫，我去煮咖啡。你下楼需要帮忙吗？"

"不需要。"

"那你就自己下楼吧！"


年轻的姑娘被这种打肿脸充胖子的态度惹恼了，冲下楼梯。她还气他没有表现出更加慌张不安的样子。他一点也不关心她还穿着睡衣，又或者是还光着脚！那位先生宁愿为他的大峡谷坐立不安！要说服他少不了还得跟他争执一番……眼下这个机会太好了，她是不会让他逃脱的！倒要看看最后谁会获胜，是瘸子还是她！

看到雪莉趴在松树下面，她又恢复了好心情。那条母狗实在是太漂亮了。见她走近，它没有抬头，只是抬起眼睛，滑稽地转动着瞳孔。它平静地、饶有兴趣地盯着她的每一个动作。看得出来它对这个地方已经很熟悉了。

利娜跟凯撒打着招呼走到火炉前。老人没有一大早就起来忙他每天要做的事情，而是坐在椅子上雕一截木头，还时不时地抬起眼睛，盯着那头动物看，一副着迷的样子。

"你不去看看羊群吗？"

"一会儿去。"

"你不担心吗？"

"狼会回来才怪呢。这不是它们的作风。"

安热利娜压住笑意，掀起生铁做的阀门，往里面放了几小块木头，几根树枝，然后擦亮一根火柴。火舌贪婪地舔着不牢靠的柴堆。她又加了几根更粗的树枝和一块煤球。做完这些之后，她抓起烧水壶，装满冰水，把它放在了炉子上。

"如果你今天早上就在这里待着的话，你为什么不生火呢？"

她指着装满地衣和树枝的篮子问道，那是用来把前一晚上的火炭重新烧起来的。

"我做完再……"

"我很高兴,你知道的。这场赌气不能再继续下去了。我希望你在看到冷战的后果之后,能够下定决心跟他说清楚。"

凯撒小声嘀咕了几句,一脸尴尬,但是他被触动了。为了庆祝这件事,同时也是因为家里来了客人,利娜没有做平常会做的烤麦糊,而是挖了一大勺她专为圣诞节早晨准备的真正的咖啡。剩下的量还够。碾磨机转动着,把咖啡豆碾得咯吱作响。咖啡的味道香醇、无与伦比,飘进她的鼻孔,让她的嘴巴充满了口水。

楼梯咯吱咯吱响,有一条腿露了出来,接着是另一条腿,那条腿伸得笔直,吊在空中。纪尧姆用胳膊撑着栏杆和墙壁,一条腿走了下来。他故作轻松地蹦蹦跳跳地到了凳子前。

"好香。"

"提前尝尝圣诞节的味道。你觉得就凭你这条瘸腿,能走去参加午夜弥撒吗?"

她的这句俏皮话没有得到预期的回应,就在这时门开了。塞巴斯蒂安出现了,小脸冻得红扑扑的。他先是冲着雪莉露出了笑脸,那狗站起身,跑过来迎接他,尾巴摇得像松树枝一样。光是看到这种喜悦的神情,凯撒就明白了这孩子在围猎那天该有多难受。许多事情都可以解释清楚了。

老牧羊人夜里认真思索了一下。他想明白了,医生应该在母狗痊愈这件事上帮了忙。最近几个星期以来的把戏,消失得太快的食物,鸡蛋,牛奶,所有这些接连发生的古怪事将来都会水落石出的。他有好几次在塞巴斯蒂安这个淘气鬼的身上注意到一些反常的偷偷摸摸的行为。他一句话都没说，因为他不想让气氛变得更糟。所有这些，都是因为他藏着雪莉。这名字对这么一条大狗来说，还真好笑！

塞莱斯蒂娜也来了，她的发髻盘得乱七八糟，一副吓呆了的样子。她像挥着武器一样挥着夹板，看到狗之后，声音立刻高了八度：

"好嘛，又多了一个不干活的家伙！医生他在哪儿呢？你不会把他吃了吧？"

孩子拉着母狗方便老太太过去，纪尧姆坐直了身体，想要让她知道自己没事，但是塞莱斯蒂娜可不好骗。看到他脚踝的样子，她生气地叫了出来。

"瞧瞧您这副活该的样子！"

"这一点也不严重。只是一个小伤，上了夹板就好了。"

"那就让我来上吧。"

"塞莱斯蒂娜！我只是脚扭了，我又不是胳膊没了。你还是给我倒杯咖啡吧！你闻到香气了吗？"

"闻到了，但我不稀罕！"

不过，她还是让步了，坐到桌前，她还是很乐意跟他一起吃点东西的。凯撒拒绝离开他的椅子，忙着刻他的木头，在一片兴高采烈的气氛中，没人因此而不高兴。安热利娜给他端了一杯冒着热气的咖啡，他几乎品都没品就喝下了肚。纪尧姆也是一样迅速喝完好上夹板。他花了几分钟才上好。当把栗木做的薄片固定好之后，他立刻把脚放到地上，忍着疼痛，一瘸一拐地往门口走。那里有三根坚固的滑雪杖靠墙放着。滑雪杖的头是凯撒刻的，刻的是一只岩羚羊、一张狗脸和一张鸟脸。

"凯撒，我能拿一根手杖吗？"

"当然可以……"

"我还能借用一下您的孙女吗，您也看到我走路的样子了？"

"你想做什么都行，她也一样。"

利娜一下跳到他跟前，只剩塞莱斯蒂娜一个人坐在半杯咖啡前，显然所有人都瞧不上这杯好咖啡！


"纪尧姆，你这么做一点用也没有。看看你现在的样子！如果你能完整地走完这片山坡，就已经很不错了！"

"我没有选择！你是没见过这些人。那个父亲……我跟他说过我今天早晨会回去的。"

"还有一个解决办法，你自己清楚得很！"

"绝对不行！"

"当然可行。甚至是唯一可行的办法！我带他们去。我很熟悉大狭道的路。"

"你从来没有冬天走过！"

"走过！"

"那是在打仗之前！这不一样！这跟散步一点也不一样！"

"我完全能做到，纪尧姆。"

"我跟你说了，这太危险了！如果你遇上了什么事，利娜……我永远也不会原谅我自己！"

"你从来都不信任我！"

"这不是真的，你自己清楚得很。我从来没有向你隐瞒过我的任务。而当你想要帮忙的时候……"

"你就开始反对！"

"那是在很久之前！现在我是赞成的。你负责补给，传递信息，这些都是信任！"

"那你为什么不告诉我是谁告诉你的巡逻队的时间表？至少有四次偷渡时，你都表现得好像你知道。不要跟我装傻，我既不笨也不瞎！"

安热利娜是在随便乱说，但是当她看到他抖了一下之后，她知道她说到点子上了。纪尧姆固执地反驳道：

"你知道得越少越好。"

"很好。这样的话……"

她不顾纪尧姆的呼唤，抬腿就走，回到了屋里。

"等等！我还没说完呢！"

回答他的是"啪"的一声关门的声音，他不得不一瘸一拐地尽快往屋里赶。回到屋里，他看到的第一个东西就是扔在过道里的徒步鞋。其他人看着他，不清楚发生了什么，犹豫着是该觉得好笑，还是该担心。他们肯定是以为他俩在为感情的事吵架。

"她生气了？"

"有点。您的孙女跟石头一样倔。"

就在这时，安热利娜出现在了她的房间门口，身上衣服穿得很厚。她穿了一条裤子，一件肥大的羊毛上衣，还有一件厚厚的羊毛套衫。

她往头上扣了顶帽子，一边还坐到凳子上系鞋带。塞巴斯蒂安一只手搭在雪莉身上，看着她。母狗傻呵呵地打着盹，显然只有它不关心这些来来往往的动静。年轻的姑娘当纪尧姆不存在一样，从他面前走过，穿上凯撒的加厚羊毛大衣。无可奈何的纪尧姆知道她马上就要走，做了最后一次尝试。

"安热利娜，我不允许你……"

他立刻意识到自己说了一句蠢话。在这之前，这个年轻姑娘都是在强装生气，但是这句话让她跳了起来。

"你不允许我？！你，纪尧姆·法夫尔，你不允许我？"

"站住！我不是这个意思……有些命令必须遵守，而且……而且……"

"可惜你不能决定我怎么过我自己的人生！"

气愤之下，她借用了她弟弟的话。门再次关上了，所有人都感到石头好像都震动了一下。纪尧姆震惊地摇着头说道：

"她彻底疯了。"

# 5.

朱尔·泽勒没怎么睡，尽管他觉得这个洞穴比一个月前他们离开巴黎之后所待过的房间或暗室都安全得多。在这里，在这个被风吹打着的岩洞里，只有自然力量是粗暴的。从某种意义上说，他甚至愿意在这里待上几天，好好歇息一下，放松一下因为被人追赶而时刻紧绷的神经。

恐惧正在使他发狂。

当他的妻子起来之后，他已经把火拨旺了，并准备好了一锅混合了面粉、雪水和几颗干果的粥。露易丝冲他笑了笑，他的心揪了起来。他认出了这个从前的笑容，当一切危险都不存在时的笑容。

"我们好像生活在《鲁滨孙漂流记》当中！"

"我觉得更像《冰雪女王》！"

"你冷吗？"

"不冷。不太冷。我一下就睡着了。"

"来，你该饿了吧。"

露易丝转头看着刚从被窝里钻出来的女儿，冲她温柔地笑了笑。有人咳嗽了一声，震惊之下，朱尔把粥洒了一半在地上。一个女人刚刚出现在洞穴入口。她一边快速地说着话，一边冲他们伸出双手做出安抚的手势。

"不用担心。我叫安热利娜。我给你们带了吃的。"

"帮我们偷渡的人在哪里？纪尧姆！那个把我们带到这里的人！他说过他会回来的！"

"现在我来负责帮助你们偷渡。他遇到了麻烦，我替换了他。他跟你们说过什么时候出发吗？"

男人犹豫了一下，权衡了一下利弊。他应该相信这个年轻的姑娘吗？可是他有别的选择吗？

"明天，黎明时分。"

"那等明天天一亮，我们就出发。"

朱尔想要抗议，但是他妻子已经走到他身边，抓住了他的手，好像是要他有耐心一点。她依然腼腆地笑着，带着那种在过去让她光彩照人的自信。这个女孩让她喜欢，她的眼神直率而又坚定，从她的身上散发着一种积极的只有女人能感受到的情绪波动。朱尔突然毫无理由地放下心来。也许是他的恐惧已经用尽，连一滴多余的都没有了。出于礼貌，他做了一个手势，邀请新来的姑娘加入他们。

埃斯特走来，她没有跟她打招呼，而是仔细地观察洞口。利娜在她面前蹲了下来。

"小姑娘，你多大了？"

"八岁。"

"我认识一个跟你同样年纪的人。"

小女孩没有回答，而是惊讶地张大了嘴巴。安热利娜扭过头去，想看看是什么让她如此惊讶，然后就看到一绺蓬乱的头发在光线中的剪影。

"塞巴斯蒂安！"

那个脑袋立刻消失了。朱尔·泽勒心想这些人是不是都有点疯狂啊。作为一个与世隔绝的山洞，这里来的人还真不少。那姑娘往洞口跑去。

"我马上回来！"

外面一个人都没有。在他的脚印旁边，并排着一些小脚印。

"塞巴斯蒂安，出来！"

头发没有出来，出来的是雪莉的鼻子。利娜咬住嘴唇才没有紧张兮兮地笑出声来。只要羊群没有跟过来就好……

“安安……”

“不要这么叫我！”

他从母狗身后跳出来，一脸歉意地看着她。

“你赶紧给我回家去，快走！”

“利娜，求求你了！”

“你太小了。这里很危险。”

“你总是说我太小，其实你就是不信任我！凯撒也是这样！就连纪尧姆也是一样。等我发现你们的秘密了，我就又年纪不小了，可以保守秘密了！你们的秘密，我全都知道！”

这些话跟她刚刚用在纪尧姆身上的话简直太像了，而且她从弟弟的怒气之中，认出了一部分她自己的怒气。她当然不能把他牵连到抵抗行动中来，但是他人都已经到这里了，想要掩饰已经有点晚了……

“你知道我们在做什么吗？”

“纪尧姆帮人走大狭道进山。这个我知道。还有就是不能让德国人逮到！”

“不要用‘逮’这个字……算了，如果你要留下来的话，那就只能白天留在这里。晚上你要回去跟爷爷过圣诞节。”

“我保证。”

“还有，跟谁都不能说。永远都不能说。就连神父、别的孩子，还有……都不行。”

“反正我也没人可说。除了雪莉。但是它，它已经知道了，所以不算。”

母狗表示赞同，压低嗓门发出一声尖叫，结果那声音听起来像是一句"哇呜"，听着很搞笑。一个清脆的笑声从洞口传来。那孩子见自己被发现了，脸红了，然后便走上前来。她的好奇心战胜了她的害羞。她着迷地一下看看男孩，一下看看母狗，小脸也因此露出了开心的表情。这时母狗做出了一个出人意料的举动，它走上前去，想要闻闻她。小女孩吓得突然往后一跳。

"你不用害怕。它一点也不凶。"

"它是你的狗？"

"是的，它是一条母狗，它叫雪莉。"

"我叫埃斯特。"

"雪莉你看，这是埃斯特。她是好人，而且她跟你一样是个女孩。"

他把身子挺得直直的，因为在他的想象里，城里人或者王宫里的人都是这样的。那女孩看上去像个公主。

"我叫塞巴斯蒂安。"

他又想了一下，然后决定这样的礼节应该已经足够了。反正他也不太知道跟同龄的小孩交往的规矩。

"你不要摸它，它不太喜欢这样，我除外。不过除此之外，它非常温柔，而且超级聪明，你瞧着吧！"


朱尔和露易丝走出洞穴，他们有一点犹豫，眨着眼睛，好像大睡了一觉刚醒的样子。他们看到无边无际的天空，覆盖大地的白雪，陡峭巍峨的群山。他们还看到那两个孩子面对面站着，把周围的一切都忘了。单这场景，就让朱尔·泽勒重新恢复了一部分希望。露易丝紧紧地靠着他，叹了一口气。他赶紧跑回洞里去，生怕别人看到他的眼泪。只有他妻子看到了。她几乎比他还要了解自己。

　　面对孩子的请求，两位父母跟安热利娜的意见保持一致。他们同意了。埃斯特喜欢这个名字：安热利娜……这是一个天使的名字，是来拯救他们的。天使说孩子们跟雪莉在一起不会有任何风险。另外，天使还保证说会在平安夜，也就是当天晚上给他们带来一个惊喜。

　　朱尔和露易丝笑自己都过糊涂了。他们忘记了日子，忘记了时间。自从离家以来，他们就失去了时间感，也失去了开怀大笑的能力，他们的世界天翻地覆。这天早晨，当他们看到他们的孩子开心的样子，还有这个说话做事都十足山里人派头的小男孩时，他们意识到了这一点。他们在稀里糊涂之中知道这个礼物是他们欠埃斯特的。这也是一九四三年这个圣诞他们唯一能送给她的礼物……他们要放她自由地去玩耍。

　　所有的恐惧都消失不见了，消散在闪耀的太阳的光线之中！

　　埃斯特深深地吸着清新的空气，打开双臂想要抓住这清明之气，她的大衣纽扣扣得乱七八糟的，但她丝毫不以为意。她应该逼自己多喝一点粥的，但是她着急去玩，都忘记了饥饿。为了保护好她那双穿着低帮皮鞋的脚，塞巴斯蒂安把自己的厚羊毛护腿借给了她。他用眼角的余光留心着她。他觉得自己要对她的安全负责，同时为自己能带领她参观大山而感到自豪。雪莉冲着他叫，想让他跟它玩。它不明白他为什么这么安静。

　　"嘘，雪莉！别让人发现了！我们玩捉迷藏吧！"

他们跑了起来，为了不让女孩太快气馁，他让她赢了。接着他又教她怎么把雪球捏得圆圆的而又不会太硬。等他们各自都有了一堆雪球之后，他们就去选位置，他选择了下方向，让她占据优势，而她站到了一块高地。他们互相轰炸，直到弹尽粮绝。雪莉被大雪一直没到肋部，从这头跑到那头，吧唧着嘴，想要抓到雪球。它在激动之下，把埃斯特撞翻在地，抢走了最后一个雪球，一口吞下了肚，然后猛打喷嚏。小女孩屁股坐在地上，哈哈大笑。

"我不怕它了！你看到了吗？"

"我还看到它替你接到了最后一个球！它救了你！"

"才不是呢！"

"来追我！我们看谁先跑到那块岩石！"

"哪块岩石？这里到处都是！你耍赖！"

他们忘记了要保持安静的指令，忘记了战争，也忘记了成人的冷漠世界。这些都不复存在了。塞巴斯蒂安看到埃斯特笨拙地跑着、跳着，立刻赶了过去，他抓起她的手帮她。她一直在笑，有点喘不过气来，一边还想要抗议：

"要是你拉着我的手的话，那就不是比赛了！"

"可是如果我不帮你的话，你永远也到不了。"

他们一直跑到岩石边，气喘吁吁地靠在上面。埃斯特再次抬头望向天空，闭上眼睛感受太阳的拂煦。她嘴里含了一小口雪，让它化在舌头上，瓷娃娃般的面容因为默默地笑着而皱成一团。他凝视着她，看着她那头无比细腻的金发，呆住了。她好像一个精灵。一个女精灵。

不久之后，他发现山下有一群大松鸡走过。他教她怎样逆着风走到离它们最近的地方。她追随着他的每一个动作，没有一句反对，就算冷，她也没有抱怨。他们默默地前进着。

整个背斜谷的南面都沐浴在阳光之中，冻僵的杜鹃花丛闪着亮光，像洒了金粉一样。那里除了一对黑琴鸡还有别的鸟类，一群雷鸟？当女孩看到那些雪白的鸟儿时，她震惊地停住了呼吸。其中有一只白山鹑，被对手激怒，羽毛膨胀开。埃斯特用最低的音量说道：

"你看到了吗？它好像一个……一个大棉球！它是怎么做到的呢？"

"因为在它的羽毛下面，还有更小的羽毛，那个叫绒毛。它总是很热，因为那就好像它穿了一件大衣。"

"那夏天呢？它会热死吗？"

"不会，它会褪掉绒毛。就连白毛也会褪掉。"

"它会变颜色！"

埃斯特震惊的样子让塞巴斯蒂安觉得很可乐。她是城里人，什么都不知道，不过她胆子还挺大的，而且她非常漂亮。他从来没见过这么漂亮的姑娘，除了利娜。

"它冬天变白是为了藏在雪里。这样老鹰就发现不了它了。如果雷鸟一直是灰色的，它们就要被吃光了。"

"简直太聪明了！你想，要是我们也能……"

突然，一阵担忧的情绪，像一阵骤雨一样迅速涌上她的心头。她轻声问道：

"你也是犹太人吗？"

"犹太人？什么意思？"

"没什么。那你上学吗？"

"不上。你呢？"

"以前上。现在不上了……"

她思考了一下，眉头因为精神集中而皱了起来。

"嗯……如果你不是犹太人的话，那你为什么不去上学呢？你不需要藏起来，不是吗？"

"对啊！只是爷爷他觉得教我学大山里的东西会更好。他不太喜欢学校。他说学校培养出来的人不是去当肉弹，就是去工厂里做工。另外，圣马丹的学校里有一群蠢货，所以我宁愿跟雪莉一起待在我的大山里。"

"我也愿意！"

"你可以啊！我们可以一起玩，我还可以把我知道的关于大松鸡、岩羚羊还有源羊的事情都教给你。还有天气怎么变换，还有怎么跟踪动物，还有钓鱼。你会用手钓鱼吗？"

"不会。怎么钓？"

"简单。我可以钓给你看。"

"是啊，可是这不可能。我爸妈是不会同意的。我们得穿过国界。你妈妈要带我们去。"

"她叫安热利娜。她不是我妈妈，她就像我的大姐一样。你看到那边了吗？"

他指着往东延绵的山的轮廓。在湛蓝的天空下，白得耀眼的群峰清楚地显现出来。

"你们要从那边过去。那后面就是美洲！"

"不是真的。那边是瑞士。"

"你什么都不知道。我跟你说就是美洲！我住在这里，我比你清楚！"

"不对，根本不对！我爸爸同样给我指过这座山，他对我说那后面是瑞士，因为我们以后就要住在那边了。如果这不是真的，他为什么要这么说？我们想过要去美洲，但是首先，它不在那边，它还在海的另一边。得有个港口才能坐船过去。这里有港口吗？"

女孩看到塞巴斯蒂安一脸沮丧的样子，心里突然一阵后悔，把冻僵的手塞进他的手里，耸了耸肩膀说：

"听着，这没什么，反正我也不懂你的雷鸟。至于瑞士在哪儿，我们一点也不在乎，对不对？还有，你会来看我吗？"

"你会写字吗？"

"会啊。你知道吗，我上三年级了。我早就会写字了！"

"那你能给我写一下'美洲'吗？"

本能不容置疑地指引着它，

尽管狂风一直在吹，

它心里只有一个想法，

那就是带着这一绳子的人走到那里，

走到最安全的地方。


# 第五部分

*Part Five*                    *Belle et Sébastien*

# 1.

孩子们之间的情谊打动了安热利娜，她决定在山洞里陪泽勒一家度过平安夜。凯撒自己一个人肯定要难过的，但是形势使然。为了彻底打消他的疑虑，她暗自决定要把参加抵抗运动的事情告诉他。就算他对自己偷摸进行的小买卖已经有所察觉，她一直没有把全部的真相告诉他，反而还一直催着他告诉那孩子他的身世。

此外，安热利娜还有一个别的原因不想回村子。她跟泽勒一家待在一起，就可以避免跟纪尧姆再起冲突。他肯定会想办法劝她留在家里，光是想到要跟他吵架，她就已经觉得很累了。最后，单纯从实际的角度考虑，这样也省了很多事。如此一来，他们天一亮就可以出发。

大人们围坐在火堆前，讨论着最后的准备工作。朱尔要把最有用的个人物品放进背包里，哪怕这样要牺牲掉他仅剩的一些有纪念意义的东西。在山里头的旅行可跟坐火车出门不一样。他们在逃难过程中，已经丢掉了大部分的财物，但是他们还得继续减轻负重，路途艰难，带在身上的只能是必需品。除了衣服，他们还得分配好三条被子，几根绳，冰镐，吃的，还有几根木柴，万一被困在哪里，他们可以生火。看到夫妻俩震惊的样子，安热利娜解释说，这是一个基本的预防措施，以免万一需要露营。大山不会对任何人留情，哪怕是错一小步都不行。按理说，如果天气继续这样的话，他们会有一天的时间可以爬山，但是最好还是谨慎点。面对大山，提前做好准备，也是对山的一种尊重。除了纪尧姆借给他们的鞋钉，每人都得带一双雪鞋。路上没有任何标记，这些路，除了羱羊，没有多少人走。另外，在地势没有那么陡的地方，雪积得很厚，根本无法行走。当然了，还得给埃斯特带双结实的鞋，她只有些细皮子的低帮皮鞋。利娜说她会把塞巴斯蒂安的旧皮鞋带来。

朱尔对每一个指令都表示赞同，很开心有一个计划可以让他反复检查。他提出了很多具体的问题：往哪里走，海拔多少，要避开什么危险。

"我们走大狭道。过来看一下。"

年轻姑娘把他拉到外面，让他看那座在湛蓝的天空下凸显出来的起伏不断的大山。大山在阳光下，虽然离得很远，但看上去好像很近，感觉很柔滑，就像一个奶油穹顶蛋糕一样。

这肯定会很困难，因为那上头风很大，但是他们会成功的。

"没有隐蔽一点的路吗？如果我们走这条坡路的话，很有可能老远就被人看到！"

"这是唯一一条可行的通道。"

"小姐，请您别误会，您给人感觉很诚实，思维也很缜密，我相信您，但是德国人为什么不在通道那边安心等着呢？他们还没有蠢到这种地步！"

焦虑让朱尔·泽勒好像变了一个人，他又像陷入绝境的人一样开始不自觉地抽搐起来。年轻姑娘不得不保持一副从容不迫的样子，这样才没有让他看出来他的问题让她有多么震动。他说得很对！突然之间，自她做出决定以来，她第一次意识到自己的承诺意味着什么。传递几条消息，供应几块面包，这些都没有那么严重！她知道如果自己被抓了，她会有麻烦，也许甚至会被关上几个星期，但是这跟她即将要做的事情完全不是一回事，那是押上她性命的一个抵抗行动！帮助犹太人逃到瑞士可能会让你直接被判死刑。人们到处都说德国人连抓神父、女人和老人都不再犹豫了。有很多车队在往集中营开；每当有德国国防军军官遇袭事件发生时，就会有人质被枪决；针对游击队员的行动也越来越血腥。年轻的姑娘不知道地下偷渡网的情报提供者是谁，但是偷渡成功与否主要取决于他的消息是否有价值，而天真如她，什么都没想就出门了，连任何保险措施都没问！她在跟纪尧姆吵架时，只得到了一个空泛的保证。现在她得放下自己的疑虑，让这个赌上自己和家人性命的男人放下心来。不过有一件事她可以确定，现在她已经认识了泽勒一家人，尤其是那个小女孩，她不可能后退。无论如何，她都要帮助这家人逃跑。她平静地说道：

"他们不可能白天黑夜到处都在。今天晚上是圣诞节，就连他们也是要过节的。一切都会顺利的。不会有任何问题的，明天你们就会到瑞士了。好吗？"

泽勒半信半疑地点了点头，但是他显然还想找点什么来让自己安心。安热利娜突然激昂起来：

"我待会儿会带一个大惊喜回来，还会带点猪油汤！我们也要庆祝圣诞节！您小心别让孩子们在外面玩太久着凉。您只要告诉他们晚餐有什么就行了。"

她抓起她的登山杖，轻快地挥着手离开了。快中午了，她还得通知凯撒，准备晚饭和她的出行装备，更不要说还有面包店和各种订单在等着她呢！一切都得像往常一样。热尔曼肯定已经忙完了，她迟到的话，肯定会让他很惊讶。如果情况不妙，她应该可以指望他替自己做证。他们已经用没有掺了其他东西的面粉做好了一些白面包，并且打算再做一些不含糖精的蜂蜜甜面包！她会借口要准备平安夜晚餐早点关门。她有一瞬间想着要去见一下纪尧姆，随后她又驱散了这个想法，他俩最后肯定会吵架的，甚至是更糟。他会让她失去勇气，而迟疑只会让她变弱。最简单的办法是按照她还在生气的状态继续做下去。

泽勒一家人在他们的向导离开之后，开始忙着准备包裹。他们被接二连三发生的事情搞得晕头转向，心中时而燃起希望，时而害怕恐慌，怕会有坏事发生。是对人的不信任让他们活到了现在，但是他们已经接近目标了，而明天，如果上帝仁慈的话，他们的孩子就要得救了！爬山当然很艰难，安热利娜没有隐瞒这一点，这种坦率反而让他们安心。听她数着要准备的装备，他们觉得自己不再是由人任意摆布的木偶。甚至当那个姑娘命令他们丢掉所剩不多的太过笨重的财物时，他们也觉得她的决定很正确。一旦所有事情都解释清楚了，他们就可以思考，早做打算，提前准备。

吃饭时间到了，他们出去找孩子们。埃斯特和塞巴斯蒂安还在专心聊天，没有听到他们走近。朱尔和露易丝定住了。眼前的这种情谊比他

们自战争爆发以来见到的所有情形都让他们感动。埃斯特又变成了从前
的小学生模样。在这一刻，他们知道噩梦也许终将有尽头。几个月以来，
他们四处躲藏，卑躬屈膝，对占领区的各种恐怖暴行视而不见，只为了
能活下去。几个月以来，他们的人生只剩下活着和不惜任何代价保护女
儿两件事。他们甚至曾经考虑过把她扔给一个好心的天主教家庭，哪怕
这意味着他们将永远失去她。他们一心只想着逃跑，日夜被人追赶，被
迫撒谎和躲藏，早就忘了活着的意义。就连在逃跑前他们把衣服上的黄
色星星拆掉时，朱尔和露易丝都没有感受到这样一种解放的感觉。是安
热利娜让他们重新找回了尊严，但是是塞巴斯蒂安和埃斯特的快乐把希
望真正还给了他们。


　　这是一件珍品！一件金褐色的、像月光下的湖水一样光滑和闪亮、
足以喂饱饿死鬼的珍品！它的香气中稍微加了一些香草的味道，让人忍
不住流口水。
　　"蛋糕！"
　　"我从来没有见过这么美丽的蛋糕！"
　　"您真疯狂！疯狂地善良！"
　　"小姐……"
　　"不要客气，请叫我利娜，尤其今晚还是平安夜！再说这蛋糕是我
昨天就准备好的。我会留一块给我们的爷爷，不过我很高兴能跟你们一
起分享！"
　　"安热利娜。"

男人站了起来，绅士般地向年轻的山里姑娘鞠躬行礼，安热利娜大笑起来，不知道的还以为他是上流社会的舞者呢。在他那身奇怪的羊毛套衫下面，朱尔·泽勒还保有不少的风度。

埃斯特试图吸引塞巴斯蒂安的注意，想要跟他分享自己惊讶的情绪，但是他正盯着火光看，没有看到她。这个洞穴太迷人了。为了纪念耶稣的诞生，他们已经点亮了所有能找到的蜡烛。烛光不比萤火虫的光亮更大，沿着岩壁跳动着。他们各自裹着一条被子围在火堆前坐着。从洞口往外望去，可以看到星星插在天幕上，像是成千上万个别针在闪耀，看得她头晕。就差一棵松树了，但是她实际上一点也不在乎，有她父母的笑声就已经足够了，还有这疲倦，让她的血液稠得好像糖浆一样！另外还有这个男孩。塞巴斯蒂安几乎什么都知道，至少是知道所有跟大自然有关的事。他的母狗能在雪上飞，而且好像中了法术一般服从他的命令。现在，它正趴在主人的旁边，啃着安热利娜特地给它带来的一块骨头……埃斯特迫不及待地皱了皱鼻子。爸妈教过她要在每个人的饭菜都上来之后才开始吃饭。她的嘴里淌满了口水。她的那份蛋糕简直是巨大！她几乎已经忘了巧克力的味道，但是那香味让她又回想起战前吃下午点心的时光，时间已经过去了好久……她斜眼看了一下塞巴斯蒂安的那份，叹了口气，然后看到了那张从他口袋里露出来的纸。那张纸是从她的日记本撕下来的。她在上面用大写字母写着"AMÉRIQUE"，因为这样比圆体字好认。她妈妈喊了一声"圣诞快乐！"，埃斯特闭上眼睛品尝第一口……太美味了！

安热利娜也注意到塞巴斯蒂安不是很有活力，但她以为他是累成这样的。她弟弟面无表情地吃着蛋糕，陷在自己的思绪之中。他白天跟小埃斯特在外面玩了大半天，回来后，在等汤加热的工夫，两人又分享了很多神秘的秘密。现在他又得回圣马丹去。她切了很大一块留给凯撒，因为她一直在为自己扔下老人感到很罪恶，她把那块蛋糕放进了装蛋糕的纸盒里。

"天不早了。你把这个给爷爷送去，然后替我用力亲亲他。要是他问你我为什么没回去，你就说我有一件很重要的事情要做，说这就是我庆祝圣诞节的方式。好不好？"

"你跟他说过我们在哪儿吗？"

"没有。他肯定以为我们在纪尧姆家里呢。"

塞巴斯蒂安困惑地点了点头。告别的时候到了，而他傻傻地整个晚上都在想别的事情。他跟露易丝和朱尔告别，然后几乎是郑重地，抓起埃斯特的小手，严肃地握住。她是那样瘦弱，好像一只小鸟。他想要亲她的脸颊，但是他不敢，因为其他人都在斜眼看着，也因为她那颤动的笑容。泪水往他的喉咙里流，淹没了巧克力的味道。

雪莉一下跳了起来，准备护送他。它开心地摇着尾巴。塞巴斯蒂安松开小女孩的手往外面跑去。

## 2.

圣马丹张灯结彩，迎接平安夜的到来。每一扇窗户背后都摆上了蜡烛或者灯笼，有些人还翻出了游行时用的彩灯。晚上，在这片荒凉的深谷之中，星星点点的火光突然从黑暗之中跳出来，好像天空翻转了过来一样。

凯撒一个晚上多次走到窗边，去看孩子回来了没有。利娜是打算带他去参加午夜弥撒吗？这不像她啊……更不要说不带上他一起过平安夜了！她之前跟他说过，就在她出门去面包店之前，她说要去别的地方吃饭，但是没有说具体去哪儿。纪尧姆那儿？老牧羊人怀疑另有隐情，但是他拒绝多想。他料想她不会不把那孩子送回来。还是说他们忙着开怀大笑，把自己给忘了？

松树下面，有一只裹着红布条的木头小狗在等着。这是一只手掌大小的仰脸朝天的牧羊犬雕像——雪莉的复刻品。它那丝般柔滑的皮毛在老人一刀一刀的耐心雕刻下纤毫毕现。他刻了好几个小时，只有去看羊、喂羊和确定周围有没有狼出没时才会中断。为了确保安全，他还挪动了一下陷阱的位置。反正总是有点用处的。那个木头狗非常漂亮，那是他用自己的方式在说对不起。只是那个小娃娃现在不在这里，这里只有傻子一样的他和他的礼物！

他又回到窗边，算算时间应该已经过了二十二点了。她在不知道跑哪里去之前，还抽出时间给他做了一锅鸡汤！他碰都不会碰的！弥撒已经开始了吗？他决不会迈进教堂一步的，永远不会。他不会！他对神父和那些圣水盆里的青蛙们的所有装神弄鬼的活动丝毫没有兴趣，他们所祈祷的神明是一个任由男人们在战壕的烂泥里死去、杀死母亲并对孤儿们不闻不问的神明！

就在凯撒愤愤不平之时，塞巴斯蒂安刚刚绕过屋前的那条路，走进了村子，身形高大的狗走在他的前头。为了避开大道，他们悄悄钻进被点亮的街巷，穿过墓园，从教堂前走过。教堂里，穆瓦桑神父正在为迎接教徒的到来做着最后的准备。合唱团里有一个孩子该来没来，神父正在拿另一个孩子撒气。

他们默默地走在房屋的阴影之中，脚下踩着铺了一层雪的凹凸不平的石板路。有一些屋顶和檐槽上悬挂着钟乳石状的花彩，它们在烛光的照耀下，好像在起伏波动。身后有一扇门打开了，一个笑声传了出来，紧接着又传来一声呼喊。塞巴斯蒂安加快了脚步，好不让人看见。他既没有看到烛光，也没有看到钉在门上的圣诞花环。他对一切都无动于衷，心里只想着埃斯特写的那几个字母，想要把整个单词记住，然而那个单词已经在他的脑海里变得模糊。

学校是村里少有的几座陷入一片黑暗的建筑。老师有亲戚住在山谷里，已经离开学校过节去了。

孩子等到走进走廊之后才打开手电筒。在宽敞的走廊的墙壁上，他看到一些用图钉固定的纸折星星和图画。在走廊的尽头，手电筒的光扫到一扇镶着玻璃窗的双开门。他跑到门前，转动把手，走进教室。在教室尽头，老师的讲台后面，有一面巨大的黑板占据了半面墙。有人用粉笔在上面写了一句话，那笔迹很优美，好像节日的花彩一样。埃斯特说过字母有写成圆体的也有画成直杠的，说过有大写字母，还说过标点符号。多亏了那女孩，他觉得自己没有被完全吓到。他轻轻地溜进飘着一股子奇怪墨水味的教室，庆幸母狗就在自己身旁。光束照亮了一幅在两根木棍之间摊开的巨大的图画。整张图被用一根线和一颗钉子固定在墙上。埃斯特跟他描述过地图的样子，但是就算没有她的帮忙，他也能猜出来。那是张世界地图！

他的心脏怦怦直跳，让他都快喘不上气来，然而他抓起讲台后的座椅，把它拖到地图下方，爬上去，取下了那幅地球平面球形图，他既没有犹豫，也没有考虑过自己的行为是否不敬。

等那地图被放到地上之后，世界的边界看上去似乎也就没有那么令人震撼了。为了比对那些大写的字母，他不得不踩上去看。埃斯特给他的那张纸已经有点皱了，但是那个单词"AMÉRIQUE"看上去很好认。她在下面写了"FRANCE[1]"。这个词塞巴斯蒂安认识，凯撒教过他。另外，它也很好找，因为老师在上面插了一面蓝色的小旗子。如果凯撒说的是真的话，那他要找的就应该在它附近某个地方。

面对 A 打头的单词，他犹豫了一会儿。ALLEMAGNE[2]。远处还有 ALGÉRIE[3]，更远处，还有一个大黑斑叫 AUSTRALIE[4]。他害怕得喉头打结。要是找不到怎么办？手电筒的光线轻轻扫过那些颜色，扫过广阔的蓝色海洋。他想起来纪尧姆曾经说过，地球的主要成分是水。接着手电筒又扫过一块用绿色、棕色和黄色构成的角状斑块，最后终于扫到字母 AMÉ。AMÉRIQUE!

他找到了！

---

① 法国。
② 德国。
③ 阿尔及利亚。
④ 澳大利亚。

他的热情立刻熄灭了。那感觉比掉进冰水里还要糟糕。如果是为了找这个，认出字母能有什么用？！埃斯特说得对。他妈妈的美洲根本就不像凯撒说的那样，就在大山后头。美洲在蓝色大海的另一边！

孩子再也控制不住内心的失望，大哭起来，他大声地抽泣着，胸口像要撕裂开一般。他为自己那些有母亲模糊面容的记忆而哭，为自己总是在失望中期待闻到她的气味、感受她的拥抱而哭。他为自己的不一样而哭，就像别人说的那样，他是小野人，是吉卜赛人！他还为凯撒吹过的牛皮而哭……所以呢？爷爷一直在撒谎？为什么他要说妈妈会回来呢？他等了那么多年！他以为她在美洲！

听到这撕心裂肺的声音，雪莉突然担心起来，它也开始呜咽起来，它绕着男孩转圈，嗓子里发出尖叫声。见他没有反应，它想要用鼻子拨开他僵硬的双手，并用舌头去舔他那张被泪水打湿的脸。当抽泣声减弱的时候，它在他面前趴了下来，好像是在要他也这么做，于是就在这冰冷的教室之中，他照着它的样子趴在了地上，蜷缩着身体靠在它身边。他喘着粗气，身体不停抖着，最后终于陷入睡梦之中，而它就在一旁守护着。

# 3.

时钟指着凌晨三点，不过你得有双好眼睛才能看清楚那根淹没在烟雾里的时针。上尉排长在黑市上搞到一批雪茄，刚刚在一群醉鬼的欢呼之中，给每人都发了一根。

皮特·布劳内压住一阵恶心，努力装出一副开心的样子，这种感觉他远远感受不到。男人们坐在桌边，发出的噪声跟圣诞大餐散发出来的气味一样让人难以忍受。盘子里剩余的油脂开始凝结，他不得不扭过头去才没有吐出来。他只有一种想法：呼吸一下山里的空气，放空一下脑袋，然后回屋睡觉。

埃伯哈德少尉唱起了《莉莉·玛莲》，其他人立刻跟唱起来。埃里希·克劳斯转过头来看着他，举起酒杯，拙劣地向他致意。布劳内含糊地点了点头，被他的坚持惹恼。这位下士整个晚上一直在观察他。唱到最后一段时，埃伯哈德站了起来。他想要举杯祝酒，结果喝得太快，呛了一口，但并没有因此而失去好心情。

"不可否认，这些法国人确实会酿酒！"

福克斯中士冷笑一声。他是个坏蛋，是那种主动参加所有"特殊行动"的人，布劳内对他很是提防。

"他们打仗就没那么擅长了！"

"话不要说得太快！等我们把他们的游击队都清除了再来说大话！"

"今天晚上咱们不谈战争，你说是不是，中尉先生？福克斯，你该罚！"

"我正等着呢！"

尽管表面上开心，大家的情绪还是想家，除了福克斯——他的人生只有打仗，在场的所有人都希望能得到一次休假许可。听说祖国遭到了同盟国的密集轰炸，这些在异国他乡奋战的军人心里的焦虑与日俱增。

现在，他们的家人也不再不受战争的侵袭。最糟糕的无疑是信心的丧失。捷报听起来越来越假。在俄国的糟糕战况现在就连哨兵都知道。听说在斯大林格勒战场上德军大溃败，更不要提之前进攻库尔斯克失败了。尽管有宣传，有必须保持乐观的规定，怀疑已经开始了它的暗中破坏工作。焦头烂额的将领们以东部战线为威胁，军官食堂里和营地里的玩笑话也遍地开花！就连过去能够鼓舞人心的元首讲话也不再能消除大众的疑虑，只有几个顽固分子还在继续宣扬第三帝国的压倒性胜利。有人跟布劳内报告说，有一些跟总参谋部关系密切的军官居然斗胆说起他们的"忧虑"，还有一些高级军官不再犹豫，批评元首的政策太过冒险。虽然他为此感到欢欣鼓舞，但他担心混乱即将到来。

他的两个额窦之间有一个点在隐隐作痛，他的偏头疼又要犯了。他推开椅子，走到窗前。透过玻璃窗上的水汽，可以看到大山绵延起伏的山脊，最高的那处山峰好像一根复仇的手指矗立在那里。纪尧姆很快就该醒了。几个小时之后，他应该会跟偷渡者出现在那里的某个地方吧……

"中尉？"

"嗯，汉斯？"

"如果您是打算到瑞士去的犹太佬，您会在什么时候动身呢？"

这话来得让人猝不及防，布劳内咳嗽了一声，掩饰住内心的惊讶。他的血液都要凝固了。他摇摇头，想要多争取点时间。恐惧火烧火燎地从他的皮肤开始蔓延开来，他心想，别人会不会感觉得到他的恐惧。然后，他便感到一阵怒火涌上来，把这突如其来的恐慌驱散而去。汉斯这个蠢货脑子里在想些什么？只有喝醉酒这件事才能解释他的放肆行为。他想要威胁他一下，让他安静下来，然而那人已经不知好歹地又开口了。

"如果我是犹太人的话，我会趁着所有人都在忙的时候，圣诞节早晨一大早就出发。因为如果我是他们那样的过街老鼠的话，我才不会关心耶稣过不过生日呢，对吧？"

埃里希猛地一拳砸在桌上，脸上放光。

"汉斯说得对！今晚是个晴夜！没有比这更好的时候了！中尉，您怎么看？我们能去吗？"

"去哪里，士兵？"

"去大狭道。"

战友的附和让汉斯受到了鼓舞，他摇摇晃晃地站起身来，挥着颤悠悠的胳膊，摆出举枪瞄准的样子：

"这群该死的老鼠！我要把他们一网打尽。这次一个人都不许跨过边境线！"

"中尉？"

下士在等待他的回答。他跟另一个人不一样，他很清醒。他打量着他的上司，咧着嘴巴，似笑非笑，好像是故意要怂恿他反对似的。他的整张脸都在散发着一种不服的意味，那是一种无声的、阴险的挑衅。布劳内被堵得无话可说。他确信汉斯的这个主意，纯粹是喝醉酒之后的胡言乱语，但是埃里希完全清楚自己在做什么。上次在大狭道，自己假装生气应该是吓到他了。他要么是在报仇，要么是想展示一下他的效率，免得受罚。不更换巡逻时间是件很蠢的事。这个下士是个遵守纪律的士兵，但是他并不傻，应该是有什么事情引起了他的警觉，使他产生了怀疑。他简直是把他逼到了墙角。无论如何，是怀疑也好，是献殷勤也罢，这个情况都糟透了！他没有别的路可走。他极不情愿地答应了：

"可以。你们就去那上边埋伏起来吧。我需要你们每小时汇报一次。我会留在这里指挥行动，如果有情况发生，我会跟你们会合。"

"遵命，中尉先生！"

布劳内看着他们走了出去，打肿脸充胖子的那个被勇往直前的那个拖着走。危险正是来自后者。

这场景让他彻底醒酒了，但是他的偏头疼已经开始发作。他在打翻的葡萄酒瓶和白兰地酒瓶之中找水喝，想要缓解一下两边太阳穴的压力。几个空空的香槟酒瓶漂在浅口盆里，盆里的冰块已经化掉了。他胡思乱想着，脑袋发出嗡嗡的声音，完全不顾他的头疼。尽管他很想要冲到门外去，他得先把托辞准备好。在这之后，他只需穿戴装备整齐，尽快赶到岩洞那里就好：雪鞋，登山靴。得赶在纪尧姆走进大狭道之前通知他。再过两个小时天就要亮了。运气好的话，他应该可以及时赶到岩洞。

东边，墨色的天空慢慢泛白。凯撒抖了抖身子，他坐在壁炉前的椅子上睡了一夜，浑身关节僵硬。他全身骨头都在疼，刺骨的寒气让情况变得更糟。出于迷信，他昨晚故意让火熄了。

在拿起水罐喝了口水之后，他戴上他的羊毛风雪帽，抓上一根拐棍，出门了。因为担心，他的嘴巴里都泛起了铁的味道。他咒骂了一句，犹豫了一下该走哪条路，最后决定像往常一样走高处那条。也许那孩子在羊舍睡了呢。在二十米远的地方，尽管光线阴暗，他还是看到了地上那些被一层薄薄的雪覆盖的脚印，那是狗和塞巴斯蒂安的脚印。他松了一口气，脑筋飞快地转着，跟喝了一大口蒿酒似的。那孩子来过这里。他弯下腰观察了一下脚印，估计出他路过的时间，然后又上路了。

他在去学校的一路上没有遇见一个人。在学校里，脚印在那扇带玻璃窗的双开门后面的最后一个台阶上消失了。他想要知道是什么原因让塞巴斯蒂安躲到了这里。很显然，他已经太老了，最近这段时间他错得太离谱了！利娜说得对。那孩子需要的是真正的教育，而不是一个老疯子的教导！

老师应该是对门铰链很上心，因为门打开的时候没有咯吱作响。走廊里飘着蜡的味道。他走过一间空屋。在教室里，他看到了孩子。那孩子正在睡觉，身体蜷缩成一团靠在雪莉身上。老牧羊人把脸靠在玻璃窗时，母狗就醒了。它没有动，只是安静地看着他。在地上，差不多在孩子身下，凯撒看到了一张世界地图。塞巴斯蒂安睡在美洲大陆上。然后他就看到了那张写着 AMÉRIQUE 的小字条。他咽了一下口水，心里愧疚得直想吐。为了不吵醒孩子，他慢慢地退了回去。

这次他知道该做什么了。

在敲门之前，他先喊了一声，免得让睡梦中的人心生恐慌。因为德国鬼子，这种误会能把人吓死！一扇护窗板打开来，接着马塞尔·孔巴那张喝得红扑扑的脸探了出来，他一脸惊愕的样子。他用手比画着，示意他下来。

村长脸上还挂着前几天喝太多的痕迹。当一个人的脑筋清楚得像溪水一样时，看到这样的细节就会觉得很好笑。要是在过去，他肯定不会注意到村长有啥区别。他上来就开门见山，这让本来就不太清醒的孔巴当场就蒙了。

"我来买你的手表。"

"我的手表？"

"那块能当指南针用的手表。金的。"

"喂，凯撒！你知道你在说什么吗？"

"我在说你的手表，是的，它肯定非常贵。我可不是没见过世面的人，孔巴，我除了放羊还会干别的。我知道东西的价值。另外我有钱……"

"等一下！你要这个干吗？你要是要块地，我也就不说什么了，但是一块金表！你这是想干什么？这就是一个毫无用处的奢侈品，你这是为什么？！"

"这是我自己的事，我自有用处。你的事就是给我报个价，我们讨价还价一下，然后拍手决定。"

"进来……你可不要因为今天是圣诞节，我就会心软……"

"孔巴，我什么都不信，尤其不相信奇迹。"

他们开着玩笑，走进厨房里准备一杯菊苣汁。有一件事可以肯定，凯撒虽然是个古怪的老疯子，但是他知道怎么谈生意！

当凯撒回到学校时，天刚刚亮起来。这次，他推开了镶着玻璃窗的门，孩子睁开惺忪的双眼，认出他来，立刻睁大了眼睛。

"爷爷！"

"我有一个礼物给你。确切地说，是两个礼物，但是我把另一个忘在了圣诞树下面。它在家里等着你。拿着，打开看看。"

他把一个漂亮的奶白色的盒子递给他，那用来包装盒子的丝绵纸原来是孔巴太太包丝袜用的。孩子一脸惊讶地接了过去，不明白他想干吗。

"打开，这是给你的。"

丝绵纸在他的指尖撕开，那块被擦得锃亮的金表露出来。孩子依然不明就里，他机械地掀开表盖，就像他看村长做的那样。表盘连同细细尖尖的分针和短粗一点的时针露了出来。在表盘的灰色部分，可以看到北极的方向。

"谁给你的？"

塞巴斯蒂安直勾勾地盯着老人。

"这不是妈妈的礼物，而且她不在美洲……你为什么要撒谎？"

"表是我给你的，是为了请求你的原谅。"

他中断了一下，犹豫着，好像一个迷路的人，然后又低着头继续说，心里虽然羞愧但是主意已定。

"塞巴斯蒂安，你妈妈死了。她早就死了。她是个吉卜赛人。八年前我在雪地里发现的她，就在山上头，牧场旁边。她当时快要生了，于是我就把她带到那栋石砌的小屋里。我没有力气把她带到羊舍，另外时间紧迫，你就要出来了。我帮她把你生了下来。她是那样虚弱，能把你生下来真是不容易，但是等你一生下来，她就求我照顾你。然后她就闭上了眼睛……于是……我把她埋在了小屋旁边。我会告诉你她在哪里。"

塞巴斯蒂安眼睛紧闭着，好像僵住了一样。凯撒轻声地接着说道：

"在她把你放到我手上的那一秒，我就像爱上自己的孩子一样爱上了你。就有点像母羊和那只小岩羚羊一样。"

"你为什么要撒谎？"

他的声音苍白，面无血色。凯撒一阵揪心，但又接着说道：

"因为告诉你这件事太难了。我应该告诉你的，我现在知道了。只是你越长越大，这事也就变得越来越难。有一天，你问了我一个问题，我就陷进去了，我说了一个谎话，之后，就再也没办法收回了……塞巴斯蒂安，昨天夜里，我想明白了很多事情。过去这几个星期，你一直给我脸色看。我不怪你。你做得没错。"

"你为什么要说她住在美洲？"

"因为这是我脑子里想到的第一个国家！这实在是太蠢了，还有更蠢的是，我还指着大山告诉你美洲就在山后面。我以为你会忘记……"

"如果她死了，你为什么要告诉我她一直想着我！"

"因为孩子，这个不是谎话。这只是我们，包括男人、女人和神父在内的所有人，解释无法解释的东西时的一种说法。塞巴斯蒂安，你妈妈，她就在你身边，她无处不在。她在大山里，在这片土地上。她是吹过你脸颊的风，落在你指尖上的雪，划过你脚踝的草……你妈妈，她也许是离开了，但是她对你的爱，还在继续活着。你走到哪里都带着它。直到永远。"

孩子低下头，低声哭泣。啜泣不再让他感到胸口疼痛。那感觉就好像是有一阵雨刚刚下在了一片久旱的土地上。焦虑的情绪平息下来，那种一想到妈妈，一想到要回忆起她的面容，就让他无法呼吸的无名的恐惧消退了。第一张弯下身子看向他的女人面孔，是他继姐的脸。是利娜的脸。

虽然他很难过，但是有什么东西在他心里释放了出来，让他呼吸顺畅。

当眼泪就要流下来时，他朝凯撒伸出手，示意他一切都被原谅了。老牧羊人之前一直在旁边默默地等着，没有试图去安慰他。现在真相已经说开，他觉得自己跟自己也和解了。

"你想陪我去羊舍吗？"

"现在？"

"对。这几个星期我实在是太想你了，你要是跟我一起去的话，我会很开心。羊群也会很高兴见到你。再说……很快你也不能那么常陪我了。"

"为什么？"

"是时候送你去上学了。你喜欢吗？"

"我不知道……不过我觉得我会喜欢的。"

# 4.

安热利娜去叫醒泽勒一家，他们昨天很晚才睡着。她听到他们夜里窃窃私语了很久。她自己也睡得不好，被遇上巡逻队和遭到逮捕的画面折磨得睡不着觉。

火炭已经不再散发任何热量。她往上头加了一捆树枝，好把露易丝昨晚准备的粥加热一下。她把锅放上去，怕冷地搓了搓手。现在没人再能阻挡她了，但是疑虑一直萦绕在她心头。要是德国人还是出来巡逻了怎么办？纪尧姆也许收到了机密情报，但是没人不会遭人背叛。另外，要是遇到了严重挫败，她不知道紧急措施是什么。要是她之前没有赌气就好了！他们还可以商量一下，哪怕是因此会再吵一架！太迟了。现在得出发了。如果她把偷渡时间往后推迟一天，情报就有可能失效。

　　难消化的粥让他们吃了直反胃，但是所有人都强迫着自己吃完，就连埃斯特也是一样，她知道眼下的情况有多紧张。这肯定是他们今天能吃到的唯一一顿热饭了。他们昨天全都是和衣而睡的，所以只需穿上大衣，披上斗篷、披肩、戴好帽子，绑好护腿就可以了。露易丝剪了一件运动外套，给自己和她丈夫做了几条细带。那麂皮很厚，可以保护他们。为了固定好带子，她往上头别了几根安全别针，还好她带了。至于小女孩，她只要绑好利娜带来的皮带子就好。背包已经准备好了。每个人都穿好了雪鞋。鞋钉会在后面爬陡坡的时候用到。过度激动的埃斯特走到了正在洞口焦急等待的向导身边。

　　"露易丝，时间到了。马上就六点了。我们得出发了！再过一个小时天就亮了。"

　　"我们的东西……您可以留着。或者送给其他人。您自己看着办。"

　　"您不用操心。天很晴。我们得在天气变坏之前赶紧走。"

　　"会有暴风雨？"

　　"今天不会……但愿如此。"


　　他们走进黑夜之中，朝着通往第一个山口的山坡方向走去。那个山口连接着羚羊谷和山脊路正下方的另一个山谷。积雪的厚度给人一种虚假的松软的感觉，但是又没有厚到让他们难以前行的程度。有雪鞋帮忙，他们步履平稳地前进着。朱尔走在埃斯特前面，注意自己步子不要迈得太大，以便让她踩在自己的脚印上往前走。

半小时之后，他们走到了最后一段登山路之前的一块平地上。在离他们一百多米高的地方，可以看到那条羚羊道。他们放松地喘了口气。在他们行动起来之后，乐观的精神也回来了。利娜按照凯撒教过的方法看了看天色。天色看上去似乎是想继续保持晴朗的样子，如果下雨的话，可能更便于他们隐藏，不过她呼吸着纯净的空气，身子舒服得打了个战。

"我们会到达的。"

她正要出发，突然岩洞那边的一个动静引起了她的注意。有一个人正在努力地全速往上爬。纪尧姆？不可能！纪尧姆受伤了。他应该是跛着脚的。另外，他从来不会穿一件灰绿色的大衣。

她的脸唰的一下白了，警惕的朱尔也往那山坡看去。露易丝发出了一声惊恐的尖叫声。

"老天啊，德国人！"

"快！快！不要停。过了下一个山口，我们应该就能到山脊路，如果我们走快点的话，我们还有机会逃过他。"

愤怒让她喘不过气来。在下面奋力爬行的那个人刚刚抬起头来。布劳内中尉！一种奇怪的遭到背叛的感觉把她淹没。那个德国鬼子应该也认出她来了，因为他开始做手势，她的名字在回声中断断续续地传到她的耳朵里。"安热利娜……回来！"

他像溺水的人一样挥舞着双臂，她有一秒钟差点就犹豫了。中尉好像是想告诉她点什么……是想留住他们，引他们上当？他开始大步往上爬，这时她注意到了他的雪鞋。这个叛徒，他了解这里的地形！

利娜示意泽勒一家跟着自己，怒气冲冲地开始爬坡。朱尔已经抱起了女儿，一声不吭、毫无怨言地跟着。露易丝断后。叫喊声还在回荡着。这次，一阵风把那话音清晰地送到了他们的耳边。那德国口音对泽勒一家来说意味着死亡。

"回来，安热利娜！回来！等一下！"

露易丝应该是被绊了一下，摔出去有半米远。朱尔转过身伸出手去帮她，但是她摇了摇头，眼睛圆睁着，里面噙满了惊恐的泪水。

"我们永远也到不了。"

一声轰隆声回答了她。利娜心里瞬间闪过一个念头，这闪电会劈到哪里呢……然后才明白这不可能，这动静不可能是天上来的。等她想明白之后，她的心脏漏跳了一拍。周围一切都静止了，好像全世界都立在一个针尖上。她的声音在她自己的耳边炸开：

"快往山壁跑！快！快！快点！"

他们拼命地跑完与山壁之间的最后几米的距离，气喘吁吁地靠在上面。大地颤动着，再一次发出低沉的轰隆声，那声音好像是从岩石里头传来一般。在他们上方，在尖尖的山鼻子上头，刚刚出现一片云雾，接着空气开始涌动，后面跟着一团白色的物体。一排泛着白沫的巨浪汹涌而下，突然之间整座大山好像都要倾覆一般。那堵怒吼着的移动的墙壁降落在陡坡之上，他们的大脑已经石化，开始怀疑眼前的一切。大量的雪块像激流一般、猛兽一般，涌到他们所在的位置，在离他们不到三米远的地方奔腾而去，它们一路卷起的巨风，像死神一样冰冷，吹得他们喘不上气来。

皮特·布劳内看到整个世界天地颠倒，汹涌的雪块闪电一般向他扑来。他甚至都没有去找地方躲藏。他被困住了，被钉在了山坡上，雪鞋让他寸步难行。他在最后一刻，闭上了眼睛，他这么做更多的是出于条件反射，而不是想要忘掉眼前这即将把自己吞没的白色地狱的景象。他先是感受到了雾气的冲击，接着便被雪块吞没。他栽进了一片黑暗之中。

凯撒和塞巴斯蒂安听到轰隆声时，立刻明白发生了什么。他们刚刚走到格兰蒂耶尔山口，只要拐个弯就可以直奔羚羊谷而去。母狗已经跑在了前头，速度比箭还快。

"雪莉！"

塞巴斯蒂安担心它跑不见，拦住了它。

"它为什么要跑？"

"它感到了危险。别担心，它知道要做什么。"

他们加快了速度，走到谷口。眼前的景象不容任何置疑。一场暴雪填满了通向大狭道南侧山坡的一处褶皱，掀起一片冰雪，最后终于消散。雪莉刚刚跑到积雪旁边，开始疯狂地刨起来。凯撒嘟囔道：

"下面有人。它感觉到了！"

就在这时，他们看到一个女人正从山上冲下来。他们之前光顾着评估这场雪崩的规模，没有注意到那趴在半山坡上的几个登山者。

"该死，是利娜！她在这里干什么！我还以为……"

凯撒在一秒之间明白了他到目前为止一直拒绝面对的事情。那些密谋的神情、无用的行程、装得太满的篮子、在家中出现又在夜里突然消失的面包。还有昨天，纪尧姆医生拄着拐杖气呼呼的样子。那个蠢货，他居然什么都不说！这些该死的抵抗者，他们哪里需要招募他的孙女来送人去瑞士啊？！他们在他们那个该死的游击队里想怎么打都可以，但是打扰这姑娘的安稳日子绝对不行！

他开始一半走，一半跑，身上用力反而把他的怒火压了下去。他赶到那片雪崩堆积区脚下，累得头晕眼花，一下子跪在了地上。塞巴斯蒂安比他先到，正在冲母狗喊话，给它加油。雪莉瞄准一个具体的点，疯狂地挖着。老牧羊人心想，那个受伤的人应该离他们很近，它才会激动成这个样子，不过眼下这个情况对他来说毫不重要。见到安热利娜让他忘记了一切，就连死亡也不担心了。他指着那个几个偷渡者站立的地方，拿不定主意。他们显然是外来的，肯定是城里来的。

"你给我解释解释。"他冲那个气喘吁吁刚刚赶到他们身边的姑娘说道。

利娜一点也没有觉得尴尬，直截了当地对他说：

"以后再说。有个人埋在下面了。德国人。他在追我们。"

"德国人？你在说什么？"

"布劳内中尉。每个星期一来取面包的那个。"

她咬牙切齿地说着话，眉毛紧张地皱起来。凯撒没有时间多问。母狗开始一边叫唤，一边加倍用力。一只胳膊露了出来，然后是肩膀。利娜和塞巴斯蒂安立刻冲上去拖那具没了生气的身体。当他的头露出来之

后，他们尽可能轻地把他从冰壳中拉出来。布劳内运气很好地被埋在了
雪崩的边缘地带。有什么东西让下滑的冰雪改变了方向，滑向了右边。
他双眼紧闭，面容僵硬，整张脸看上去比之前更像坚硬的大理石或者死
人面具了。凯撒开始用力地搓他的脸，见他没有反应之后，他又冲着他
的胸脯猛地快速捶了几拳。他正要给他做人工呼吸时，突然感觉到他身
体扭动起来。那人猛咳了一阵子，想要坐起来，一边吐着痰，一边还用
德语嘟囔着什么。

"喂，慢慢来。军官大人，您冷静一下！不要急着说话。先深呼吸。
您得节省体力。我们这就去找人帮忙。"

但是布劳内什么都不想听。见到安热利娜之后，他身体扭动得更加
厉害，最后他终于抓住了年轻姑娘的手腕，把她拉向自己。她看着他，
没有任何反应，心里既恐慌又着迷。

"小姐……不要去大狭道。我的人……我没能拦住他们。他们在等
着你们。医生在哪里？他跟我说是他负责偷渡的！"

安热利娜震惊得想要笑出来，她把这冲动压下。布劳内是提供情
报的人！布劳内是通知地下偷渡网的人！一个德国人！这就是最近几
个星期偷渡次数增加的原因！还有纪尧姆为什么对情报的准确性如此笃
定……他早就知道！那这段时间……每个星期一……他们有说起过她
吗？如果布劳内知道她加入了组织，他们肯定会嘲笑她有多么天真！中
尉和纪尧姆。德国人和抵抗分子！他为什么要对自己隐瞒这些？

"是您？从一开始就是您，是不是？"

他目光闪烁，她跟他贴得太近，这让她心里一阵慌乱，无法摆脱，

她只好试着去抓住心头那种气愤的感觉。她忍不住伸出手去摸他的脸。他的脸颊冷得好像死人一样。他颤抖了一下，而她的脸猛的一下红了。如释重负的感觉正在让她失去理智。布劳内不是敌人。他是他们这边的！一切都清楚了！嗯，几乎是一切……他们的心照不宣、反常的默契。他每个星期一的来访不是职责使然，而是有一种更强烈的东西在推动他前来。布劳内好像是看出了她的思想起伏。他温柔地叫着她的名字，那语气让她心里为之一紧。

"安热利娜……"

"您为什么都没跟我说？"

"为了保护您……我不想……让您以为我是因为这个才来……"

一个嘶哑的叫声打断了两人。凯撒不耐烦了。既然这个家伙没事，那就得赶紧走！一个德国鬼子，就算再友好，那也不行。这些人都是集体行动的，其他人很快就得赶来了。再说这俩人的窃窃私语，还有他孙女脸上那甜蜜的表情，让他一点也看不惯！

"我觉得现在不是时候。军官先生，如果您不想冻死的话，那我们就得想办法把您送到村里去。请听我一句话，在我们这里，死神来得快着呢！至于你，利娜，就算我不应该明白你的事，你也得做个决定。"

他用下巴指了指泽勒一家，他们正屁股坐在地上滑着下坡呢。他冷笑了一声，态度介乎怜悯和嘲笑之间。

"你看看这些冻僵的人……"

安热利娜好像大梦初醒一般，突然感觉到了事态的急迫性。布劳内肯定知道撤退方案。

"我们不能往大狭道走了，因为那边有您的……士兵。再说，因为雪崩，路也被封住了，得绕一大圈才能过去。另外，雪崩的声音很有可能会把巡逻队招来，我们也不能回岩洞去，它离得太近了！怎么办呢？您觉得我们可以藏到村子里，等警报过去之后再走吗？我们今天夜里再出发……"

布劳内脸色阴沉地摇了摇头。

"如果我的人在山上什么都没看到，那他们一定会过来查看的。他们会跟踪你们的脚印。岩洞肯定会被发现。他们也会搜查圣马丹。你们得消失不见才行！"

凯撒的冷静跟他们的恐慌形成鲜明的对比，他转头看向东方，指着远处那座高耸入云的峭壁说道：

"那就只能从孤峰走了。"

"那个冰川？那上面都是裂缝！"

一直在努力听着想要搞清楚状况的塞巴斯蒂安这时开口了：

"雪莉知道怎么发现它们！你见过它是怎么把纪尧姆带回来的！"

"那你肯定是想跟着一起来？这绝不可能，安安，你跟凯撒回去！"

泽勒一家刚刚赶到，听到了最后几句话。他们惊得说不出话来，默默地看着眼前这生动古怪的画面。那个身穿灰绿色制服、坐在地上的伤者明显是在参与讨论。他们的向导，那个孩子，还有那个老人似乎都对他为什么会在这里没有感到任何的不妥。安热利娜示意他们少安勿躁，然后转头对老牧羊人说道：

"你觉得呢？"

"这孩子说得有道理。是狼都做得到，这条母狗有野性的本能，它应该能发现裂缝。"

"如果母狗带我们去孤峰的话，塞巴斯蒂安也得跟着我们，否则它可能会跑掉！你同意他跟我们一起走吗？"

"我觉得我们别无选择，不是吗？"

老人在孩子面前跪下来，脸上除了严肃，没有露出任何情绪：

"我的好孩子，你听清楚了。我跟你姐姐夏天爬过一次那里，所以她应该记得路。当你们到达山口时，你要记得，那里有一块岩石，长得好像一头鹿，那里就是国界。人们都说山上的神鹿会保护尊敬大山的人……你会小心的，你能保证吗？"

令泽勒一家震惊的是，那个德国人这时也开口了，他操着一口流利的法语。再差一点，他们就能相信他也参与了这件事，是真心想要帮忙。那座山峰在拂晓的第一缕阳光照耀下，从阴暗中显露出来，他指着它说道：

"我的人从来没去过那边。你们在孤峰会很安全！安热利娜，老人家说的很对，这是唯一的办法。现在的问题已经不仅仅是这些……这些人的问题。如果您被抓了，所有人都会被牵连进来，孩子们也是，最坏的结果也可能会发生。司令……他是一个喜欢使用强硬手段的人。"

他话停了，已经没了力气。凯撒掩饰不住心中的担忧，咕哝道：

"你没什么干衣服能给他穿吗？"

"只有必需的衣物。你得自己想办法，或者去山洞，你能在那里找到些铺盖！等一下！我有蒿酒。我猜想要是你身上有酒的话，你该早就把它拿出来了？"

利娜弯腰看向布劳内，他那极度苍白的脸色再次惹得她一阵心烦意乱。为了维持坐姿，他似乎已经用尽了全身力气。

"您呢？"

"我自己会想办法的。我会说我想抓你们，是牧羊人救了我的命。只要你们不被抓到，我就可以撒谎。千万不要让他们找到你们……安热利娜，我求求您，快走吧。"

她没有作声，从兜里抽出酒瓶，但是他用力摇了摇头，这次他重新恢复了德国鬼子的那种斩钉截铁的语气，她以前很讨厌这种语气，但是今天除外。

"我不想喝。您自己留着，走吧！快点！"

她犹豫着，心里矛盾重重。有一瞬间，他们四目相对，心中一阵波动，那波动中纠缠着遗憾和渴望。不管接下来会怎样，他们的道路在此分岔。安热利娜想要跟他说一声再见，又或者只是为自己过去言不由衷的恶言恶语说一句抱歉，但是她不想在其他人面前失态。她只做了一个动作：她拉起中尉的手，轻轻地按了按，这让他脸上泛起一个微笑。然后她站起身来说：

"很好。塞巴斯蒂安，你带着狗开路。露易丝，朱尔，我们走！"

他们很快就走远了，泽勒一家一脸震惊地跟在后面。那个德国人居然让他们走了！他们躲过了最糟糕的情况，现在正重新往边境出发！

布劳内又倒了下去，侧躺在地上，身体剧烈地抖着。他预感自己不会再见到那位年轻姑娘，心头涌上一阵无边的伤感。为了让他重新站起来，凯撒不得不冲他嚷嚷道：

"帮帮忙，好吧，我已经不是能背得动你的年纪了。不管你走不走得动，我们都得回圣马丹去……我要是你的话，我刚才就把蒿酒喝了！"

他腰上一使劲，扶着德国人站起来，然后两人开始吃力地往山下走去。

山口处，几乎就在那场大雪崩发生的上方，有两个人影冒了出来。正如布劳内所料，汉斯和埃里希听到了雪崩的动静。他们正准备空手而归的时候，那声轰鸣让他们警惕起来，让他们跑了两千米，来到这座山崖之上，从这里正好可以看到下面山谷的全貌。

因为离得太远，他们不太清楚下面究竟发生了什么，只知道有可疑的事情发生！有两个人正一瘸一拐地往山谷方向走，还有一小组人刚刚消失在一片雪堆后面，很有可能就是逃跑的犹太人，或者是共产分子！他们喜出望外，相互恭喜，已经开始憧憬各种未来了。那个讨人厌的中尉这下肯定会特别满意，奖励他们一次特别休假！他们刚刚发现了以丑化德意志帝国为乐的恐怖分子。有了这样一个功绩之后，再没有任何人敢怀疑他们的勇气了！

在仔细记下那组人的行进方向之后，汉斯迫不及待地摇起了无线电摇柄。他不再感到寒冷，只感到胜利的喜悦……他将会被调到巴黎去，去那座有着娇俏女人的光明之城！

通话线路奇迹般地很通畅。

"圣马丹山上发现逃犯。他们正往东边瑞士边境方向前进。走的是孤峰方向。"

电话打到了总指挥部，引发了一系列反应。负责作战的布劳内不在，警报被往上传到了上尉那里，上尉又赶紧通知了维尔海姆·施特劳贝司令的勤务兵。施特劳贝热衷于亲自作战，这一点众所周知，他跟纳粹党卫军高层中的一些人物交情甚笃，这让很多人都怕他，不过这件事是件大事，勤务兵认为值得惊动他。

施特劳贝先是因为刚睡下就被叫醒而大发雷霆，看完电报之后又立刻露出了微笑。他冲到作战室，仔细观察一张详尽的边境地图。根据驻扎在当地的士兵提供的情报，他在地形图中找到了一条裂缝，那里应该就是逃犯们的逃跑线路。在地图上，那个切口只有不过几毫米长。这几个月以来，恐怖分子就是大摇大摆地从那里逃走的！那个地方没人监管，大概是因为出入困难。它就在瑞士国土的后方。施特劳贝轻蔑地吐了口痰。那块手帕大点的赫尔维希亚人①的领土，是对德意志霸权的一种侮辱。

他下令冰上行动队准备开始围捕。他自己将亲自带队。至于那个到现在还不知所终的布劳内，等抓到了恐怖分子之后，再来解决他的问题。他现在肯定正在哪个窑子里喝花酒呢！

维尔海姆·施特劳贝身上的疲惫已经全部消失不见，他走到兵营，想到自己将要摧毁一个恐怖分子组织，心里一阵狂喜。

# 5.

寒冷的风抽打着冰川，雪莉走在前头，孩子们跟在后头。朱尔和露

---

① 瑞士人。

易丝紧随其后，安热利娜走在队尾好观察是否有人跟踪。她每隔一段时间就会回头察看一下走过的山坡、岩石和便于埋伏的褶皱。她焦虑地感觉到会有士兵突然从哪里冒出来扑向他们，把他们抓住。她这一生中从来没有如此害怕过。

只要山坡不是太陡，他们就继续穿着雪鞋。因为风一直在吹，雪还没有厚到让他们寸步难行的地步，泽勒一家现在已经适应了行进的节奏，他们的速度也上来了。虽然条件很艰苦，但是他们的意志很顽强。

雪莉跑在前头，它闻闻地面，然后又跑回来，确保队伍走在对的路线上。然而塞巴斯蒂安还是从它身上发现了一些紧张的迹象，这让他开始担心。它似乎是要催他们再走快点，好像是它也觉得必须快点逃出冰川似的。

下午两点左右，他们躲到一个高大的雪堆后面，吃了点面包、奶酪，喝了点牛奶，牛奶冰得他们牙疼。泽勒一家没什么胃口，安热利娜劝他们说，最糟糕的情况就是在上路之后，又不可能停下来休息的时候，没了力气。他们说了总共不到几句话，因为不想让孩子们担心。但就在这第一次停下来休息期间，忧虑的情绪已经追上了他们，那是一种没人愿意承认的沉重的焦虑感。他们小心翼翼地不去提及德国人，以及那个奇怪的在雪崩中受伤的人。安热利娜祈祷着，希望天气能这样保持下去。朱尔和露易丝单纯地希望这场噩梦能早点结束。随着时间一点点过去，他们已经不知道该害怕哪种地狱了：是追捕他们的德国人还是这片被冷酷的大风吹打着的冰原？他们偷偷地观察着自己的女儿，想知道她累不累，但又不敢问她。小女孩脸色苍白，但态度坚强。那个山里孩子好像给了她莫大的勇气，以至于当她爸爸提出来要跟她一起走，好帮帮她时，她拒绝了。

"塞巴斯蒂安会帮我。他会告诉我哪里下脚。另外，我累的时候，雪莉会来拖着我走。我抓着它的毛走。"

在一种盲目的信任的驱使下，埃斯特把她的力气用在了跟随塞巴斯蒂安上头。她想要跟她爸说不要担心，但是这一点用处也没有，他显然是担心过头了。

下午三四点钟时，西边来的云彩大量涌来，安热利娜的担忧又加重了一级。地平线无可挽回地暗了下来。山峰现在与天空连成了一片，大块的乌云堆积，像一个影子军队一样在天上翻滚，安热利娜想起了今天早晨那场差点把他们吞掉的雪崩。从云层中流出的滚滚乌云让她想起湍急的水流，那比雪滚起来可是难防多了。千万不能出错，要是下暴雨的话，他们面临的就是死亡的危险。眼下，他们走着路，身体是热的，安热利娜感觉到汗水浸湿了她的腋窝，但是只要他们停下来，寒气就会立刻扑上来。还好，他们身上还有一些木柴和干粮，这给他们带来一点微弱的希望。

德国鬼子应该就在他们身后。他们肯定装备超级齐全，德国人可不是出了名地严谨嘛！除了这个可怜的跟登山运动员毫无共同之处的朱尔，那些身经百战的士兵正在追踪的就是一群妇女儿童！当然了，他们还有狗带路。这是他们的最大王牌。它不仅能帮助他们避开地缝，还能在起雾的时候，找到出路。年轻的姑娘努力抓住这个念头，并继续罗列各种积极的因素。云层还没有破开，他们还有领先优势，另外感谢上帝，孩子们走得很快。让她惊讶的不仅仅是塞巴斯蒂安，还有那个小小的埃斯特，她是那样瘦弱，但又坚韧得让人难以置信。似乎是只要有朋友在身边，她就会有力气。

突然她好像听到了一个动静，她又一次回过头去。在她身后，除了一些移动的乌云，她什么都没看见。她快步爬了十五米远，走到队伍前头。在爬的过程中，她冲泽勒夫妇点了点头。夫妻二人刚刚牵起了手，不知道两人之间是谁在给谁打气。他们想要冲她微笑，但是那笑容更像是一种苦笑。孩子们打量着她，塞巴斯蒂安举起手来示意她一切正常。他眯起眼睛，问道：

"怎么了？"

"我们走得太慢了。你觉得你们能走快点吗？稍微快一点点？"

他毫无信心地点了点头，控制着自己不要去反对。他心里想的是埃斯特，但是嘴上不敢反抗他的姐姐。她看上去也很紧张的样子。安热利娜温柔地问小女孩：

"能把你的手给我吗？我们一起走会更快点，好吗？"

埃斯特递过来一只戴着羊毛手套的手。看着她苍白的小脸，年轻的姑娘只能压住心里的不忍。现在，每一个动作都很重要，每一个决定都生死攸关。她绝不能露出担心的样子来。如果小女孩现在撑不住的话，他们全都会死。她用一种她自己听着都觉得过分高兴的声音安慰她说：

"天很快就要黑了。只要我看到一个可以露营的地方，我们就停下来休息！"

"我们得在外面过夜？边境线呢？我们说不定能在天黑前赶到那里，不是吗？要是我们多走一会儿呢？"

朱尔刚刚赶上他们。利娜想要冲他嚷，让他不要再问愚蠢的问题，但是她压住了这种冲动。如果换作她的话，在对大自然的法则一无所知的情况下，她也许会问同样的问题。比起面对即将降临在冰川之上的漫漫长夜，她也会选择去相信任何一种奇迹！只是，每个人都得突破自己的极限。她严肃地看着他，想让他明白自己话中隐含的意思：

"很抱歉，但是这不可能。我们还没有跨过裂缝区，而且晚上最好不要这么做。我们天一亮就出发。等过了山口之后，你们就解脱了。到时，最困难的部分就结束了。"

"需要多长时间？"

"我们得出发了，找露营的地方，快点。"

在他们身后，离他们步行不到四个小时的地方，施特劳贝率领的特别行动队刚刚发现了他们的踪迹。

在一片冰冷的空气之中，火苗对抗着厚重的黑夜。为了能让火堆烧久一点，安热利娜几乎是在精打细算地往里面添柴。这火至少可以让他们的脸和手暖和起来，让他们能够吃上一口热饭。她看了看天，除了乌云，什么也看不见。云层好像把星星吞掉了，把世界变成了一口黑井。狂风肆虐，雪花狂舞，寒气刺骨。风是从西边来的，预示着暴风雨来袭。

尽管他们留在这片荒芜的冰川上会太过暴露，但她还是发出了露营的信号。他们得暖和一下身体，努力睡上一会儿再出发。反正柴火也不多了，只能再烧三四个小时。很快，黑夜就将笼罩他们，把他们吞没，直到第二天清晨。

他们刚刚爬过冰川的第一梯山梁，来到一个由完全冻上的冰碛形成的平缓地带。为了走到那里，雪莉选择了一个侵蚀作用形成的山沟。朱尔在那里用雪堆了一道矮墙，女人们则忙着搭灶生火，取出铺盖和干粮。

安热利娜驱散心中的忧虑，把注意力重新放在孩子们的身上。埃斯特已经缩在露易丝怀里沉沉地睡着了，露易丝好像梦游一般，失神地摇晃着怀里的孩子。母狗睡在她们身旁，显然是决心要守护好他们之中最弱的那个。朱尔忙着把雪水煮沸。他们有面包、猪油和奶酪，但是只要有可能，他们就得喝点热的。

塞巴斯蒂安把手烤暖了之后，开始检查狗身上的伤疤。那疤痕看上去很干净，没有渗血。他检查了一下它脚掌上的肉垫，给它按摩腿，一直按到肩膀。雪莉虽然很适应极端条件下的环境，但它还是耗费了很多力气，而且它的伤对它还有影响。男孩觉得它走路稍微有点跛，但他不能确定。他一边给它揉身子，一边开始哼唱歌，他唱的声音很低，不想吵醒埃斯特。

饭好了，露易丝叫醒女儿，每个人都吃了饭，喝了一些加了蜂蜜调味的热水。埃斯特刚一吃饱，就又陷入了梦乡。安热利娜和塞巴斯蒂安还在挺着，不知道该不该讨论一下眼前的形势，他们都害怕自己的担心会传染对方。雪莉打了一个大大的哈欠，两只眼睛半闭着。它好像一点也没有受到低温的影响，只关心着小女孩的安危。它闻了闻那张睡着的脸，舔了舔她的脸颊。露易丝好像刚从睡梦中醒来，疲倦地露出笑容。天气是如此寒冷，她的思绪都冻结了。她的所有力气都被用来抵抗想要放弃的想法。她又陷入那种好像一潭幽深寒冷的池水一般的昏沉状态。安热利娜和塞巴斯蒂安也睡了过去。

半夜时分，埃斯特突然渴醒了。其他人也立刻警惕地一个接一个地醒来。寒冷包围着他们。天空已经开始下雪，雪花被狂风席卷着，抽打着他们的脸，让他们什么也看不见。安热利娜白翻了半天包裹，这次连一点能烧的东西都没有找到。最后一点柴火就快要燃尽，她连忙准备烧水，往水里面加了一点菊苣。小女孩又要吃东西，狼吞虎咽地吃了点面包和一块猪油。在筋疲力尽之后，她重新感到了饥饿，也重新恢复了活力。这场在大半夜举行的家家酒简直太有意思了！她父母努力露出轻松的样子。

"我饿得能吃下一只磊鸟！"

"埃斯特，你在说什么呢？"

"先生，她想说的是雷鸟。前天在岩洞里有一只。"

"你这个小男孩知道的可真多啊……"

"因为我是这里人。这没有很难。"

朱尔点了点头。他畏畏缩缩地大着胆子问向导：

"我们什么时候出发？"

"几个小时以后，但愿这风会停。很快就要起大雾了。前面还有那么多地缝……"

"我们到现在为止还没有遇到任何问题。"

"没有。但是我们走的是最轻松的部分。另外还有狗给我们带路，我相信它。它不是漫无目的地在走。在这里，做任何事情都得有依据，不然的话，必死无疑！"

"有时候，我希望人类也能拥有同样的智慧！"

这种大山也有智慧的想法让安热利娜笑了，但是朱尔的语气很快就把她拉回了现实：

"您口中的大山也许会杀人，但是它并不残忍，它不会毫无理由地出手。人可能会因为不小心而丧命，但是毫无理由地死去，这才可怕！只是因为您的……您的出身……"

他握紧拳头，垂下了头。安热利娜温柔地回道：

"他们在上山时也会遇到麻烦。"

"那是当然。"

一个稚嫩清脆的声音把他们从思绪中拉了回来。

"太美了！就好像是会发光的毛毛虫一样。"

"那叫萤火虫。你在哪儿看到的？天空阴成这样……"

她在嘴里说出这些话的同时，感到有一股寒意涌遍全身，那寒意跟天气寒冷毫无瓜葛，除非恐惧就是一个巨大的冰块。埃斯特看到的不是星星，也不是火光。她把脸转向山坡，朝冰碛的第一道坡后面的暗处看去。一连串的光点正在暴风雪之中忽隐忽现。

"天啊！德国人！他们发现我们了！"

朱尔一下跳了起来，浑身发抖，脸比死人还白。

"他们带着手电筒，而且正在赶路！您看到那些光线是如何前进的吗？"

"他们应该是在滑雪前进。现在就得出发！把你们的铺盖收好，我来负责收拾吃的。塞巴斯蒂安，你把火灭了。要是我们运气实在好的话，他们也许没有看到火光。用雪浇！"

"我们要把鞋钉穿上吗？"

"暂时还不用。我们还需要雪鞋。"

"我们不能找个地方藏起来吗？"

"不行，他们会循着脚印找到我们的！"

露易丝站起来抓着埃斯特的肩膀。安热利娜没有多做解释。小女孩挣脱了母亲的手，跑到塞巴斯蒂安身边。他帮她穿好雪鞋，冲她微微一笑，给她加油。只要有他在她身边，她就什么都不怕！另外还有狗在保护他们！雪莉摇着尾巴，已经做好随时出发的准备。埃斯特心说，要想勇敢起来，最好跟它待在一起。

朱尔急急忙忙地把铺盖塞进包里。

"您之前说因为地缝的关系，夜里出发太危险。现在下雪了更危险！"

"我当然知道……但是我更愿意面对地缝而不是德国鬼子！另外，这场雪有可能会让他们发现不了我们的踪迹。"

她每往山下看一次，心里就会一阵恐慌。那支手电筒队伍正在以一种惊人的速度前进。这些该死的德国鬼子好像是脚下装了坦克的履带似的！她弟弟把她从胡思乱想中拉了回来。

"我觉得我有一个主意。"

他把利娜刚刚扣上的背包翻了过来。她还没来得及反对，他已经晃着两根绳子，冲她露出一个大大的微笑。

"你想爬悬崖？"

"当然不是！你真笨！我只是要把自己跟雪莉系起来。另外一根绳子更长，我把它系在腰上，你们都抓着它，这样，每个人都不会走失。这样我们就好像一组登山队员了，除了我们不会登山。这是为了不在大雾里迷路，你明白的！"

"这是个好主意……可是……这狗……"

"怎么？你不相信它？"

"要是它走到一个地缝里，把我们跟它一起拖进去怎么办？"

"它不会的。再说，你们可以放开绳子！"

"我们可以，但是你不能！塞巴斯蒂安，我不希望你有危险！如果必须有人承担风险的话，那就让我来！是我自己要……我来给你们带路！"

她的声音听上去有点歇斯底里。愧疚感对她的煎熬几乎和恐惧感一样多。

"我有信心。我了解它，它不会迷路的。让我跟它解释清楚就行。你现在是在拖延我们的时间。"

没等她回话，他就跑到雪莉身边蹲了下来。母狗正站在雪堆上放哨，嗅着来人的气味。

"听着，雪莉。下面那些德国鬼子，他们要杀了埃斯特。他们比恶狼还坏。他们还要杀死她爸妈。德国鬼子就是这个样子的。他们不管老少，通通都要杀死。我觉得我们可以把他们带到一个安全的地方，一个就像你受伤时躲藏的那个石头小屋一样的地方，但是我一个人不可能办得到。你比我高，也比我更强壮，另外你还能闻出哪里有陷阱！所以我知道你可以给我们带路。可是现在有雾，你又是白色的，我们可能会看不见你。早知道我把你给抹黑就好了，可是现在已经太迟了。你是白色的，雪也是白的，所以就算你可能会不高兴，我也得想个法子让大家不要迷路。"

孩子一边说着，一边取出藏起来的绳子。一直盯着他看的母狗突然往后退了一下。

"我知道，你不喜欢这样！那个坏人，他肯定打过你，拴过你，但是我是你的朋友，你记得吗？"

他开始麻利地把绳子套在雪莉脖子上，雪莉把身子绷得紧紧的，两侧的肚子不停地抖着。它发出抱怨的声音，突然一下灵活地逃脱圈套，往身后退去，一脸责怪地看着那孩子。

"好！我明白了。你不想绑在脖子上。你是对的。是我的话，我也不愿意别人勒我脖子。不过我们还有别的方法，好吗？我们试试？"

他再次走到母狗身边，把绳子从它的腿和前胸下面穿过，然后打了一个不松也不紧的结。他手里一边忙着，嘴里还一边念叨着，语气跟之前照顾它时一样单调。

"好了，你真漂亮，像雪一样白，你要给我们在冰川上带路，你要把我们从德国人的手上救出去，将来有一天，所有人都会知道你是这座大山里最优秀的狗，凯撒会保护你的，不会让任何猎人来抓你……"

　　他们走了很久很久，雪像蚕茧一样把他们包裹起来，风卷着白毛雪抽打着他们，让他们什么也看不见。周围的世界只剩下一片没有形状、没有起伏的冰冻荒原，还有一条他们无论如何也得在母狗的带领下爬完的山坡。狗身上系着绳子，迎风走着，没有过一丝动摇和犹豫。它时不时地停下来闻闻冰面，看下面是不是有裂缝。男孩有时会拉紧绳子，它便会停下来。他弯腰抵挡着风暴，通过手表上的指南针来确认方向。安热利娜跟他说过那条通道相对于北方的具体位置。其他人利用这宝贵的两三分钟时间喘口气，检查有没有人撑不住。

　　在逃避德国人追捕、抗击风暴的过程中，朱尔·泽勒重新找回了希望，恢复了意志。这意志推着他迎着风暴埋头前进。他裹着厚厚的衣服，视线被雪花遮挡，徒劳地每隔一段时间便搓搓脸颊，他的眉毛和额头上的头发已经冻上了。安热利娜把他安排在了绳子末端，让他可以照看在他前面一米远的妻子。露易丝眼睛盯着向导的背，脚下迈着均匀的步伐前进。她手里抓着绳子，知道自己的女儿就在安热利娜前方三步远的地方同样抓着绳子。这是让她坚持下去的唯一信念。只要埃斯特在走，她就得走。只要他们的队伍在前进，哪怕是小步前进，他们就会逃过德国人的追捕，万事大吉。在这片冰天雪地、寒风呼啸的夜里，她的女儿成了奇迹必将降临的保证。依靠着拯救女儿的愿望，她甚至感觉不到寒风刺入她那已经冻僵的骨头之中。厚厚的羊毛护腿使她免受湿气侵袭，但是她的鞋底抵挡不了来自脚下冰面的攻击。这些都不重要，她已经忘记了疼痛，当一阵更加剧烈的疼痛涌上身来时，她毫不在意，继续盯着安热利娜的后背。

　　年轻的姑娘正在经历一场噩梦。她照看着小女孩，防止她绊倒，一边还要盯着走在前头的塞巴斯蒂安。就算每个人都努力不去拉绳子，前头不可避免地还是会感受到压力。他弯腰走在前头，身子被一根绳子拉扯着，又被另一条绳子拴着，跟雪莉连着。他的想法跟他一直用指南针确认方向的做法都很天才。但是所有这些都无法让安热利娜安心。把生命寄托在弟弟和母狗的身上，这让她那点因为必须拿个主意出来而产生的信心也荡然无存了。纪尧姆的脸有时会浮现在她的眼前，那张脸上挂着温柔又有些忧伤的微笑，然后一阵恐慌便会涌上她的心头。她是有多么骄傲、多么疯狂才没有听他的话呀！当暴风雪给她留出一点喘息的时间的时候，迟疑和懊悔的感觉便不停地袭来。那是一种身体和精神、意志和犹疑、力竭和勇气之间的持续对抗。每当她弟弟停下来看手表时，她便会扪心自问他们是不是还有力气继续前进。好在埃斯特还需要帮助，她推着她走，在难走的路段抱着她走。小女孩勇敢得令人惊讶。

　　埃斯特每走一步便数一下，数到二十五之后又从头开始数。一、二、三、四……她有时会数错，那样她就会绊倒，又或者是反过来，她先摔倒，然后漏掉一个数字，她搞不太清楚到底哪个是因哪个是果，但是数数让她可以坚持下去。有几次，塞巴斯蒂安回过头来看，她想象着他那张藏在羊毛围巾下面的脸正在微笑。这让她想笑，因为他那样子就好像是一个正在慢慢变成雪人的奇怪精灵。二十一、二十二、二十三。等他们到了瑞士那边，她要做的第一件事情就是泡脚，然后是全身泡个澡，而且是用特别热的水来泡，热到让她出来时全身像只螯虾或是剥了皮的西红柿一样红、手指头像木乃伊的皮肤一样皱的地步。二十四、二十五。

二十五，这是她的幸运数字。不能超过它，所以只能重新开始数。一、二、三。

　　路径变得太陡峭，塞巴斯蒂安举起手，告诉他们得停一下。他指着一个高大的雪堆给雪莉看，他们可以到那里避风。冰墙保护着他们，他们跪在地上，喘了一会儿气，一句话都说不出来。没有人愿意露出筋疲力尽的样子。男孩脱掉雪鞋，取出鞋钉。每个人都带了鞋钉，不是放在口袋里，就是用绳子拴着挂在脖子上。他们把长着钢钩的鞋底绑在鞋上，然后靠着蹲在一起，想要在出发之前，相互取取暖。没有必要去看他们的跟踪者在哪儿。暴风之中，除了漫天的雪花，他们什么也看不见。利娜身子靠向塞巴斯蒂安，嘴巴凑到他耳边，压低声音不让泽勒一家听到，小声问道：

　　"你觉得还要继续吗？"

　　虽然他只有八岁，他还是平静地回答道：

　　"我觉得要。不管怎么说，我们已经没有柴火了。留在这里，我们会被冻死。再说，雪莉知道该往哪儿走。"

　　"你撑得住吗？"

　　他冲小女孩努了努下巴，没有回答。埃斯特已经闭上了眼睛。她妈妈把她抱在怀里，摇着她，她的眼睛也是闭上的，好像是要从大地之中汲取力量，远离这虐待他们的老天。

　　"埃斯特虽然不习惯走山路，但是她也做到了。你可以在她前面走一会儿。有一段坡路很难走，这样你可以拉着她往前走。我觉得她真的很累。"

"那是当然。我应该早点想到的。"

她犹豫了一下，然后又忍不住开口，这次声音更低：

"我害怕。"

他没有回答，站了起来，雪莉立刻望向山峰，准备出发。身上的绳子已经不再让它感到不自在，这绳子反而让它能感知到男孩就在自己身后，让它可以集中精力去探路，去发现危险。裂缝散发着一种让人晕眩的气味，在连续不断的狂风中几乎不可察觉。但是母狗越来越能嗅到它们的存在，那种中空的感觉对它来说几乎是可以感知的。走近危险地带时，它会预感到脚下有危险，于是它就会转向，带着其他人往别的地方走去。他们盯着它的尾巴看，那根粗大的尾巴在风雪中不停地摇摆。雪莉已经不仅仅是一只牧羊犬，它是他们的向导，是他们活下去的唯一希望，所有人都盲目地相信它。

他们花了两个小时的时间爬完冰川的最后一道坡。安热利娜紧紧攥着小女孩的手。尽管这样意味着她要多费些力气，但这也让她忘记了害怕，让她可以把注意力放在迈出的每一步上去。爬到顶点之后，他们面临的是更加猛烈的风。风暴之中，那根把他们串联起来的生命之线，不仅仅可以防止他们走失，还给予了他们共同前进的力量。一个人摔倒，其他人会把他扶起来。另外，当疲倦来袭时，绳子好像是有生命一般，会拉着他们前行。于是，在这个死神吹着寒气的地狱之中，希望重新降临。

太阳已经升起，但是他们过了一会儿才意识到黑夜已经过去。昏暗的天空逐渐发亮，接着，一个更强的亮光出现在他们面前，这说明他们的方向正确！这道光线是一个信号，意味着一切都有终结。一路以来，他们一步一个脚印、不计代价地走着，他们还活着；冻僵了，累坏了，但是还站着。他们甚至开始期盼德国鬼子已经迷失在风暴之中。

很快，等他们穿过孤峰山口之后，他们就可以下到山谷里，沿着恶魔湖继续前进，那座湖坐落在如此之高的地方，人们都说只有仙子才能在里面洗澡而不会变成钟乳石。然后，他们将会借道悬崖旁边的一条小径，走下几个相当陡的陡坡，一直来到老鹰山口。走过那个狭道之后，小径会变成小路，并会越变越宽，最后扎入高谷之中。一旦走到树林边，他们就差不多到瑞士边境了。等到了那边，在那么老远的地方，他们就再也不会撞上铁丝网了！那里人迹罕至，只有骡子和他们的主人会走，对那些山里的老人来说，只有地平线才是他们的界线！

利娜这样想着，被清晨的第一缕阳光震撼。

# 6.

队伍越走越慢，施特劳贝和追踪者走在前头，那人是个巴伐利亚来的山里人，吹嘘自己曾经翻过好几座山峰。然而，眼下的情况一点也不乐观。暴风雪遮住了他们的视线，风声盖住了他们的耳朵，他们开始怀疑是不是天意如此！当风暴在大半夜来袭时，施特劳贝不仅没有下令返回，让老天去收拾那些逃犯，反而是下令加快速度。不管有没有冬天的装备，士兵们都举步维艰。至于被迫加入行动队的汉斯和埃里希，他们几乎直不起腰来。

　　事实上，士兵们都在怀疑能不能抓到那些犹太人。他们显然从来没有想过他们能逃脱。在他们心里，那些人现在应该已经身体缩成一团不知冻死在冰川的哪个角落里了。就算有一个好向导，一个未经训练的人也不可能在这种条件下活下去，更何况还没有装备。那些想要偷渡到瑞士的人，大部分可都是住在城里的犹太人和信仰共产主义的知识分子，又或者是有钱的资产者。可是这些道理，指挥官都不想听。只要他还在往前走着，没人胆敢反对。


　　维尔海姆·施特劳贝对老天和它的警告毫不在意。他的个性里也不存在犹豫这两个字。他是一个有着超人意志的无神论者，这让他顽固到盲目的地步。自从斯大林格勒的惨剧发生之后，他心里就一直憋着一团怒火。他认为，在处理扰乱军心的失败主义者之前，必须毫无例外地消灭一切敌人：无论是盟军、恐怖分子、通敌者、犹太人、波兰人，还是红军、抵抗者还是大发战争财的人！

　　当施特劳贝得知布劳内因为冒冒失失地跑去追偷渡者而发生意外之后，他立刻决定亲自接手。圣诞节让他心情阴郁，这场小型围捕行动正好可以让他活动一下筋骨。另外，这也可以激怒一下那位功劳太多的中尉，他那副总是彬彬有礼、从容不迫的人道主义者的样子让他看着就不爽。这次，他倒是一脸惨兮兮的就来了！

　　在召见完传来警报的士兵之后，施特劳贝在极短的时间里便组建了一支行动队。十一点钟一到，所有人都往那条路扑去。他们根据埃里希和汉斯的口述，在通往孤峰的山口下方找到了第一组踪迹。风力正好在这时开始变强，但是施特劳贝并不担心。那些犹太人比他们多走了不超过四个小时。三个大人，两个儿童，看样子很可能是一家人。有一条狗走在队伍前头，肯定是向导的狗。应该问问布劳内他知不知道向导的身份。他应该掌握这里的情况的！

　　施特劳贝一开始以为半天就可以结束行动，而且老实说，当风雪毫不留情地把那些脚印抹去的时候，他还像一个优秀的猎人在遇到值得自己围捕的猎物时那样乐了起来。现在，十五小时过去了，他们还走在漆黑的深夜之中。这都要怪这个该死的巴伐利亚人，连怎么找路都不会，还是个胆小鬼，一想到可能会遇到地缝，他就浑身哆嗦！蠢货！有他好果子吃……逃犯的狗都比他会找路。他们肯定是因为有那条狗才能一直保持领先的！

　　不过指挥官对一件事很有信心。他们除了孤峰山口没别的路可走。逃犯就在前面不远处的某个地方。施特劳贝几乎可以想见他们正像笨手笨脚的螃蟹一样在雪地里爬着。几只他还没抓到的螃蟹，但是他们逃不了多久了！他知道人在被逼急时会迸发出多大的力量。最弱的人也能有力一搏，做母亲的为了保护子女也会变成野兽。他见识过一些这样的场景……这些人在大山里除了命，已经没什么可丢的了，因此他们还有一线生机。不过，有他在，他们最后都得进棺材。可惜，光知道这些并没有什么用，他们的耐力让他发狂。现在放弃的话，等于承认一帮平民比德意志帝国的一排士兵还顽强！他无论如何都要抓到他们！他要找到他们，无论死活也要把他们抓回来。这样以后再也不会有人敢到那里、他的领地去碰运气！孤峰山口将是他的胜利之所！

行动队每隔一小时都会休息十几分钟。那个巴伐利亚人去确认路线，士兵们则喝上一点已经凉掉的甜茶。他们已经放弃去寻找脚印。在这漆黑的夜里和这片暴风雪之中，这完全是无用功。施特劳贝希望天亮之后风能停下来。

老天似乎是听到了他的愿望，因为风开始渐渐地、隐蔽地刮得没那么厉害了，遮住天空的厚厚的乌云有一瞬间撕裂开来，露出一块繁星点点的天空。

天气冷得冻死人，疲劳席卷众人，差点让队尾的那个士兵丧命。当他的战友（不是别人，正是埃里希）想要跟他要酒喝时，汉斯不见了。等再找到他的时候，埃里希发现他已经瘫在十五米开外的冰面上了。再晚个两三分钟，汉斯就有可能彻底消失了。他绊倒在了一个类似车辙的沟里，后面就是悬崖。他的脚踝需要包扎，还需要赶紧打一针兴奋剂。指挥官同意休息半小时，让这个蠢货恢复点精神。他心里都要气炸了，因为他感觉到逃犯就在离他们不远的地方。

汉斯怎么努力都没用，他的牙齿不停地打战。这是恐慌的结果。他耽误了队伍前进，肯定会被关进惩戒营。施特劳贝素来以对弱者毫不留情著称……那个巴伐利亚人说，他们已经走过了最危险的断崖区。信你的才怪！唯一让他惊讶的是，他居然能撑到现在而没有倒下！他想要从黎明奶白色的光线中看出些什么。山口已经不远了，不到一千米远，埃里希刚刚告诉他，他们已经来到了一块地势平坦的地方，这样他们应该可以走快点。接下来，是最后一段的攀爬。

半小时终于过去了，汉斯站起来，一瘸一拐地回到队伍。他站在埃里希和一个壮汉之间，那人身材壮得像头熊，但是一点也不比别人更镇定。所有人都在想如果不能尽快找到偷渡者，接下来会发生什么。

行动队重新开始急行军。

安热利娜背着埃斯特。一小时之前，小女孩已经半昏过去，她一声不吭地坚持到最后一刻。就在她数着数往前走的时候，突然脑子里一切都乱了，她在数到她的幸运数字时掉了下去。在漆黑的洞底，雪柔软得好像是在轻抚她一般。

大家给她搓身体，摇晃她，逼着她吸吮冰块，她开始笑，然后又疲倦地大哭起来。她吃了一块冻硬的没有滋味的猪油，她连嚼的力气都没有，只好把它吞下去。她不饿，甚至也不觉得冷。她只想睡觉。朱尔跟安热利娜提议说大家轮流背着她。尽管作为男人，他有他的骄傲，但是他知道自己没有力气背她走多远，然而安热利娜拒绝了。他得帮露易丝，她也露出了一些令人担心的虚弱迹象。

风没有停很久。要么就是他们离孤峰山口近了，激发了大自然的怒火。他们弓着腰、迎着风吃力地向前走着，风吹在脸上好像刀割一般，他们绝望地感到自己好像是在原地踏步。当山坡变陡时，他们借助绳子，又或者是冰镐来向上攀爬。露易丝脚下打滑了好几次，每次都被朱尔拦住了。她浑身僵硬，像个木偶一样又重新出发。从这一刻起，他们的世界只剩下这个被狂风抽打着的白色地狱。她的每一缕思绪都集中在一种机械的运动之中：先抬起一只脚，然后是另一只，不要摔跤，再抬脚，再抬另一只，再抬……她连关心自己女儿的力气都没有了。往上爬。抬一只脚。抬另一只。

母狗鼻子贴着地，一边嗅嗅冰面，试一试雪的厚度，一边小心翼翼地走着，有时它会绕一下再往山峰走。它已经发现那个被人类叫作山口的大山裂缝了。本能不容置疑地指引着它，尽管狂风一直在吹，它心里只有一个想法，那就是带着这一绳子的人走到那里，走到最安全的地方。塞巴斯蒂安就在它身后，正借着它的力量往前走。

一阵狂风大作，把雾气吹出一个大洞，巨大的裂缝在最后一刻从雾气中显露出来。尽管已经筋疲力尽，眼前的景象还是让他们都惊得打出嗝来。随之而来的是一片绝望。

一个令人头晕目眩的悬崖截断了通往山口的道路，有一层冰川跨在悬崖两端，但是看上去十分脆弱，不像是人可以走的样子。

母狗在崖谷边缘停了下来。它好像是在征询塞巴斯蒂安的意见，塞巴斯蒂安还是一脸惊呆的样子。为了让他快点做决定，它紧张地叫唤起来。男孩翻了翻口袋，从里面掏出他的指南针手表。他看着指针，耸了耸肩膀。安热利娜想要塞住耳朵，不听他将要说出口的话。埃斯特还压在她的肩膀上，她甚至没有想着要把那个没有生气的小身体放下来。

"是那边吗？"

"山口就在前面。反正我们也没有别的选择，你觉得呢？"

"这桥太脆弱了，得另找一条路。跟我来！"

她下令让泽勒一家到一个雪堆后面避风休息。

"我带着塞巴斯蒂安和雪莉去看看能不能找到路走。"

他们立刻瘫坐在地上，累得精神涣散；安热利娜、雪莉和塞巴斯蒂
安已经消失在风暴之中。

不到十五分钟之后，他们就垂头丧气地回来了。他们什么也没找到。
裂缝越走越宽，好像一头冰兽的血盆大口一般。

只能利用这座脆弱的冰桥跨过裂缝了。他们没有别的办法。

雪莉好像急于跨过那座天堑。

"把小姑娘叫醒。"

"我已经醒了，我现在能走了。"

突然的静止让埃斯特从昏沉之中醒了过来。现在，她看着眼前这座
跨过虚空的巨大冰桥，紧张得胃都纠成了一团。她没让自己露出害怕的
样子，反而是等脚一落地之后，抖了抖身子，向大家证明她自己可以走。

塞巴斯蒂安在雪莉面前蹲下，用双手抱住它那个毛茸茸的漂亮脑袋。
母狗眼神闪躲，他不得不抓紧它，才没让它挣脱。它的紧张让他担心。
它的直觉，他再清楚不过了，他自己也知道必须尽快行动。它从来不会
无缘无故地不安。

"你先走，但是要走慢一点。"

他在它的鼻子上亲了一下，然后走到离崖谷几步远的地方站住，好
方便它向前。雪莉在受到鼓舞之后，迈出了第一步，然后又迈出了一步。
桥好像撑得住。塞巴斯蒂安给它加油，它继续往前走。当它走到三分之
一距离时，它有点着急地走上了一条狭长的冰舌，没有测试它是否稳固。
一阵大风吹来，让它失去了平衡，后爪滑到了边缘地带，那里被大风吹
来的积雪还没来得及硬化。它往下滑去，还拖着一片雪，它腰上使力想

要稳住身形，但那只是白费力气，已经太晚了。它感觉自己被往空隙中吸去，徒劳地用爪子去抓冰壁。在一秒之间，它就消失了，被崖谷吞没。

绳子立刻就绷紧了，拉着塞巴斯蒂安往前走。他大喊一声坐在雪地上，被绳子往深渊拉去。安热利娜已经跳了起来。她只来得及扑向弟弟，用双腿拦住他。她惊恐地闭上了双眼，当她感觉到朱尔的手在把她往后拉时，她才找到力气喃喃说道：

"绳子，快把它拉住。"

泽勒截住绳子，露易丝抓着男孩。朱尔在站稳身形之后，开始拉那根勒在他腰上的绳子，他把那头吊在空中的动物缓缓地往上拉，减少腰上的压力。雪莉在绳子的另一头保持着安静。塞巴斯蒂安不敢喊它，害怕破坏这平衡。他姐姐注意到他面无血色，便用尽可能冷静的语气对他小声说道：

"你听着，安安。我们会把你和那狗一起慢慢拉上来的。我们每拉一次绳子，你就后退一步，好吗？"

"我也能帮忙！"

"你这么做就是在帮忙。你是系在绳子上的。我们要到你前面去，如果你往下滑，我们可以拦住你。埃斯特，你陪着他。孩子们往后退，大人们拉绳子。"

"塞巴斯蒂安，过来！"

埃斯特跟男孩不一样，她已经习惯了听话行事。她知道什么是危急情况，比如说现在。塞巴斯蒂安站起来，她透过厚厚的手套用最大的力气握住了他的手。

掉下去的头几秒，雪莉在它身下这片张着血盆大口的深渊里打了好几个转。胸前绑得牢牢的绳子是它唯一的支点。母狗本能地没有挣扎。它还处在震惊的状态之中，它四肢僵硬，一动不动，保持着绝对的安静。它知道男孩在绳子的另一头看着，不会放弃它。那个男人和两个女人在说着话，音调因为惊恐而上扬。最后，它听到了那个熟悉的声音。旋转运动停了下来，变成一种简单的摇摆运动。崖壁浮在它面前，离它只有几厘米远。尽管它很想往上爬，但它还是忍住了，当感到绳子勒进自己的肉里时，它心里松了口气。只要这绳子不断，它就不会被这深渊吞没！

慢慢地，它的身体又动了起来，但是这次，它没有转圈，而是往上走。雪莉看到了冻崖的上缘。运动停止了。就在逃生的希望近在咫尺之时，它被困住了！它正要往上跳，就在这时，男孩的声音让它停在了当场。

"雪莉，再等一下。我们来帮你。安静点。你快得救了！"

绳子又动起来，男人的手从肋下抓住了它。它由着他把自己一直往上拉。当它的四脚着地时，它已经忘记了恐惧。男孩看着它，眼睛里闪着亮光。

"好极了，雪莉。我的好雪莉。"

小男孩激动而又幸福地哭了。

他们一个接一个地走过冰桥，知道从现在起，每一秒都至关重要，每一个动作都有可能拯救他们，或者把他们推向深渊。母狗先走，它的动作十分小心，要是在别的情况下，它的动作会显得有些滑稽。塞巴斯蒂安以为它会拒绝再走，但是雪莉没有犹豫。安热利娜是第二个。她几步就跨过了冰桥，站到了深渊的另一边。朱尔把绳子给她扔过去，手里留着另一头，然后在离悬崖不远的地方站住，这样便拉起了一条生命线，让露易丝和孩子们有了一点最低保障。埃斯特轻巧地走上冰桥。她妈妈随时准备着往前跳去，但她还没来得及晕过去，就听见小女孩雀跃地喊道：

"我过来了！妈妈该你了！很容易的！"

露易丝迈着坚定的脚步往前走，她不看脚下，免得被吓死。自从离开巴黎以后，每每在最困难的时刻，必死无疑的考验对她来说都是激励。这次还是这样，它帮助她完成了不可能完成的任务。当她来到安全地带后，她立刻瘫倒在冰面上，如释重负地发出一声啜泣。

轮到塞巴斯蒂安了。他得走九步才能跨过那条冰舌。疲倦开始让他视线模糊。当他走到桥中央时，他感到一阵头晕眼花，差点停下来。他突然心里只有一个想法，想要缩成一团躲避狂风，想要歇息。饥饿折磨着他的肠胃。

朱尔把绳子缠在胳膊上，准备跟他们会合。其他人已经聚集在安热利娜周围，手里还继续紧握着绳子。风还在吹。当泽勒走到半空中时，一个念头突然从他脑海划过：只要往下一滑，这磨难就结束了。这简直太容易了，简直是一种解脱……他重新回到了现实，他被亲人包围，不知道自己是怎么走完最后几步的。安热利娜大笑起来，笑声中还带着一丝紧张。

"我们成功了！"

塞巴斯蒂安连忙走到雪莉身边，重新依偎在它身边。他焦急地喊道：

"德国鬼子呢？你把他们忘了吗？"

"哦，没有……露易丝，你能把我包里的冰镐递给我吗？"

她抓起冰镐，重新回到冰桥前面，脸上闪过一丝坏笑。

"你要做什么？"

"给我们争取点时间，安安。"

她绷紧肌肉，往冰面的外缘用力敲了一下，顺带着击落一块石头，那石头滚进了悬崖。她的脸因为用力而发紫，她低吼着，疯狂地连续敲击。因为害怕迷路而产生的焦虑、严寒、被人追捕的恐惧在一瞬间化作一种怒火，武装着她的手臂，给予她莫大的力量。经过几次巧妙的敲击之后，那冰面开始破碎，一块一块地往下坠去。朱尔面朝崖谷蹲在地上，手里拿着第二根冰镐。在克服了心里的恐惧之后，他也报复似的敲打起来，脸上满是泪水。突然，一道巨大的裂缝从冰面裂开，在双重击打之下越变越大。冰块发出一声脆响，往下坠去，把一半的冰桥带入深渊，安热利娜胜利地大吼大叫起来。剩下的冰桥好像一个结了冰的跳台，探向深渊。

"你听到了吗？"

"什么？"

"叫声。女人的叫声。他们在这里，就在前头！"

"也许是……动物叫？"

"山羊吗？是我的幻觉吗？还是风在模仿一个犹太逃犯的叫声？！"

中士，你知道我去年在哪儿吗？斯大林格勒，你知道这意味着什么吗？如果我说有女人在叫，那就是有女人在叫！"

"是，司令。"

两个人面对面站着，堵住了队伍的去路。跟在后面的人趁着休息的机会围在一起取暖。他们已经精疲力竭，每个人都希望旁边的人能有勇气质问司令，但是没有一个人疯狂到敢去挑衅维尔海姆·施特劳贝。

汉斯勉强站着。他已经快四十小时没有睡觉了，然而他活在最可怕的噩梦里。这座该死的大山正在杀死他。他会双腿冻僵死去。他的鼻子会被冻疮咬烂冻掉。他听说冻疮比麻风病还可怕！他确信自己只要昏过去就会立刻被抛弃，正是这一点让他继续拖着双腿前进。他在某个时刻，不知不觉地就把雪橇扔了，自从他们开始攀登冰川以来，那副雪橇就没用了。除了埃里希，没人注意到这一点，但是他也没有力气表示反对了。

"我觉得我撑不了多久了。"他说。

"我们没有选择。所有这些都是因为你的蠢主意，汉斯！"

"不！这是布劳内的错。是你说服他的！我半醉半醒的，没有你的话，他不会听我的！"

"也许是这样，但是他想要成果！"

"你说的是奖章！我们发现了他要的犹太人，他就是这么感谢我们的！追捕行动队！我根本不想参加！我们会死在这里的！"

"闭嘴！"

埃里希用下巴朝向指挥官。施特劳贝正朝他们走来，神色异常喜悦。

士兵们挺直身子，勉强算是立正了，然而他完全没有注意到他们的样子。要是在平时，他们立正得稍微有一点不规范，他就会破口大骂。他的声音带着胜利的喜悦。

"我们抓到他们了！他们就在我们前头，我估计不到两百米的地方。为了确保能堵到他们，我们要形成一路纵队，把他们一举拿下。你们之间保持三到五米的距离，但是必须保持在可见范围内！现在可不是走失的时候。行动！"

这个不期而至的通知让士兵们重新恢复了力气。如果司令说的是真的，那他们就可以返回山谷，把这片白色地狱抛到脑后了！

猎人般的迫切心情和直觉让维尔海姆·施特劳贝忍不住要走在前头。虽然眼前的能见度很低，但他一点也不在乎，逃犯就在很近的距离，他几乎能闻到他们害怕的气味。他相信自己的直觉。他也许会杀了那个带人偷渡的人以示警告，然后再把他的尸体丢在冰川上，吓退其他的偷渡组织者。神经质的笑声让他身体发抖，狂喜之中掺杂着解脱和嗜血的冲动。必须有人为这次行动付出代价。

在他身后几步远的地方，士兵们欢欣鼓舞地排成一列纵队前进。奖赏就在眼前。所有人都希望早点结束。

风打着旋，夹着刺骨的霰子抽打着他们，切断他们的呼吸，撕咬他们的皮肤。它好像是从四处吹来的，从天上，从冰冻的山坡上，它先蓄积力量，然后对士兵们发起攻击，他们只是任它宰割的卑微的人肉障碍罢了。打着旋的寒风让他们产生一种不合常理的绝对静止的错觉，又或者是说让他感觉自己好像是在毫无止境地原地踏步。然而士兵们继续前进着，被施特劳贝的许诺鼓舞着。

突然，一声叫喊穿透了暴风雪的呼啸声，紧跟着又传来一声惊恐的叫声，那声音传来即止，直接中断。士兵们呆住了，本能地看向他们的首领。他正转头看向他们，脸白得像雪一样。

"战士们，挨个儿报名！"

"埃伯哈德。"

"迪特里希！"

"费尔巴哈。"

"埃里希。"

"汉斯。"

"韦伯！"

"布伦纳！"

"库斯勒。"

"福克斯……"那个士兵声音都变调了，接着说，"司令，我觉得少了格拉斯和弗格勒。"

"这不可能！他们肯定在！喊他们，该死！"

施特劳贝眼睛寻找着向导，看到他在二十多米远的地方招手。

"司令！他们掉下去了！"

他指着身前的一个地方。靠近之后，士兵们看到了之前被迷雾遮住的景象：一个漆黑巨大的山谷好像一个令人晕眩的伤疤一样出现在白茫茫一片的雪地之中。在刚刚落地的雪面上，有两个平行的脚印消失在深渊处。就在此时，他们在更远处发现了一些别的脚印，应该是那组人之前留下的。在那些脚印的正前方，是一个往前探出的冰块，长得好像龅齿一样。

施特劳贝双膝跪地，声嘶力竭地不停号叫。在他身后，汉斯已经晕了过去。

# 7.

他们刚刚走过孤峰山口，风暴就停歇了。

仿佛奇迹一般，一道奶白色的光亮从云层后面散射开来，突然之间，他们看到一缕阳光刺了出来。天空慢慢晴朗起来，风停了。雪莉一动不动，尾巴下垂着，两肋因为呼吸太急促而起伏不定。从他们出发以来，它第一次露出疲态。塞巴斯蒂安在它身边蹲下来，把绳子解了下来。

"你不需要它了。"

他抬起眼睛，看到了凯撒说过的那块岩石，岩石上头长着两条石臂，就像鹿角一样。他开始边喊边跑起来，埃斯特被他的叫声吸引，也跟在他后面跑起来。筋疲力尽的大人们惊讶地看着他们从雪坡上奔跑而下，身后还跟着那条欢快地叫着的母狗。他们相互打量，憔悴不堪，浑身是雪，面无血色，难以置信。安热利娜神经兮兮地笑起来，打破了这种惊愕的状态。

"我们到了！你们知道的！我们到瑞士了！你们得救了！得救了！"

露易丝开始无声地哭泣。她好像还难以置信。

"埃斯特……她会平安长大？"

朱尔抓住妻子的双手，轻轻地摘掉她的手套，把她的掌心放在自己唇边。

"当然了，亲爱的。埃斯特会平安长大，而我们，我们会一起老去。"

见安热利娜正害羞地走远，他冲她喊道：

"多亏了你，安热利娜！要是我们之后再生一个小女孩的话……我们会给她起你的名字！"

两个孩子爬上一块高地，欣赏脚下开阔的山谷。太阳晒得四下一片白茫茫，只有一条上了冻的小溪打破了这千篇一律的风景，那是一条弯弯曲曲的痕迹，它流向谷底，消失在蓝盈盈的冰块下。有些地方，光线反射得厉害，他们不得不看向别处。一只雄鹰盘旋着发出一声啼叫，它的影子在雪地上盘桓了片刻。

"你看到美洲了吗？"埃斯特开心地小声说道。

"这里不是美洲。这里是瑞士。你是对的。"

"反正我们也不在乎，对吧？"

"对！还有，你离得也没有很远。等有一天，我会来看你的……"

"你保证？"

"我发誓。"

他们比预计时间晚了十二小时还多才到达接头地点。那是位于瑞士那边的一个高山小屋，就在大狭道下面。他们在一个显然是为抵达者准备的麻布包里找到了一些木柴和土豆，另外还发现了一大碗鲜奶。负责迎接他们的那个人显然是等得不耐烦了，不过他倒是想到了把补给留下。这让他们可以有东西吃，更可以生火取暖！

在离壁炉不远处的一个角落，并排放着三张双人床架，他们把最干燥的衣服铺在上面，然后钻进被火烤得还冒着热气的被窝里，很快就昏睡过去。

第二天早晨，安热利娜还在琢磨着怎么通知那些负责偷渡的人，因为她不知道组织里都有哪些人，就在这时，一个声音响了起来，那是一声拖着长音的"喂！"，那口音毋庸置疑。她赶紧跑出去，看见一个手拿粗棍的牧羊人。他那样子活像年轻时候的凯撒，跟他一样矮粗健壮，眼神同样透着谨慎。

"你们是从圣马丹来的？"

"是我们！"

牧羊人吹了一声口哨，表示赞同。他似乎很吃惊看到他们安然无恙地抵达这里。

"我看到你们的脚印了！你们是从孤峰山口走来的！"

"没错！"

"纪尧姆在哪儿？"

"我是替他的。"

"您！您从孤峰过来？冒着暴风雪？"

"是的。多亏了这条狗。我们跟着它……"

安热利娜指着正在晒太阳的雪莉。母狗知道他们是在说它，有礼貌地摇了摇尾巴，然后懒洋洋地站起来，走了过去。

"它救了我们。没有它的话，我们不可能成功。"

它直立起来舔利娜的脸，利娜被它压得往后倒，被它粗鲁的友好举动惹得忍不住想笑。这是它第一次对她表示亲热。她被接纳了！

泽勒夫妇跟两个孩子刚刚出现在门口，看到雪莉踩在安热利娜的身上都扑哧笑出声来。牧羊人又吹了一声口哨。他不敢相信这些人居然在暴风雪之中翻过了大山。他伸出手去帮助年轻的姑娘爬起来，然后问道：

"所以，您马上就要离开吗？"

"还不行。我会跟您解释的……孩子们，你们到路下面等我好吗？我要跟这位先生谈点事……"

分别的时刻到了。塞巴斯蒂安和埃斯特往远处走去，没敢牵对方的手。他们知道他们会有很长时间不会再见面。埃斯特忍着不哭。可是，自从跨过这条边界之后，她感到自己是开心的和难以置信地轻松。只不过是走了几小步而已，一切就都变了。她父母也变了。这种掺杂着喜悦和忧伤的情绪真是奇怪。

她在一口井前面停了下来，坐在被太阳晒热的石井栏上。她浑身都疼，尤其是脚，她的骨头里还保留着那种寒冷的感觉，但是这种疼痛几乎也变得令人愉悦了。她看了一眼塞巴斯蒂安，他站着那里，两臂下垂，什么也不说，也不敢看她。埃斯特掩饰住笑容。男孩总是比女孩更容易激动，这一点，她知道。

"你知道吗，我不会忘记你的。永远不会。"

"我也不会。不过我们不需要忘记彼此，因为我们还会再见面的，对吗？瑞士可不像美洲那么远。"

他冲她做了个鬼脸，以示自己是在开玩笑，她踮起脚尖——因为他比她高出一头——亲了一下他冰冷的脸颊。然后，为了隐藏自己泛红的脸颊，她呼唤雪莉过来，雪莉急忙摇着尾巴跑了过去。

"就算你长得这么大，我也不怕你了。另外，你长得太漂亮了，还有，你是地球上最勇敢的狗！"

安热利娜朝他们走来，嘴上还挂着一丝奇怪的笑容。埃斯特该回自己父母身边去了。

"好孩子，我不跟你一起回去了。你觉得你能自己一个人从大狭道山口回去吗？"

"你为什么要跟他们待在一起呢？那我呢？"

"我不是要跟泽勒一家待在一起。我想要去伦敦。回村子的话，我可能会被抓的，德国人不会相信我的。塞巴斯蒂安，我想要帮忙打赢这场战争。我跟泽勒一家谈过，眼下发生的一切……我们不能再这么毫无反应地屈服下去了，你明白吗？"

"嗯，明白。我觉得我明白。可是你在圣马丹已经做了很多勇敢的事情了啊。"

"我很快就会回来的，我发誓。等战争一结束就回来，好不好？"

孩子郑重地点了点头。他等了一会儿，确保眼泪不会流下，又咽了一口口水，然后小声说道：

"你不用担心，我有雪莉陪着我。"

他姐姐看着他，眼睛闪着光，他认出这充满爱意的目光正是萦绕在他的脑海里，被他认为是自己妈妈的那个人的目光。安热利娜从他出生以来就一直在照顾他。她一直都在他身边，时时地、贴心地照顾着他。他意识到自己有许多话都没来得及说，而现在她要去别的国家了！先是埃斯特，然后是利娜。这种离别的冲击让他喘不过气来。

年轻的姑娘感觉到他的不安情绪，亲昵地把他拉到自己身边。她无法安慰他，只是拨了拨他的头发，他没有反抗。他只是抽着鼻子，抬起脚，用力地踢一块石头，把它踢得沿着路滚了出去。雪莉已经跑了起来，以为他是在跟它玩游戏。它咬起石头，把它放在了他脚下，它半歪着脑袋，张大嘴露出微笑，迫不及待地想要重新开始。可是塞巴斯蒂安并不想玩。他耸了耸肩膀，继续抽着鼻子。利娜语气有些犹豫，好像不知道要说什么好。

"没有你和你的狗的话，我们永远也不可能穿过边境。安安，我现在可以跟你说实话了，我之前真怕我们找不到山口！要不是它带着我们走到冰桥那里，要不是它发现了德国人，要是它选择了另一条路，我们全都得死……"

"我知道它能找到路。利娜，你知道吗，雪莉不仅是一条听话的狗，它是……"

他沉默了，不知道怎么去解释他和这狗之间的这种特殊联结。

"我知道你的意思。"

她没有再说话，体会着这融洽的时刻。他们要等到战争结束之后才能再见面了。一个动静引起了她的注意。在离他们两百米远的下方向，泽勒一家背着包出现在小屋门口，她换了一种更加轻松的语气问道：

"你知道怎么走吧？"

"先走科尔维耶山口，然后就到了大狭道。这很好走。过了孤峰山口之后，后面的路就跟散步一样！"

"我相信你！尤其是还有雪莉！……安安，你听着，你跟凯撒说我……我爱他。另外跟纪尧姆……你就说……"

"说你也爱他？"

他们大笑起来，紧紧拥抱着对方。这次，他们不再忍住泪水。塞巴斯蒂安离开的时候，那个牧羊人走到了安热利娜身边。他惊讶地瞪大了双眼：

"这孩子？他一个人走？"

"他不是一个人。"

她指着雪莉说道。雪莉已经转过身去亦步亦趋地走在它的小伙伴身后了。


天空万里无云，一只雄鹰盘旋着发出尖锐的叫声。今天将是个好天气。安热利娜走在山谷上方一块凸起的岩石上头。她紧紧抓着埃斯特的手。在他们身后，泽勒夫妇微笑着。看到男孩和母狗远去，所有人心里都很难过。他们已经走远，在新雪上面踩出一道蓝色的线条，在那线条的尽头，他们已经变成了两个黑色的小点。

塞巴斯蒂安穿了雪鞋，虽然雪厚得快要没到他膝盖处，他走得还是很快。在他身前几米远的地方，母狗走得更轻松。

　　走到半山坡时，男孩突然停了下来，母狗立刻转身跑到他身边。利娜担心地咬起了嘴唇。埃斯特停住了呼吸，然后不自觉地冲他挥了挥手。

　　塞巴斯蒂安转头看着他们。从下面往上看，他的脸好像羊毛风帽下的一个颜色稍亮的点。他们看不清他的表情，但是利娜和埃斯特猜他在笑。他抱紧母狗，抬起另一只手大幅地挥着，向他们告别。然后他转过身去，开始下坡。在他前面，雪莉正在跳着。

尾声

*Belle et Sébastien*

一九四四年的春天来得很迟，好像是为了象征这场无休止战争的苟延残喘。不过，最近几天以来，它似乎是想要追回失去的时光。在明晃晃的光线的照耀下，各种颜色显现出来，有挂着紫红色松果的嫩绿色的落叶松，有白色、黄色的蝴蝶花和亮蓝色的龙胆草，还有牧场里的紫色的番红花。雪已经化去，露出经过严冬洗礼之后的绿油油的山坡。只有大山的褶皱处还残留着一些冰块，它们在阳光的照耀下形成金色的光斑。

一声狗叫声响起，接着传来一阵短暂、激动的尖叫声。刚刚在羊舍前坐下的凯撒半笑半骂地自言自语道：

"该死的倔驴！你永远也抓不到它们的，你要把整座山都给我吵醒了！"

他以前就看见过这狗瞎忙活，一想到它跟在土拨鼠屁股后面追的画面，他就想笑。当然了，他不会当着塞巴斯蒂安的面嘲笑它。那孩子觉得这畜生完美得很。要是被他发现了，他甚至会生气发脾气！

雪莉喜欢抓土拨鼠。说起这个，自从那些土拨鼠冬眠结束，从窝里出来活动之后，它就一直想要吃掉一只，然而总是徒劳无功。这些小畜生太灵敏，也太狡猾了。母狗在受挫之后，会疯狂地刨它们的洞穴，尽可能地往里面刨，一直刨到它的身体半卡在地道里，才会放弃，然后凯撒就会看到它灰头土脸地、一无所获地回来。然后当又有一只土拨鼠冒出来时，雪莉又会立刻飞奔着追过去！

狗叫声突然改变了强度。那孩子快到了。每天都是这样。

老牧羊人仰脸看向太阳，满心幸福。大地的味道很好闻，正是他喜欢的味道。等会儿，他们要一起去看羊羔。当然得是在做完作业之后。学知识可重要着呢！不过一秒的时间，他又忍不住发起牢骚来。他们什么都往这些孩子的脑袋瓜子里塞！不过……情况将来会有所改变的。战争会结束。很快。等到塞巴斯蒂安长大成人之后，他会自己选择自己的未来。

听到孙子清脆的笑声，凯撒眨了眨眼睛，阳光照得他睁不开眼。他先是看到白色的母狗蹦跳着往羊舍跑来，然后塞巴斯蒂安夹在迪克塞农场的孩子中间从树林中走出来。嘿！他把这俩孩子给忘了！这三人组合已经变得形影不离，这让凯撒不高兴，因为这意味着他俩不能安静地去打猎了。不过他气也是白气，其实这让他心里偷偷地高兴。算了。孩子开心对他来说比全世界的宝藏都重要。

雪莉一阵风似的跑来，尾巴打到肚子上。它乖乖地坐在老牧羊人面前，好像是要让他看到自己作为牧羊犬的善意。自从它开始帮他看羊以来，他们相处得好极了。

凯撒摸了摸它的头，起身去迎塞巴斯蒂安。

BELLE ET SÉBASTIEN by Nicolas Vanier

著作权合同登记号：图字 18-2020-052

**图书在版编目（CIP）数据**

灵犬雪莉 /（法）尼古拉斯·瓦尼耶
（Nicolas Vanier）著；王猛译 . —长沙：湖南文艺出
版社，2020.6
书名原文：BELLE ET SÉBASTIEN
ISBN 978-7-5404-9621-0

Ⅰ.①灵… Ⅱ.①尼…②王… Ⅲ.①长篇小说 – 法
国 – 现代 Ⅳ.① I565.45

中国版本图书馆 CIP 数据核字（2020）第 059510 号


上架建议：外国文学

LINGQUAN XUELI
灵犬雪莉

作　　者：〔法〕尼古拉斯·瓦尼耶（Nicolas Vanier）
译　　者：王　猛
出 版 人：曾赛丰
责任编辑：刘雪琳
监　　制：邢越超
策划编辑：闫　雪
特约编辑：万江寒
版权支持：辛　艳
营销支持：周　茜
版式设计：利　锐
封面设计：壹　诺
封面插图：周学洋
出　　版：湖南文艺出版社
　　　　　（长沙市雨花区东二环一段508号　邮编：410014）
网　　址：www.hnnwy.net
印　　刷：三河市鑫金马印装有限公司
经　　销：新华书店
开　　本：875mm×1230mm　1/32
字　　数：230千字
印　　张：10.5
版　　次：2020年6月第1版
印　　次：2020年6月第1次印刷
书　　号：ISBN 978-7-5404-9621-0
定　　价：49.80元

若有质量问题，请致电质量监督电话：010-59096394
团购电话：010-59320018